读客

读客外国小说文库

熊猫君激发个人成长

新手死神 ②

灵魂收割者

[英]特里·普拉切特 著

梁宇晗 译

REAPER MAN

DISCWORLD:THE DEATH COLLECTION

河南文艺出版社

·郑州·

· 人物表 ·

死神 死亡的具象化神灵。在本书中他退休后，成了普通人比尔·门，在农场工作

弗莉沃斯小姐 人类，有一家农场，雇用了比尔·门

审计员 粒子构成的非生命存在，维持宇宙的运行，想要消除人类

鼠之死神 死神的一部分，负责管理啮齿类动物的死亡工作

冰冰 死神的马

温德尔·胡桐 巫师，成了不死者

马斯特朗·瑞克雷 巫师，幽冥大学的校长

院长 巫师

庶务长 巫师，永远自说自话，有点神志不清

资深数学家 巫师，喜欢和人讲道理，争论不休

近代如尼文讲师 巫师

莫多 矮人，幽冥大学的园丁

维第纳利 人类，安卡–摩波的王公，独裁者

科隆 城市警卫队成员

自割喉咙迪布勒 商人

埃瓦德涅·蛋糕夫人 人类，灵媒，可以和死去的人联系

柳德米拉 狼人，埃瓦德涅·蛋糕夫人的女儿

一人桶 幽灵，协助埃瓦德涅·蛋糕夫人和死去的人沟通

鲁潘 狼人，会在满月从狼变成像人的狼人

施莱佩尔 吓人怪，有广场恐惧症

阿瑟·温思金 吸血鬼

多琳 吸血鬼，说话有特殊口音

瑞格·舒 不死者，死人权利运动的发起人

在多元宇宙每个存在生命的世界上，莫里斯舞人尽皆知。生灵们在蓝天下跳这种舞蹈，庆祝土壤的复苏；生灵们在星空下跳这种舞蹈，因为春天已经到来，只要运气稍好一点，二氧化碳就会开始融化。所有的生灵，即使是那些从来没有见过太阳的深海生物，又或是那些都市人——他们与大自然的轮回仅有的接触就是他们的沃尔沃汽车曾碾过一头绵羊——都切实地感受到这种需要。

不熟练的演奏者演奏着《威奇瑞夫人的房客》，一群胡子乱糟糟的年轻数学家在这曲调中天真地翩翩起舞；而来自新安卡的莫里斯忍者的舞姿冷酷无情，这些人可以用一条手绢和一个铃铛做出奇怪而又恐怖的事。

但是从来没有人正确地把莫里斯舞跳出来过。

只除了一个地方，那就是碟形世界，一个被扛在四头巨象背上的平坦圆盘，而它和巨象则都由巨龟阿图因的背壳载着遨游于宇宙空间。

可即使是在碟形世界，也只有一个地方把莫里斯舞跳对了。那是锤顶山高处的一个小村庄，在那里，一个巨大却又简单的秘密代代相传。

在那里，人们在春季的第一天跳舞，他们将铃铛绑在膝盖下面，舞步时而前进、时而后退，白色的裙摆飘飞起来。许多人慕名前来观看。随后会举行烧烤公牛的宴会，这通常被视为是适于合家外出的好日子。

但这不是那个秘密。

秘密是另一种舞蹈。

而那暂时还不会发生，得等一会儿。

有一种嘀嗒声，就像是一只钟发出的那种嘀嗒声。而且，天空中真的有一只钟，随着精神抖擞的嘀嗒声，时间正在一分一秒地从钟里流淌出来。

至少它看起来像是一只钟。但事实上它完全就是钟的反义词，因为最粗的那根指针只会走一圈。

阴沉的天空之下，是一片平原，被一种柔和的曲线所覆盖。要是你从很远的地方看过来，这会让你想到另一种东西，而且如果你真的是从很远的地方看过来的话，你会对于你真处于一个离它很远的地方而感到非常庆幸。

三个灰色的身影在平原的上空飘浮着。它们的存在无法用普通的语言进行详尽的描述。有些人称它们为智天使，尽管它们并没有玫瑰色的脸颊[1]。它们可能更应该被归类到那些维持引力的运作并确保时间独立于空间的存在之中去。就称它们为审计员吧。现实的审计员。

它们正在交谈，但是它们没有说话。它们不需要说话。

它们只是交换着现实，这就是它们说话的方式。

一个存在说，这种事以前从没发生过。它有可能发生吗?

一个存在说，它就是发生了。它产生了人性，人性必然会走到它的终结。只有力量才是永恒。

1 智天使据说是第二级的天使，其普遍形象类似丘比特。——译者注它的语气中有着某种满足的意味。

一个存在说，不仅如此…… 人性会打破规律。你有了人性的话，规律就会被打破。这是众所周知的事实。

一个存在说，他工作的效率降低了吗？

一个存在说，没有。我们无法以此指责他。

一个存在说，那就是关键了。这个词儿是“他”。有了人性就会降低效率，这种事绝不能扩散。想想看要是引力有了人性会怎么样？要是引力开始喜欢人类怎么办？

一个存在说，把他们压扁吗？[1]

一个存在说，不。它的声音本来应该更冰冷一点，如果它不是已经是绝对零度的话。

一个存在说，对不起，这只是我的一个小笑话。

一个存在说，需要指出的是，有些时候他会思索自己的工作。这种怀疑是非常危险的。

一个存在说，确实是这样。

一个存在说，那我们就算商量好了？

一个似乎一直都在思索着什么的存在说，等一下。你刚才是不是用了第一人称单数的代词“我”？你不会是产生人性了吧？

一个存在有点紧张地说，谁？我们？

一个存在说，有了人性，就会掀起纷争。

一个存在说，是的，是的。非常正确。

一个存在说，好吧。但是以后要注意一点。

一个存在说，那我们就算商量好了？

它们看着天空中阿兹瑞尔的脸。实际上，它就是整个天空。

---

1 原文crush on them，也有暗恋的意思。——译者注

阿兹瑞尔缓缓地点了点头。

一个存在说，很好。那是什么地方?

一个存在说，是碟形世界，它在一只巨龟的背上穿越空间。

一个存在说，哦，又是那种。我讨厌它们。

一个存在说，你又来了。你说了“我”。

一个存在说，不！不！我没有！我从来没说过“我”！……哦，该死……

它炸裂成一团火焰。这团火焰燃烧的方式就像是一小股毒气在燃烧，速度很快并且没有残留物。几乎是在同一时间，另一个存在出现了。它的外在形象与它消失的同类毫无区别。

一个存在说，记住这个教训吧。有了人性就一定会灭亡。现在……我们走吧。

阿兹瑞尔注视着它们滑行离开。

作为一个如此巨大的生物——在真实空间中，他的身长要以光的速度来测量。但他依然转过他庞大的身躯，用他那足以让星辰迷失于其中的眼眸，在无穷无尽的世界中搜索着平坦的那一个。

它载于巨龟的背上。碟形世界——它既是世界本身，又是诸世界的映像。

听起来很有趣。而且，在他亿万年的囚牢之中，阿兹瑞尔厌倦了。

还有这里，这个将未来通过现在的狭缝挤压成过去的房间。

墙上挂满了计时器。它们并不是沙漏，尽管外表的形状相同。更不是你在你选择的度假地的纪念品商店可能买到的那种煮蛋沙漏，上面被不知道什么人用果酱面包圈式的字体写着度假地的名字。

它们里面根本没有沙子。取而代之的是时间，不断地将可能变成曾经。

而且每个生命计时器上都有一个名字。

整个房间里充满了人类生命的柔和嘶嘶声。

想象一下这个场景……

现在，再把不断接近的、骨头敲击石头的尖锐声音加进去。

一个黑影从视野中穿过，走向摆放着嗞嗞作响的玻璃制品并且无尽延展的架子。嘀嗒，嘀嗒。这里有一个沙漏上面的部分快空了。白骨的手指抬起、伸出，选中了它，还有另一个。选中。还有更多。非常、非常多。选中。选中。

这只是一天之内的工作。或者说应该是，如果这里有“天”这个概念的话。

嘀嗒，嘀嗒，黑影耐心地沿着架子移动。

然后，他停了下来。

然后，他开始犹豫不定。

因为这里有一个金色的小型计时器，比一只表大不了多少。

昨天它还不在这里，或者说应该不在这里，如果这里曾经有过“昨天”的话。

白骨的手指握住了它，并把它拿到光线下面。

这上面有一个名字，是用小号的大写字母写的。

这个名字是**死神**。

死神将计时器放下，然后又拿起来。时之沙早已在其中流动。他实验性地将它翻转了一下。时之沙继续流动，只不过现在是朝上流。他也没指望过会有什么别的结果。

这也就意味着，即使这里曾经可能存在“明天”，现在也不会有了。不会再有了。

他身后的空气开始流动。死神慢慢转过身，辨认出昏暗中飘忽不定的影子。

为什么？

它告诉了他。

但那……不对。

它告诉他，不，那是对的。

死神脸上没有一块肌肉在抖动，因为他本来就没有任何肌肉。

我要申诉。

它告诉他，他应该知道没有地方可以申诉。从来没有。从来没有。

死神想了想，然后说：

我一直都恰如其分地履行着我的职责。

影子飘到离他更近一点的地方。它看起来有点像是一个穿着灰色袍子、戴着兜帽的僧侣。

它告诉他，我们知道。所以我们给你留下了你的马。

太阳接近了地平线。碟形世界上最短命的生物是蜉蝣，它们的生命几乎不会超过二十四小时。在一条鳟鱼溪的水面上，两只最年长的蜉蝣正在漫无目的地沿着折线行走，同时为一批傍晚刚出生的年轻蜉蝣讲述着历史。

“现在你可看不着以前那样的太阳了。”其中一只说。

“说得没错。在那美好的旧时光里，太阳特别棒。它是黄色的，可不是像现在这么个红彤彤的东西。”

“而且还很高呢。”

“是的，你说得对。”

“那时候的蛹和幼虫至少对你有点尊重。”

“以前确实是这样的，是这样的。”另一只蜉蝣激动地说。

“我想，如果这几个小时的年轻蜉蝣表现得更好一点的话，也许我们还能看到那个更棒的太阳。”

年轻的蜉蝣们礼貌地聆听着。

“我记得，”一只年长的蜉蝣说，“以前这里都是田地，你能看到的地方全都是。”

年轻的蜉蝣们向四周张望。

“现在也仍然都是田地啊。”其中一只在礼貌地停顿之后开口说道。

“我记得以前这里是更好的田地。”年长的蜉蝣尖刻地说。

“是的，”它年长的同伴说，“以前这里有一头牛。”

“说得没错！太对啦！我记得那头牛！它就在那个地方站了，嗯，四十，不，五十分钟。我记得它是棕色的。”

“这几个小时你是见不到那样的牛了。”

“根本什么牛都见不到了。”

“什么叫牛？”一只刚孵化出来的幼虫问。

“瞧见没？”年长的蜉蝣得意扬扬地说，“你们啊，这就是现代的蜉蝣目。”它停顿了一下，“在谈论太阳之前我们在做什么来着？”

“在水面上漫无目的地沿着折线行走。”一只较为年轻的蜉蝣说。无论真相如何，这都是一个足够好的猜测。

“不，在那之前。”

“呃……你在给我们讲伟大鳟鱼的事。”

“啊。是的，没错，鳟鱼。好吧，听着，如果你是一只好蜉蝣，规规矩矩地走着折线——”

“——听从那些年长而有智慧的前辈的教导——”

“——是的，还要听从那些年长而有智慧的前辈的教导，那到了最后，伟大鳟鱼就会——”

啵……

啵……

“就会怎样？”一只年轻的蜉蝣说。

没有人回答。

“伟大鳟鱼怎么了？”另一只蜉蝣紧张地问。

它们低头看着水面上不断扩散的一圈圈波纹。

“这是神圣的记号！”一只蜉蝣说，“我记得有人给我讲过！水面上的巨环！那是伟大鳟鱼出现的标志！”

年轻蜉蝣中最年长的一只思绪重重地注视着水面。它开始意识到，作为目前最年长的一只蜉蝣，它现在获得了在最接近水面的地方盘旋的特权。

“他们说，”处在折线行走的蜉蝣群最上面的那只蜉蝣说，“当伟大鳟鱼为你而来的时候，你会去到一块土地，流淌着……流淌着……”蜉蝣并不吃任何东西，真是个巨大损失，“流淌着水。”最终，它笨拙地解释道。[1]

“真让人好奇。”最年长的蜉蝣说。

“那里一定是个非常好的地方。”最年幼的蜉蝣说。

“哦？此话怎讲？”

“因为从来就没有人想要回来。”

另一方面，碟形世界上最长寿的生物则是著名的计数松，它们生长在高耸的锤顶山的永久雪线上。

计数松是极少数已知的借入进化的物种之一。

大多数物种是自行进化的，这也是大自然原本计划的方式。这非常自然、有机，并与整个宇宙的神秘循环节奏相合——它们确信没有什么可以比持续数百万年、令人灰心丧气的试验与失败更能让一个物种

1 对《旧约·出埃及记》的恶搞。——译者注

拥有坚定的品格以及——在某些情况下，坚固的脊梁。

从整个物种的角度来看，这或许还不错，但从单个生物的角度来说，它完全有可能成为一头真正的猪，或者至少是一只有可能在某一天自行进化为真正的猪的、吃植物根的粉红色小型爬行动物。

因此，计数松通过让其他植物代替它们进行进化，而完全避免了这一切。一颗松树种子，无论在碟形世界的哪一处生根发芽，都会立即开始收集当地最高效的基因编码，并通过形态共鸣长成最适合当地土壤和气候的形态，通常长得比本地原有的树还好，以至于篡了它们的位。

但是，计数松特别值得提及的特点却是它们计数的方式。

由于它们模糊地意识到人类已经学会了通过数年轮来辨别树木的年龄，最早的计数松认为，这就是人类之所以会砍伐树木的原因。

一夜之间，每一棵计数松都改变了自己的基因编码，从而在树干上大约为人类眼睛高度的地方长出白色的数字，标明自己的精确年龄。此后不到一年，计数松便由于房屋数字装饰板工业的蓬勃发展而几乎灭绝，只有极少数生长在人迹罕至之处的个体得以幸存。

这一处树丛中的六棵计数松正在聆听着其中最老的一棵树的讲话。它粗糙的树干表明它已有三万一千七百三十四岁了。这次谈话总共用了十七年时间，但这已经是非常快的了。

“我记得这周围还都不是田地的那个时候。”

松树们朝着周围一千英里的地表张望。天空闪烁，就像一部时光旅行电影里的糟糕特效。白雪出现，停留了短暂的一瞬间，然后消融。

“那么，那时候周围是什么呢？”最接近的一棵松树问。

“冰。如果你可以把它称为冰的话。那时候的冰川才叫棒呢，可不像现在的这种雪，只能保持一个季节，到下个季节的时候就没了。冰川是多年以来一直都在这儿的。”

“那么，冰川现在怎么了？”

"走了。"

"走去哪儿了？"

"去所有东西去的地方。所有东西都来去匆匆。"

"哇哦。这个不错。"

"什么不错？"

"刚过去的那个冬天。"

"你管这叫冬天？当我还是一棵小树苗的时候，冬天——"然后这棵树消失了。

在所有的树都震惊地沉默了两年之后，树丛中的一棵树说："他就这么消失了！就这样！一天前他还在那里，第二天他就不见了！"

如果其他的树是人类的话，他们的脚这会儿肯定在发抖。

"有时候就是会这样，孩子，"其中一棵树小心翼翼地说，"他被带到一个更美好的地方去了。[1]你可以确信这一点，他是一棵好树。"

那棵年轻的树——只有五千一百一十一岁——问："更美好的地方是怎样的？"

"我们不确定。"树丛中的一棵树说。他在长达一周的疾风中不安地战栗。"但我们认为那一定与……锯末有关。"

由于这些树无法感受到一天之内发生的事，他们从来都没有听到过斧头的响声。

在魔法、巫术与大餐之家——幽冥大学，所有教职工中最为年长的一位——温德尔·胡桐——很快就要死了。

他知道这一点，以一种摇摇欲坠的方式。

1　这次的情况其实是三个更美好的地方。具体地说，分别是安卡-摩波榆树街的31号、7号以及34号。（如无特殊说明，本书注释均为作者原注）

当然，当他转动轮椅沿着石板路走向他位于一楼的书房时，他想到，从某种普遍的意义上来说，每个人都知道自己会死，就连普通人也是一样。在你出生之前没人知道你在哪儿，但只要你出生了，你很快就会知道你的回程票已经打好了并且塞在你的手里。

但巫师是真的知道。当然，那种因为暴力或者谋杀而导致的死亡不行，但如果死因只是生命力耗尽了的话，那么……好吧，你就是知道。一般来说你会感觉到一些预兆，提醒你及时归还图书馆的书、确保你最好的衣服是干净的，并且从你的朋友们那里借一大笔钱。

他已经一百三十岁了，他发现在自己生命的大部分时间里他都是一个老头。这真有点不公平。

而且也没人表示表示。上周他在非公共休息室提起过，可是没人接茬。今天吃午餐的时候几乎没人和他打招呼。就连他所谓的老朋友也都躲着他，要知道他可还没试着问他们借钱呢。

这就像是没人记得你的生日，只不过比那更糟。

他会孤独地死去，无人关心。

他用轮椅的轮子把门撞开，在门口的桌上笨拙地摸索着火绒盒。

这又是另一件事。现在几乎没人用火绒盒了。他们会去买炼金术士制造的那种气味很大的黄色火柴。温德尔对此不赞成，火是非常重要的。你不应该就那么划一下就能取火，那对火很不尊重。现在的人就是这样，总是来回奔跑，还有……火。是的，过去的火也温暖得多。现在即使烧了火也没法让你暖和起来，除非你直接坐在火堆上面。肯定跟木柴有关系……肯定是用了错误的木柴来烧火。

现在所有的东西都有问题。更空虚。更模糊。所有的东西都失去了真正的生命力。就连日子都变短了。嗯。日子肯定是出了什么问题。变成更短的日子了。嗯。每一天都像是一年一样，可是很奇怪，因为复数的日子就像风暴一样飞速掠过。人们并不想安排一个一百三十岁的巫师做任何事，所以温德尔养成了一个习惯，每次用餐都提前两小时来到餐桌旁，只是为了消磨时间。

每一天都像是不会结束一样，却又过得很快。简直没有道理。嗯。反过来说，现在的道理跟以前那时候肯定是不一样了。

现在幽冥大学也由孩子们管理了。过去呀，学校由一些像样的巫师来掌管。那些人，身材魁梧得跟驳船似的，是那种你可以仰视的巫师。然后他们就都去了什么地方，结果温德尔就被一些还有自己的牙齿的小伙子呼来喝去的。就像那个叫瑞克雷的小伙子。人瘦瘦的，一对招风耳，鼻涕老是擦不干净，来这儿的第一个晚上还在宿舍里哭着喊妈妈，总是瞎捣蛋。有人一直在试着告诉他，瑞克雷现在当了校长。嗯。他们肯定觉得他已经变成白痴了。

那该死的火绒盒到底哪儿去了？手指头……以前你的手指头也比现在的好用……

有人拉下了提灯的灯罩。有人往他摸索的手里塞了一杯酒。

“惊喜！”

在死神房子的大厅里，有一部座钟，钟摆如同利刃，却没有一根指针，因为在死神的房子里没有时间的概念，只有现在。（当然，会有一个在现在之前的现在，但那也是现在，只是一个比较老的现在。）

那个钟摆是一支可以让埃德加·艾伦·坡放弃一切，白手起家担任“棺材里的龙虾”巡回演出团里的独角喜剧演员的利剑。随着轻微的呜呜噪声，它柔和地从永恒的熏肉上切下一片片薄如蝉翼的间歇。

死神大步从座钟前面走过，进入他昏暗阴郁的书房中。

他的仆人阿尔伯特正拿着毛巾和鸡毛掸子等候着他。

“早上好，主人。”

死神无声地坐在他的宽大扶手椅上。阿尔伯特用毛巾擦拭着骨感的双肩。

“又是美好的一天。”他健谈地说。

死神没有回答。

阿尔伯特拍打着抛光布料，并把死神的兜帽拉下来。

阿尔伯特，死神拿出那个金色的小型计时器，**你看到这个了吗？**

“是的，主人。很精致。以前从没见过这样的。这是谁的？”

我的。

阿尔伯特的眼睛开始朝另一边转动。在死神的办公桌上有一个黑色框架的大号计时器，里面没有沙子。“那个才是你的，不是吗，主人？”他说。

曾经是。现在这个才是，一个退休礼物，来自阿兹瑞尔本人。

阿尔伯特偷看了下死神手中的那个东西。

“但是……那里面有沙子，主人。而且正在流动。”

正是如此。

“但那也就是说……我认为……”

也就是说有一天，沙子会流光，阿尔伯特。

“我知道，主人，但是……你……我以为时间只是发生在其他人身上的一件事，主人。不是吗？你不受它的影响，主人。”说到最后，阿尔伯特的声音听起来几乎像是在乞求什么。

死神拉下毛巾，站了起来。

跟我来。

“但你是死神啊，主人。”阿尔伯特说着，小跑着赶上身材高大的死神，后者则通过大厅，沿着走廊走向马厩。“这不是什么笑话吧，是不是？”他充满期待地补充道。

我从来不讲笑话。

“好吧，当然是这样，我无意冒犯。但你是死神，所以你是不会死的，你怎么能收走自己的生命呢，那不就像是蛇在吞噬自己的尾巴——”

无论如何，我就快要死了。无法申诉。

“但我会怎么样呢？”阿尔伯特说。恐惧散落在他的每一个音节之间，就像刀尖上的铁屑。

会有一位新的死神。

阿尔伯特挺直了身子。

“我觉得我没办法服侍一位新的主人。”他说。

那就回到世界中去。我会给你钱。你一直是一位很好的仆人，阿尔伯特。

“但如果我回去了——”

是的，死神说，**你会死。**

在马厩那像马一样忧郁的温暖气息中，死神的白马停止咀嚼燕麦，并轻轻叫了一声以示欢迎。这匹马的名字叫作冰冰。它是一匹真正的马。死神曾试用过烈焰战马和骸骨战马，但发现它们的实用性不强，尤其是烈焰战马，经常会把自己睡觉的干草给烧成灰烬，然后尴尬地站在一堆黑灰之中。

死神从钩子上取下马鞍，回头瞥了一眼阿尔伯特，后者正处于良心的挣扎之中。

数千年前，阿尔伯特选择成为死神的仆人以避免死亡。实际上他并不是真的不会死，只不过真实时间在死神的领域是被禁止的。这里只有永远都在变化的现在，但它持续了非常长的时间。他剩下的真实时间还不足两个月；他把他的日子看得比金条还要贵重。

“我，呃……”他开口说道，“那是——”

你怕死？

“我倒不是怕……我是说，我一直都……就好像活着已经成为一个难以戒除的习惯……”

死神好奇地看着他，正如一个人可能会好奇地看着一个后背着地并且无法翻过身来的甲虫。

最终，阿尔伯特陷入了沉默。

我明白了。死神说着，解开了冰冰的缰绳。

“但你看起来一点都不担心！你真的要死了吗？”

是的。那将会是一场伟大的冒险。[1]

“是这样？你不害怕吗？”

我不知道怎么害怕。

“如果你喜欢的话，我可以给你演示一下。”阿尔伯特冒险说道。

不，我还是想自己体验一番。我应该有一些个人的体验，在最后的日子。

“主人……如果你离开了，会不会有……”

一位新的死神将从生者的心灵中崛起，阿尔伯特。

“哦。”阿尔伯特看起来松了一口气，“你不会刚巧知道他是怎么样的吧？”

不知道。

“也许我应该，你懂的，稍微清扫一下这个地方，整理一下物品……做点这一类的事？”

好主意，死神尽可能和善地说，**当我见到新任的死神时，我会诚恳地向他推荐你。**

“哦。那么你会见到他，是吗？”

哦，是的。我现在必须离开了。

“什么，这么快吗？”

1　彼得·潘的名言，虽然现在很多人认为是邓布利多说的。——译者注

当然。时间可不能浪费！死神调整了一下马鞍，然后转过身，自豪地将那个小型计时器伸到阿尔伯特的鹰钩鼻子下面。

看到了吗！我有时间。在最后的日子，我终于有了时间！

阿尔伯特紧张地向后退却。

“既然你有了时间，你准备用这些时间来做什么呢？”他说。

死神骑上他的马。

我准备用掉这些时间。

派对现场热火朝天。写着“在见温德尔，光灰的130年[1]”的横幅在热浪中变得低垂。事态已经发展到这样一个情况：已经没什么可喝的了，除了潘趣酒；也没什么可吃的了，除了奇怪的黄色酱汁和高度可疑的玉米粉圆饼。可是并没有人在意这些。巫师们强颜欢笑地聊着天，本来他们只不过是整天都待在一起，但今天却不得不整晚也都待在一起。

在这一切的中央，温德尔·胡桐坐在椅子上，手拿一大杯朗姆酒，头上戴着顶可笑的帽子。他几乎是热泪盈眶了。

“真是一个很棒的欢送会！”他不停地唠叨着，“自从老‘刮刮乐’霍克肖离开之后就再也没有这样的了，”他轻易地把一个个重音加在合适的位置，“那还是在，嗯，可怖的，呃，海豚年的事。还以为大家都把这个给忘了呢。”

“图书管理员为我们查询了相关的细节。”庶务长说，并朝一个正试图吹响一只聚会喇叭的大型人猿打了个手势，“另外，香蕉酱也是他做的。希望尽快能有人把那玩意儿吃了。”

他倾身向前。

1　原文故意的错误拼写，巫师们经常写错别字。后面有故意的拼写错误，均做统一处理，不再另行说明。——译者注

“我能帮你再拿点土豆沙拉吗？”他有意用很大的声音说道，人们通常对老人或者蠢蛋说话时都会这样。

温德尔将颤抖的手在耳边握成杯状。

“什么？什么？”

“拿点！沙拉！温德尔？”

“不用了，谢谢。”

“那再来根香肠怎么样？”

“什么？”

“香肠！”

“它们让我整晚都在放可怕的臭屁。”温德尔说。他想了一会儿，然后开始打起盹来。

“呃，”庶务长喊道，“你会不会刚巧知道什么时候——？”

“咦？”

“什么！时候？”

“九点半。”温德尔飞快地说，简直称得上漫不经心。

“啊，那很棒，”庶务长说，“这样一来你今晚剩余的时间就，呃，自由了。”

温德尔开始在他的轮椅上翻找着什么。这轮椅简直就是一座墓地，埋葬着旧垫子、翻烂了的书和不知道什么时候舔剩了一半的糖果。他找出一本绿色封面的小书，塞到庶务长手里。

庶务长把它翻了过来。封面上有几个字：温德尔·胡桐的日纪本。一片熏肉皮标志着今天的日期。

在“要做的事”下面，一只颤抖的手已经写下了：去死。

庶务长忍不住翻到下一页。

没错。明天那一页，“要做的事”下面写着：出生。

他的目光移向房间一边的一张小桌子。尽管房间中已经相当拥挤，但那张桌子周围的场地依然空旷，就仿佛那是某人的私人空间并且没有人想要进入。

欢送仪式中有许多特殊要求，其中之一就是需要一张桌子。桌子上必须铺着一块绣着一些魔法符号的黑布；还有一个盘子，里面摆着一些精心挑选的内脏；还有一杯酒；巫师们经过一番争论之后，又在桌子上放了一顶可笑的帽子。

所有人都露出期待的表情。

庶务长拿出他的怀表，翻开盖子。这是一款最新式的怀表，是有指针的[1]。它们指向九点十五分。他摇了摇怀表。十二点下面的一个小门打开了，一个非常小的恶魔伸出头来说："别摇了，老板，我已经蹬到最快了。"

他合上怀表，绝望地向四周张望。看起来没人想要到温德尔·胡桐身边来。庶务长发现自己有必要进行礼貌的谈话。他思索了一下所有可能的话题。它们看起来都不怎么合适。

温德尔·胡桐帮助了他。

"我有在考虑，来世我或许应该做一个女人。"他用随意的语气说。

庶务长张开嘴，又合上。重复了几次。

"我挺期待的，"温德尔·胡桐继续道，"我想那可能，嗯，非常有趣。"

庶务长急切地迅速浏览他脑子里为数不多的关于女人的闲谈材料。他倾身靠近温德尔长满皱纹的耳朵。

"那是不是会有很多，"他漫无目的地开始说道，"洗东西的活儿？还有铺床、做饭，诸如此类的事？"

---

1 "指针"与"手"的双关。——译者注

“在我想象的那种，嗯，生活中，是没有的。”温德尔坚定地说。

庶务长闭上了嘴。校长则开始用一只汤匙敲桌子。

“兄弟们——”当某种近似于安静的状态出现时，他抓住机会开始发言。这引起了一阵响亮且参差不齐的欢呼。

“正如你们大家都知道的那样，我们今晚聚在这里，纪念我们的老朋友、老同事温德尔·胡桐的，啊，退休。”一阵神经质的笑声，“你们知道，看到老温德尔今天坐在这里，让我幸运地想起了一个关于一头有三条木腿的奶牛的故事。话说这头牛——”

庶务长容许自己的思想开始游荡。他就知道会是这样，校长总是会把关键的最后发言搞得一团糟，而且无论如何，他也根本就不想听什么故事。

他不停地将目光投向那张小桌。

庶务长是个和善的人，虽然有点神经质。他非常享受他的工作。除了其他一些方面以外，值得提及的是没有其他巫师想要这个职位。举例来说，许多巫师想要当校长，或者是魔法八大派别之一的领导人，但是从实践角度来说，没有哪个巫师想要花费大量时间待在办公室里与纸笔和数字打交道。学校的所有文书工作都倾向于累积在庶务长的办公室，这也就意味着他每天晚上都可以疲倦不堪地上床睡觉并且睡得很熟，不用花费太多心思去检查自己的睡衣里有没有不请自来的毒蝎。

杀死一个高级巫师是一种得到认同的在组织里攀升的方式。尽管如此，如果有人想要杀掉庶务长，那肯定是另外一个乐于享受被安排得整整齐齐的一栏栏数字带来的沉静乐趣的人，而像这样的人通常不会对谋杀他人有特别的兴趣。[1]

1　至少在他们决定捡起裁纸刀，从成本计算中裁出一条通向法医学史的道路的那一天之前，他们不会那么干。

这会儿他开始回忆很久之前在锤顶山脉中度过的童年。他和他姐姐会在每个圣猪夜给圣猪老爹留下一杯酒和一块蛋糕。那时候生活很艰难。他比现在年轻得多，无知得多，也很有可能快乐得多。

举例来说，他那时候可不知道自己有一天会成为一名巫师，并且和其他的巫师一起将一杯酒、一块蛋糕、一个相当可疑的鸡肉馅大酥饼和一顶纸制的派对帽子留给……另一位神。

在他还是一个小男孩儿的时候，他们也会在圣猪节举行派对，每次都是一成不变的。就在所有的小孩都兴奋得快要发狂的时候，一个成年人就会用顽皮的语气说："我想我们这里会有一位特殊的客人！"接着，在暗示带来的奇特气氛中，一阵不怎么对劲儿的猪铃声会在窗外响起，有一个人走了进来……走了进来……

庶务长摇了摇头。当然，那是戴上了假胡子的某个人的爷爷。一个手拿装满玩具的袋子、用力跺掉靴子上的雪的老家伙。一个会给你礼物的人。

而在今晚……

当然，老温德尔的感受会有所不同。在活了一百三十年之后，死亡或许也具备了某种吸引力。你很可能十分好奇，想要知道接下来会发生什么事。

校长那曲折蜿蜒的故事终于在一个痉挛的转折中迎来了尾声。巫师们尽责地发出笑声，并开始试图理解故事的笑点究竟在哪儿。

庶务长偷偷摸摸地看了看自己的怀表，现在是九点二十分。

温德尔·胡桐也发表了讲话。这番话既冗长又杂乱无章，还严重脱节，始终在离题万里地讲述着过去的好时光，看起来他认为他身边的这些人都是一些已经死了至少五十年的家伙，但那并没有什么关系，因为你早就养成了不去听老温德尔说话的习惯。

庶务长没法把自己的眼睛从怀表上挪开。怀表里面传出踏板的吱嘎声，那个恶魔正耐心地踏着踏板，直至永恒。

九点二十五分。

庶务长很好奇那事究竟会怎样发生。你是否会听到——“我想我们这里会有一位特殊的客人！”——马蹄声从外面传来？

门是否会被打开，又或者**他**能否直接穿过门进来？真是个蠢问题。大家都知道**他**能进入密闭的空间——而且要是依照逻辑思考，你会发现**他**甚至更乐于进入密闭的空间。假如你把自己封在某个密闭的空间里，**他**来找你就只是时间问题了。

庶务长希望**他**能正确地使用门。他的神经这会儿已经开始颤动了。

人们慢慢地不再聊天。庶务长注意到其他好几名巫师都在偷眼看着门。

温德尔目前位于一个正在非常熟练地慢慢扩大的环形之中。事实上并没有人在有意地避开他，只不过一种显然是随机的布朗运动[1]正逐渐把所有人从他身边推开。

巫师们能看到死神。而且当一个巫师死去时，死神会亲自前来，送他进入死后的生活。庶务长不懂为什么这会被当作一项福利——

“不知道你们都在看些啥。”温德尔欢快地说。

庶务长翻开他的怀表。

十二点下方的那个门砰地打开了。

“你能别老是把我摇来摇去的吗？”恶魔尖叫道，“我都数不准了。”

“抱歉。”庶务长轻声说。现在是九点二十九分。

校长朝前走了几步。

“那么，再见了，温德尔，”他热情地握着老温德尔那双有如羊

1　指微小粒子表现出的无规则运动。——编者注

皮纸的手，“这个地方没了你，就再也不一样了。”

“真不知道我们该怎么挺过去。”庶务长如释重负地说。

“祝你来世好运，”院长说，“记得要回来拜访，如果你刚好路过而且还刚好，你知道，记得你曾经是谁的话。”

“别拿自己当外人，听到没？”校长说。

温德尔·胡桐和蔼可亲地点着头。他其实并没有听到他们在说什么，点头只不过是出于与人相处的基本原则。

所有的巫师整齐划一地面对着门。

十二点下面的那个门又一次砰地打开了。

“乒乒乓乒，”恶魔说，“乒乒乓乒乒。”

“啥？”被吓了一跳的庶务长震惊地问道。

“九点半。”恶魔说。

巫师们转向温德尔·胡桐。他们的表情似乎带着某种谴责的意味。

“你们都在看什么呢？”温德尔说。

怀表上的秒针吱吱嘎嘎地继续往前走。

“你感觉怎么样？”院长大声问道。

“从没感觉这么好过，”温德尔说，“还有没有那个，嗯，朗姆酒了？”

巫师们看着他朝自己的杯子里倒了一大杯酒。

“这玩意儿可不能多喝啊。”院长紧张地说。

“致健康！”温德尔·胡桐说。

校长用手指敲击着桌子。

“胡桐先生，”他说，“你确定吗？”

此时温德尔已经奔向了下一个话题。“还有那种玉米粉圆饼吗？我倒不是说这玩意儿算得上什么正经吃的，”他说，“不就是硬饼干蘸点稀泥，有啥特别？这会儿我要是有一个著名的迪布勒先生的肉馅饼——”

然后，他死了。

校长瞥了一眼其他巫师，然后蹑手蹑脚地走向轮椅，抬起一只青筋暴露的手去摸温德尔的脉搏。他摇了摇头。

“我就想这么走。”院长说。

“什么，想一边念叨着肉馅饼一边走吗？”庶务长说。

“不。我想像他这么晚才走。”

“等会儿，等会儿，”校长说，“这不对啊。根据传统，当一个巫师死去时，死神会亲身出——”

“也许他很忙。”庶务长匆匆说道。

“没错，”院长说，“听说奎尔姆那边的流感闹得很厉害。”

“昨晚有大风暴。肯定有很多船难，我敢说。”近代如尼文讲师说。

“还有，现在是春天，山里肯定有很多大雪崩。”

“还有瘟疫。”

校长若有所思地抚摸着自己的胡子。

“嗯。”他说。

在世界上所有的生物之中，唯有巨怪认为所有生灵都是倒着经历时间的。他们说，如果过去清晰可见，未来却掩藏在迷雾中，那一定是你面对着错误的方向。所有生灵的生命都是在从最后走向最初。这是一个非常有趣的想法，特别是考虑到这个想法是由一种生命中大部分时间都在用石头击打其他同类的脑壳的生物想出来的。

不过，每一个有生命的生物依然都拥有着时间，无论其方向究竟为何。

死神催促着马儿，朝下方积聚如高塔的乌云奔去。

现在，他也同样有了时间。

属于他生命的时间。

温德尔·胡桐朝黑暗中窥视着。

“哈喽！”他说，“哈喽，有人吗？喂！”

有一种遥远而又孤独的沙沙声，就像管道尽头的风。

“出来啊，出来啊，不管你在哪儿，”温德尔的声音因狂喜而颤抖，“不用担心。我其实挺期待这个的。”

他拍了拍他灵体的手，然后以强力的热情将双手互相揉搓。

“快点吧，这儿还有人等着投胎呢。”他说。

黑暗依然一成不变。它没有形状，也没有声音。它是没有形态的虚空。温德尔·胡桐的灵魂在黑暗的表面上移动。

它摇了摇头。“这真是个让人难堪的玩笑，”它嘟囔道，“这么做可不对。”

它又停留了一会儿。然后，鉴于看起来并没有其他的去处，它朝着它所知的唯一一个“家”走去。

这是一个他曾占据了一百三十年的家。它没指望他会回来，因此相当抗拒。你需要有非常坚定的意志，或者有非常强大的力量才能克服这种障碍，但是温德尔·胡桐做过一百多年的巫师。另一方面，这就像是闯入你自己住了许多年、已经非常熟悉的房子。你知道那个比喻意义上的总是关不牢的窗子在哪里。

长话短说，温德尔·胡桐又变回了温德尔·胡桐。

巫师们并不信仰诸神，其理由就与大多数人觉得自己没有必要去信仰——打个比方——桌子是一样的。他们知道它们在那里，他们知道它们在那里是有原因的，他们甚至可能赞同在一个具有良好组织的宇宙中应该有它们的容身之地，可是他们大概不会觉得信仰它们，又或者转着圈念叨“哦，伟大的桌子，没有你我们什么都不是”有什么实际意义。无论如何，不管你到底信不信神，并不会对诸神是不是真的存在有什么影响，也可能诸神只不过是一个让你用来信仰的工具，所以不论事实究竟如何，你都完全可以无视这回事，并且，正如你经常做的那样，把盘子放在膝盖上吃饭。

尽管如此，在幽冥大学的大厅里仍然保留着一个小礼拜堂，因为尽管巫师们遵循着以上所述的这种哲学，但要是碰到了哪个神的鼻子，虽然这个鼻子有可能只是无形的或者比喻意义上的，你肯定没法成为一个成功的巫师。因为，尽管巫师们不信仰诸神，但他们清楚地知道一个事实：诸神信仰诸神。

而温德尔·胡桐的遗体这会儿正躺在这个礼拜堂里。鉴于已故的“快乐调皮鬼”蒲瑞萨·提塔尔三十年前搞出的那次令人尴尬的事件，幽冥大学规定死去的巫师必须停尸二十四小时。

温德尔·胡桐的遗体睁开了眼睛。两个硬币掉在石地板上，发出清脆的响声。

交叠放在胸前的双手松开了。

温德尔稍稍抬起头。有个白痴往他的肚子上插了一株百合花。

他的眼睛向两旁转动。他的头两边各有一根蜡烛。

他把头又抬高了一点。他的双脚两边也各有一根蜡烛。

谢天谢地，谢老提塔尔，他想道。要不然这会儿我看到的就是一个便宜棺材的松木板了。

真是可笑，他想道。我在思考，而且思维还这么清楚。

哇，哦。

温德尔又躺了下去，感受着他的灵魂再次充满他的身体，就像发着光的熔融金属“充满”模具。白热的思绪飞掠过他大脑中的黑暗，将迟钝不堪的神经元发动起来。

我活着的时候可从没这种感觉。

但我也没死。

我不是活的，但也没有死。

就像是某种半活的状态。

又或者，我变成了不死者。

哦，老天……

他飞快地坐了起来。那些已经有七八十年没正经干过活儿的肌肉一下就进入了超载状态。这是他生命中第一次完全矫正了自己的姿态，甚至比他“存在的时期”做得还要好，温德尔·胡桐的身体完全受到温德尔·胡桐的控制。而且温德尔·胡桐的灵魂再也不用听从那帮肌肉的自说自话。

现在，这具身体站了起来。膝关节还抵抗了一小会儿，不过在摧枯拉朽的意志力冲击之下，它们的抵抗恰如一只生病的蚊子抵抗一个喷灯。

小礼拜堂的门是锁着的。不过，温德尔发现仅凭自己肉体的力气就足以将木质的锁环拉断，并在金属的门把手上留下指印。

“哦，这可真不得了。”他说。

他指挥自己的身体进入走廊。远处传来刀叉的叮当声和谈话的嗡鸣声，这表示学校里一天四顿饭之中的不知道哪一顿正在进行之中。

他想知道如果已经死了还能不能进去用餐。大概不能，他想道。

再说，他究竟能不能吃东西？也不是说他现在没感觉到饿。这只是……呃，他知道怎样思考、怎样走路，这只不过是一些相当明显的神经在扭动罢了，但胃究竟是如何工作的呢？

温德尔开始意识到人的身体并非由大脑控制，尽管大脑很可能会对此有不同的意见。人的身体实际由数十个复杂的自动系统所控制，每个系统都呼呼、滴滴、嗒嗒地运转着，极其精确，但你不会注意到它们，除非它们坏了。

他从自己头颅里的控制室观察着自己的全身。他注视着他肝脏中那个静默的化工厂，并且，正如一个独木舟的建造者看着一艘电子计算机化超级油轮的控制台那样，他的心沉了下去。肾脏中的秘密也正等候着温德尔去掌控。当你看到脾脏的时候，你会问自己，这是什么玩意儿？你该如何让它工作？

他的心不停地沉下去，沉下去。

或者说，实际上并没有。

“哦，诸神啊。”温德尔低声说着，靠在一堵墙上。现在他该怎么工作呢？他戳了戳几根看起来像是神经的东西。这是不是心脏在收缩……舒张……收缩……舒张……？这儿还有他的两个肺……

这就像变戏法者让十八个盘子同时持续转动——这就像一个人拿着一本由一个韩国脱米糠人从日语翻译成荷兰语的操作手册试图给一台录像机编程——这就像，在现实中，一个发现了“自我控制”的真正意义的人那样。温德尔·胡桐快步冲向前方。

幽冥大学的巫师储藏了大量丰盛的食品。他们坚持认为，如果没有浓汤、鱼、野味、好几大盘子的肉、一个或两个馅饼、又大又倾斜并且涂满奶油的东西、烤肉上的小盘开胃菜、水果、坚果以及打出厚如砖块的薄荷泡沫的咖啡，一个人就别想正经研究什么法术。没有这些东西，人的胃就会皱缩起来。另外，每顿饭都得在恰当的时间点送上来。他们说这样才算是像样的一天。

当然，庶务长不这么认为。他吃得不多，但是神经却相当紧张。他很确定自己得了厌食症，因为每当他照镜子时，就会看到一个胖子。实际上那是站在他身后并向他大吼的校长。

这也正是庶务长的不幸：他坐在餐厅门的对面，刚好看到温德尔·胡桐冲进来时把门撞成碎片，因为对于温德尔来说这比摆弄门把手轻松多了。

他把他的木头勺子都咬穿了。

巫师们在长凳上转过身，目瞪口呆地看着这一幕。

温德尔·胡桐摇晃了一会儿，设法取得了声带、嘴唇和舌头的控制权，然后开口说道："我想我可能可以代谢酒精。"

校长是第一个恢复过来的人。

"温德尔！"他说，"我们还以为你死了！"

他不得不承认这不是一句特别好的开场白。假如你认为一个人只是有点头疼并且想躺半小时，你就不会把他放在一块平坦的石板上，再在他周围摆上蜡烛和百合花。

温德尔朝前走了几步。离得最近的巫师纷纷试图躲避。

"我是死了，你们这帮愚蠢的年轻人，"他咕哝道，"你们以为我活着的时候会这样走路吗？真不敢相信。"他锐利的目光从巫师们身上一扫而过，"有人知道脾脏是干什么用的吗？"

他走向餐桌，摇摇晃晃地坐了下来。

"可能跟消化有点关系，"他说，"这可真是搞笑，你可以就这么过一辈子，这该死的玩意儿就在你的身体里晃来晃去，发出咯咯的声音，或者随便它做什么吧，而你却根本不知道它到底有什么用。这就好比某天晚上你躺在床上，听见你的胃或者什么东西开始咕咕叫。在你看来这只是普通的咕咕声，可谁知道那其中有多少神奇而又复杂的化学反应正在进行——"

"你变成不死者了吗？"庶务长终于把这几个字说了出来。

"又不是我自己想这样，"已故的温德尔·胡桐恼火地注视着眼前的食物，并且思索着这些玩意儿是怎么绕了一大圈最后变成了温德尔·胡桐，“我回来只是因为没有别的地方可去，你以为我想回来吗？”

“但是，你确定，”校长说，“你没看到……你知道的，那个家伙，手里拿着骷髅和镰刀——”

“没见过他，”温德尔简略地说，眼睛注视着离他最近的一些菜肴，“费了半天的劲儿，结果没死成。”

巫师们在他脑袋上疯狂地比画着魔法符号。他抬起头来怒视着他们。

“你们别以为我看不见你们在搞些啥。”他说。而且他惊奇地发现这居然是真的。在过去的六十年之中，他的眼睛无论看什么都像是隔着一层白色的模糊面纱，可现在它们却像是最尖端的光学仪器。

实际上，幽冥大学的所有巫师现在只有两种不同的想法。

大多数巫师脑子里想的是：这太可怕了，老温德尔真的回来了，他以前是个挺有意思的老糊涂蛋，可现在我们该怎么解决它？我们该怎么解决它？

不过，在温德尔·胡桐脑子里的那个哼着小曲儿、焕然一新的驾驶舱，他想的是：好吧，这就是再见，这就是死后的世界，跟活着一个样儿。瞧我这运气。

“好吧，”他说，“对此你们打算怎么办？”

时间来到五分钟之后。六名资格最老的高级巫师紧跟着校长，快速地奔跑着。校长跑步时带起的风把他的袍子末端都吹了起来。

谈话以类似这样的形式进行：

“那真的是温德尔！它说话的声音都和他一样！”

“那才不是老温德尔。老温德尔比它要老得多！”

“比它还老？比一具死尸还老？”

“他说他想要回他原先的卧室，可我不明白为什么要我必须搬出去——”

“你看到他的眼睛了吗？像螺丝刀一样！”

“咦？什么？你是什么意思？你说的是那个在缆绳街上开熟食店的矮人吗？”

“我是说它们像是要扎进你的肉里！”

“——那间卧室能看到花园，景色很好，而且我已经把我所有的东西都搬进去了，这不公平——”

“这种事以前发生过吗？”

“呃，以前有个老提塔尔——”

“没错，但是他并没有真的死，他只是把绿色颜料涂在脸上，推开棺材盖子然后喊着‘吓到你们了吧！’——”

“我们这儿从来就没出过僵尸。”

“他现在是个僵尸？”

“我想是这样——”

“那是不是说，他会整晚敲着铜鼓并且跳肚皮舞呢？”

“僵尸会这么干吗？”

“老温德尔？听着不像是他的风格。他活着的时候一直不怎么喜欢跳舞——”

“不管怎么说，这些伏都教的神[1]可不能相信。永远不要相信一个总是咧嘴笑还戴着大礼帽的神，这是我的座右铭。”

“——我决不会在等待了这么多年之后把刚到手的卧室让出去——”

1 伏都教，又译巫毒教。源于非洲西部，是糅合祖先崇拜、万物有灵论、通灵术的原始宗教。——编者注

“是吗？真是有趣的座右铭。”

温德尔·胡桐又一次开始在他自己的脑袋里绕着圈子。

这可真是件怪事。现在他已经死了，或者至少不再活着了，或者说不论他现在的状态究竟算是什么，但他的思想却比以往任何时候都更清晰。

而且掌控身体也比往常容易得多。现在他几乎不用再去过多关注呼吸系统，脾脏似乎也以某种方式开始了工作，感觉器官更是全速运转。不过，消化系统仍然像是一个谜题。

他注视着一个银盘中自己的倒影。

他看起来仍然像是个死人。苍白的脸颊，眼底渗出红色的鲜血——一具死尸。尽管可以行动，但从本质上说仍然是死了。还有公平吗？还有正义吗？在将近一百三十年的时间中你一直坚信自己将转世重生，结果这就是你的奖赏？你变成一具尸体回来了？

怪不得人们一直认为不死者都非常愤怒。

一件非常奇妙的事——如果从长期角度来看的话——正要发生。不过如果从短期或者中期角度来看的话，一件非常可怕的事正要发生。

这正是在冬日的夜空中看到一颗新星与真的和一颗爆发的超新星靠得很近之间的区别。这正是看到一滴美丽的晨露凝结在蛛网上与你自己是一只苍蝇之间的区别。

这是一件正常情况下几千年都不会遇到一次的事。

它现在马上就要发生了。

它发生的地点位于暗影区，安卡-摩波最古老也最声名狼藉的一部分。在一处摇摇欲坠的酒窖里，一个不再使用的橱柜的后部发出声响。

扑通。

这声音柔和得犹如落在累积了一个世纪的尘埃上的第一滴雨声。

“也许我们该去找一只黑猫来，让它在他的棺材上走走。”

“他根本没有棺材！”庶务长哀鸣道。他对于自己神志的掌控力总是有点薄弱。

“好吧，那我们给他买一个漂亮的新棺材，然后找只黑猫在上面走走？”

“不，那太愚蠢了。我们应该让他去放水[1]。”

“什么？”

“放水。不死者做不了这事。”

聚集在校长书房中的巫师对于这一评论给予了全身心的关注。

“你确定？”院长说。

“可以说是尽人皆知。”近代如尼文讲师以平静的语气指出。

“他活着的时候随时随地都在放水。”院长怀疑地说。

“但他死了就不行了。”

“是吗？有点道理。”

“是流水，”近代如尼文讲师突然说，“不好意思，说错了，是流水。它们无法穿过流水。”

“那个，我也没法穿过流水。”院长说。

“你也是不死者！”庶务长有点经不住这个打击。

“哦，别吓唬他了。”近代如尼文讲师拍打着庶务长颤抖的后背。

“呃，我真不行，”院长说，“我会沉下去。”

“不死者没法穿过流水，连桥都过不了。”

“他是唯一一个吗？还是说我们会遭遇一场‘不死’瘟疫？”近

1 就是小便的意思。——译者注

代如尼文讲师说。

校长用手指敲击着书桌。

“死人到处乱走，这不卫生。”他说。

这让所有人都无言以对。没有人从这个角度来看这个问题，但马斯特朗·瑞克雷正是那种会这样看问题的人。

马斯特朗·瑞克雷可能是一百年以来，幽冥大学拥有过的最坏的又或者最好的一位校长，这取决于你如何来看待他。

首先需要指出，他是一个特别巨大的人。也不是说他的身材有多么魁梧，他只是把他的个性发散出去，占据每一寸可用的空间。他会在晚餐时喝醉了酒大声嚷嚷，这对于巫师来说是一种良好的、可以接受的品性。可是随后他就回到自己的房间玩一夜的飞镖，第二天早上五点又出发去猎鸭子。他对人们吼叫，可他又试着逗笑他们。而且他几乎都没穿过正经的巫师袍。有一次，他说服了学校那位令人畏惧的女管家惠特罗夫人，让她用蓝色和红色的花布给他做了一条宽松的长裤套装。所有的巫师每天两次，笑意盈盈地看着他环绕学校的建筑自信满满地慢跑，他用一根带子牢牢地将尖顶巫师帽固定在自己的头上。他还会快活地朝他们叫喊，因为构成像马斯特朗·瑞克雷这种人的基础材料是一种坚定的信念，他相信其他人只要尝试这么做，就一定会爱上这种感觉。

“也许他会死，”他们注视着他试图打破安卡河水面上的硬壳并下去泡个晨澡，满怀期待地彼此交谈着，“这些健康锻炼对他不会有什么好处。”

故事慢慢在学校里流传起来。校长和巨石屑——一位在破鼓酒馆打零工的巨怪——打了两场拳击赛。校长和图书管理员打了个掰手腕决胜负的赌，尽管他理所当然地没能赢，但至少没像其他这么干的人那样丢掉手臂。校长想让学校组成一支足球队参加圣猪节的全城足球大赛。

从智力方面来说，瑞克雷能保住自己的职位有两个原因。其中一个就是他绝对、绝对不会改变自己对于任何事情的看法；另一个则是——当任何一个新的概念摆在他面前时，他都要花上好几分钟才能搞明白，而这一特点对于一个领导者来说弥足珍贵。因为，如果在时间已经过了两分钟之后，仍然有人在孜孜不倦地试图向你解释什么，那就说明这件事很可能相当重要；而要是对方在刚过了一分钟左右的时候就放弃努力，基本可以确定他们一开始就不应该拿这种不重要的事儿来打扰你。

按理来说，相比于一个人应有的容量，马斯特朗·瑞克雷实在有些过于丰富了。

扑通。扑通。

在酒窖中黑暗的橱柜里，一排架子已经被填满了。

而温德尔·胡桐的身子里刚巧装满了一个身体所能承担的全部容量，这会儿他正小心地操控自己的身体穿过走廊。

我从来都没期待过这回事，他想道。我不该遭遇这样的命运，肯定是什么地方出了错。

他感受到拂面而来的清风，这才发现自己已经来到了室外。在他面前正是幽冥大学的校门，眼下正紧紧地锁着。

突然间，温德尔·胡桐感觉到切切实实的幽闭恐惧。他等死已经等了许多年，而现在他确实死了，结果却被困在这个——这个装满了一群疯老头的活死人墓里，而且他还得在这儿度过未来所有的作为一个死人的生命。好吧，目前最重要的事情是离开这里，体面地终结这种不伦不类的状态——

“晚上好，胡桐先生。”

他非常缓慢地转过身，看到了学校的矮人园丁莫多的矮小身影，这家伙正坐在暮光里抽着烟斗。

“哦，哈喽，莫多。”

“我听说你死了，胡桐先生。”

“呃。是的，我死了。”

“看来你克服了这个困难。”

温德尔·胡桐点点头，并且厌恶地打量着周围的高墙。校门每天晚上日落时分便会关闭，从而迫使学生和职工不得不翻墙出去。他十分怀疑自己还能不能做到。

他的手握紧，然后又松开。哦，好吧……

“这附近还有别的门吗，莫多？”

“没有，胡桐先生。”

“那么，我们应该在哪儿弄一个呢？”

“不好意思，胡桐先生？”

饱受折磨的石头发出难听的噪声，随后墙上出现了一个形状有点像温德尔·胡桐的洞。温德尔的手又从洞里伸出来，捡起了他的帽子。

莫多重新点燃他的烟斗。做这份工作还真能长不少见识，他想道。

在一条小巷里，刚巧能躲过路人视线的地方，一个名叫瑞格·舒的死人朝两边张望了一下，然后从口袋里掏出一只刷子和一个颜料桶，在墙上写下了如下字样：

死是真的死了！走是不会走的！

然后，他跑开了，或者至少是高速拖动着自己的双腿。

校长打开了一扇窗。窗外是一片夜色。

“听。”他说。

巫师们侧耳倾听。

一只狗在吠叫。某处有一个窃贼吹起口哨，他的同伙则在附近的一处屋顶上以口哨声回应。远处有一对夫妻在吵架，那犀利的言辞足以让他们周围几条街的邻居打开窗子仔细地听并且记下笔记。但这些从大的主题来说是与城市中持续不断的嗡鸣声相冲突的。安卡-摩波在每次夜晚到黎明的途中都会发出温和的呼呼声，就像一个巨大的活的动物那样，不过，当然，这只是一个比喻。

“怎么了？”资深数学家说，“我没听到什么特别的声音。”

“那就是问题所在。安卡-摩波每天都有几十到上百个人死掉。如果他们都像可怜的老温德尔那样复活了，你们难道不觉得我们应该会听说过这事吗？整个城市都会大乱起来的。我的意思是，比平时还要乱得多。”

“附近总会有几个不死者，”院长的疑虑似乎并未完全打消，“吸血鬼、僵尸、女妖什么的。”

“是的，但他们是比较自然的不死者，”校长说，“他们知道该怎么办。他们生来就这样。”

“你不可能生来就是不死者。”资深数学家指出[1]。

“我的意思是他们是传统的不死者，”校长怒斥道，“在我长大的那个地方，有一些非常值得尊敬的吸血鬼。他们几百年来都待在自己家里。”

“是的，但是他们会吸血，”资深数学家说，“在我看来，那可不怎么值得尊敬。”

---

1 资深数学家这个职位与它的名字一样，都是非常设的。在某些学术中心，资深数学家是一位顶级哲学家；在另外一些地方，他只是一个照看马匹的人。至于幽冥大学的资深数学家，他是一位哲学家，同时长得又像是一匹马，从而完美地契合了两方面的定义。

“我读过一本书，上面说他们真正需要的其实不是血液，”院长急切地想要帮腔，“他们只是需要血液里的某种成分，好像是叫——血地精[1]。”

其他的巫师盯着他。

院长耸耸肩。“我可不知道，”他说，“血地精——书上就这么写的——它和人血液里含有的铁有关。”

“我很确定我的血液里没有什么血地精这种鬼东西。”资深数学家说。

“不管怎么说，总比僵尸好吧，”院长说，“吸血鬼要高贵得多，起码不会整天到处乱跑。”

“要知道，僵尸是可以由人转化而来的，”近代如尼文讲师循循善诱地说，“连魔法都不用。只要用一种稀有鱼类的肝脏和一种特别的草根的提取物混合起来就行。喝下一勺，等你醒过来的时候，你就变成僵尸了。”

“哪一种鱼？”资深数学家说。

“我怎么知道？”

“那么，为什么有人会知道呢？”资深数学家用令人不爽的语气说，“难不成是某人某天早上醒来，然后说，嘿，我有个主意，我来把某人变成僵尸吧，我只需要准备一种稀有鱼类的肝脏和一块草根就行，问题就在于，哪种鱼和哪种草才是正确的呢？你们可以在茅屋边上看到实验序列，不是吗？第九十四次实验，红带鱼的肝脏和疯狂草的根……无效；第九十五次实验，枪刺鱼的肝脏和达姆达姆的根……无效；第九十六次实验——”

“你在说什么呢？”校长质问道。

---

1 原文Hemogoblin，为血红素Hemoglobin的误拼。Goblin通常译为地精。——译者注

“我只是在从本质上说明这是不可能的——”

“闭嘴，”校长说，这也立即成了现实，“我觉得……我觉得……听着，死亡一定在继续发生，不是吗？死神必须得来，这就是活着的意义。你活着，然后你死了。它不能就这么停下来。”

“但是他并没有为温德尔而来。”院长指出这一点。

“死亡随时都在发生，”瑞克雷无视了他，“大多数东西一直都在死掉。连蔬菜也是一样。”

“但是我不觉得死神会为了一个土豆而来。”院长怀疑地说。

“死神会为了任何东西而来。”校长坚定地说。

巫师们睿智地点着头。

过了一会儿，资深数学家说：“你们知道吗？有一天我读了一本书，上面说每过七年，你身体里的每一个原子都会被替换掉。新的原子不断地附上原有的，而旧的原子则会掉下去。这种事一直都在发生，真是神奇啊。”

资深数学家在讨论中做的事，就相当于把一层厚厚的糖浆倒在一只精确的怀表里面的踏板上。

“什么？那么旧的原子哪里去了？”瑞克雷不由自主地问。

“不知道。我猜它们可能只是飘浮在空气中，直到附在另一个人身上。”

校长看起来像是受到了冒犯。

“什么，巫师也是一样吗？”

“哦，是的，所有人都一样。这是自然存在的奇迹之中的一部分。”

“是吗？我觉得这很不卫生，”校长说，“我猜没有办法阻止这件事？”

“我不该这么想，”资深数学家怀疑地说，“我觉得你不应该阻止自然存在的奇迹。”

“但那也就意味着所有东西都是由其他东西组成的。”瑞克雷说。

“是的。难道不是很神奇吗？”

“我觉得应该是很恶心。”瑞克雷简略地说。

“无论如何，我要指出的是……要指出的是……”瑞克雷停顿了一下，试图回忆起来，“你不能就这么消灭死亡，这就是我的观点。死神是不会死的。那就像是让一只毒蝎叮咬它自己。”

“事实上，”资深数学家说，他时刻都准备好可以在讨论中引用的事实，“你可以让一只毒蝎——”

“闭嘴。”校长说。

“但我们不能让一个不死的巫师到处乱走，”院长说，“再说我们也不知道他那个脑袋瓜里会想出什么鬼主意。我们必须……让他停下来。这是为了他好。”

“没错，”瑞克雷说，“是为了他好。应该不会太难。肯定有几十种可以对付不死者的方法。”

“大蒜，”资深数学家断然说道，“不死者讨厌大蒜。”

“这不能怪他们。我也受不了那玩意儿。”院长说。

“你也是不死者！”庶务长指控道。没有人理他。

“对，还有一些圣物，”资深数学家说，“低级的不死者只要看到那些圣物就会化作尘埃。而且不死者也不喜欢阳光。还有，如果最糟糕的情况发生，你就把它们埋在十字路口下面，这招绝对有效。最后你要在它们身上打一个桩，确保它们不会再一次站起来。”

“桩上放个大蒜。”庶务长说。

“好吧，好吧。我想你可以往桩上放个大蒜，没问题。”资深数学家不情愿地退让了。

“我觉得一块好牛排上不应该放大蒜，”院长说，“只要放点油和香料就成。”[1]

“红辣椒就不错。”近代如尼文讲师快活地说。

“闭嘴。”校长说。

扑通。

那个橱柜门上的合页终于顶不住了，橱柜里的东西撒得满屋都是。

安卡-摩波城市警卫队的科隆·弗雷德中士今晚值班。他看守着安卡和摩波之间最重要的通道——铜桥，免得它被人给偷了。

谈到犯罪预防问题，科隆中士发现，最安全的方式是要从大处着眼。

有一个学派认为，一个人若要被承认为是安卡-摩波法律的热心守护者，他就必须走街串巷、收买线人、跟踪嫌犯什么的。

科隆中士从没信过这个学派。尽管他会匆忙解释说，那是因为想要减少安卡-摩波的犯罪行为就如同想要把大海里的盐分给降下来，而如果要想当一个正直而又敏锐的法律守护者，唯一的下场就只能是“嘿，瞧瞧下水沟里那具尸体，那不是科隆中士吗？”，但实际上，他认为现代的、超前的、智慧的警官理应比同时代的罪犯抢先一步。总有一天，会有一个窃贼来试图偷走铜桥，那时他便会发现科隆中士早已在此恭候多时了。

与此同时，在此处站岗也可以避风，他可以在这里放松地吸一支烟，并且不会看到任何会打扰到他的东西。

这会儿，他两只胳膊肘架在桥栏杆上，茫然地思索着人生。

一个身影跌跌撞撞地从薄雾里走出来。科隆中士认出了那熟悉的尖顶巫师帽。

1 “桩”（stake）与“牛排”（steak）同音。——译者注

“晚上好，警官。”戴着这顶帽子的家伙说。

“早安，阁下。”

“你能帮我爬到桥栏杆上去吗，好心的警官？”

科隆中士犹豫了一下。不过，这家伙是个巫师。要是不帮巫师的忙可就会有大麻烦了。

“是要尝试一些新法术吗，阁下？”他欢快地说，同时帮助这个瘦骨嶙峋却又重得出奇的巫师爬到摇摇晃晃的桥栏杆上。

“不是。”

温德尔·胡桐向着桥的外侧跨出一步。响起了一阵嘎吱声。[1]

科隆中士低头注视着安卡河的水面慢慢地合拢。

这些巫师。总是在打着什么主意。

他又盯着水面看了一会儿。几分钟之后，一座桥墩附近水面上的杂物和垃圾开始搅动起来，那里恰巧有一个满是泥泞的楼梯通向水面。

尖顶帽的尖顶露了出来。

科隆中士听到那个巫师慢慢地爬上楼梯，嘴里一直在低声咒骂。

温德尔·胡桐又回到了桥上。他浑身都湿透了。

“你肯定想回去换身衣服，”科隆中士提议道，“你这样会得伤风死掉的。”

“哈！”

“把脚放到烧得旺旺的火堆前面，是我的话就这么做。”

“哈！”

科隆中士注视着站在只属于他自己的小水坑里的温德尔·胡桐。

“你是在尝试某种特殊的水下魔法吗，阁下？”他壮着胆子问道。

1　不死者没法穿过流水，这是真的。然而安卡河在人城之前就由于流过泥泞的平原而变得异常浑浊，而在通过这座人口达到一百万的城市之后，它已经不怎么符合“流动”这个条件了，甚至连“水”这个条件也满足不了。

“并非如此，警官。”

“我总是想要知道水下究竟是什么样的，”科隆中士鼓励地说，“深海之下危险而又奇特的生物们……有一次我母亲给我讲了个故事，说有一个小男孩变成了美人鱼，呃，可能不是美人鱼吧，然后他经历了许多冒险——”

他的声音在温德尔·胡桐可怖的凝视之下停止了。

“真无聊，”温德尔说完就转过身，一跳一跳地走向迷雾之中，“非常、非常无聊。简直无聊透顶。”

科隆现在又是独自一人了。他用颤抖的手又点燃了一根香烟，然后开始匆忙返回夜巡警卫营。

“那张脸，”他对自己说，“还有那双眼睛……像那个，叫什么来着……在缆绳街上开熟食店的那个该死的矮人……”

“中士！”

科隆僵住了。然后他低下头去看。一张脸正在地面的高度仰头看着他。在他重新回过神来之后，他认出这张脸属于他的老朋友自割喉咙迪布勒，后者正是碟形世界的活化石，生动地说明了人类是由啮齿动物进化而来的。自割喉咙迪布勒喜欢自称为商业冒险家。其余所有人都认为他只是一个流动街头小贩，而且赚钱的方式饱受批判，因为他卖的东西总是有些微小却重要的瑕疵，比如试图卖掉他没有或者没用的东西，有时，他卖的东西根本不存在。大家都知道仙子金币到第二天早上的时候就会消失，但与“自割喉咙”售卖的物品相比，仙子金币简直可以算是一块钢筋混凝土了。眼下他正站在一个通往安卡-摩波无数酒窖中的梯子的最低处。

“你好，喉咙。”

“你能下来一下吗，弗雷德？就一分钟。我可能需要点法律援助。”

“有什么问题吗，喉咙？”

迪布勒挠了挠他的鼻子。

“好吧，弗雷德……假如有人给你东西的话，你会不会有罪？我是说，在你不知道的情况下。”

“有人一直在给你东西吗，喉咙？”

迪布勒点了点头。“不知道。你知道我把我的商品都放在这下面吧？”他说。

“是啊。”

“你瞧，我只是下来想要点点库，结果……”他无助地挥了挥手，“那个……下来看看吧……”

他打开酒窖的门。

在黑暗中，有什么东西发出扑通一声。

温德尔·胡桐漫无目的地沿着暗影区中的一条黑暗小巷蹒跚前行，他的双臂向前伸出，双手则无力地垂在手腕之下。他不知道这是为什么。总之这似乎就是走路的正确方式。

试试看跳楼怎么样？不行，那肯定也没有用。再说现在走路已经够困难了，要是两条腿都断了肯定不会对这个情况有所改善。服毒？他推测那一定会是非常严重的腹痛。上吊？悬在空中很可能比坐在河底还要无聊。

他来到一处由数条小巷交会而形成的天井里。环境脏乱得令人恶心，老鼠从他身边四散而逃，一只猫发出尖叫并从房顶上离开了。

正当他站在原地，思索自己身在何处、自己为什么身在此处以及接下来将发生什么事等等哲学问题的时候，他感觉到一只小刀的刀尖正顶在他的脊梁骨上。

“好啦，老爷爷，”他身后的一个声音说，“要钱还是要命？”

黑暗中，温德尔·胡桐的嘴角露出一个可怖的笑容。

“我可不是开玩笑，老头子。”那个声音说。

“你们是盗贼行会的人吗？”温德尔说，并没有转过身。

“不，我们是……自由职业者。快点，让我们看看你的钱是什么颜色的。”

“没钱。”温德尔说。他转过身来。原来他身后的抢劫犯还有另外两个跟班。

“老天爷，看看他的眼睛。”其中一名跟班说。

温德尔将双臂举过头顶。

“哦哦哦哦哦哦哦哦。”他呻吟道。

跟班们向后退却。然而不幸的是他们身后有一堵墙。

他们尽力将自己平摊在墙上。

“哦哦哦哦噢噢噢噢哦哦哦哦快滚开哦哦哦噢噢噢哦哦哦。”温德尔说，并没有意识到唯一一条能够逃走的路刚巧被他挡住了。为了增强效果，他还开始转动眼睛。

吓疯了的抢劫未遂者们从他高举的手臂之下逃走，但在那之前，其中一个把刀子深深地捅进了温德尔·胡桐的鸡胸。

他低头看着那把刀子。

“嘿！那是我最好的一条袍子！”他说，“我本想穿着它进棺材——你们看看这个行不行？你们知道要修补丝绸有多么困难吗？你们都给我回来——看看这个，就这个地方——”

他聆听着。除了逐渐变得越来越远的匆忙脚步声之外再没有别的声音。

温德尔·胡桐把刀子拔了出来。

“差点把我杀死了。”他喃喃说着，把刀子扔了。

在那个酒窖里，科隆中士捡起大片地板堆积物中的一块。

“这里肯定有好几千个这玩意儿，”迪布勒在他身后说，“我想要知道的是，是谁把它们放在这里的？”[1]

科隆中士用手一圈又一圈地转动那个物体。

“从没见过这样的东西。”他说。他把那个东西摇了摇，他的脸被照亮了：“很漂亮，不是吗？”

“门锁得好好的，”迪布勒说，“而且我还给盗贼行会交了保护费。”

科隆又一次摇动那个物件。

“真好看。”他说。

“弗雷德？”

科隆着了魔似的注视着这个玻璃小球里正向下飘落的遥远又渺小的雪花：“嗯？”

“我该怎么做呢？”

“不知道。我想这些应该是你的了，喉咙。不过还真想不出为什么会有人把这东西丢掉。”

他转过身走向门口。迪布勒挡住了他的去路。

“承惠十二便士。”他圆滑地说。

“为什么？”

“为你刚才放进你口袋里的那个小东西，弗雷德。”

科隆从口袋里掏出那个小球。

1　鉴于整个多元宇宙的基础法则：任何事物都有一个对立面，在碟形世界，也确实存在这么一种“反向犯罪”，尽管不是很普遍。这种事情显然是非常罕见的。简单地把一个东西给别人并不是抢劫的对立面；要使得一桩反向犯罪成立，这个交付物品的行为必须引起受害者的愤怒和/或屈辱。因此便出现了“闯入并强制装饰”“令人尴尬的赠礼”（正如大多数退休礼物那样）以及“反向勒索”（比如说威胁一位暴徒，声称要将他向慈善组织捐献的行为告诉他的敌人）。从来都没有人能够真正地领会“反向犯罪”的真谛。

“得了吧！”他抗议道，“你刚刚才找到它的不是吗？它根本没有花你一个子儿！”

“是啊，但还得算上储存费……打包费……处置费……”

“两便士。”科隆绝望地说。

“十便士。”

“三便士。”

“七便士——这已经是在割我自己的喉咙了，我告诉你。”

“成交。”中士不情不愿地说。他又一次摇了摇那个小球。

“很漂亮，不是吗？”他说。

“绝对超值。”迪布勒说，他充满期待地搓着手。“这东西肯定能大卖。”他说着，捡起几个小球塞到盒子里。

当他们离开时，他将门锁好了。

在黑暗中，有什么东西发出扑通的声响。

一直以来，安卡-摩波都有着欢迎各个不同种族、肤色和形状人士的传统，只要他们有足够的钱在这里花销并且买上一张返程票就行。

根据商人行会的著名出版物《欢迎来到安卡-摩波——一千个惊喜之城》所言——访客将会在这座古城数不尽的酒馆和旅店中得到热情的欢迎，它们还专门为来自远方的客人订制了特别服务。所以无论你是人类、巨怪、矮人、地精还是侏儒，安卡-摩波都会让你高兴地举起酒杯并且说：“干杯！往这儿看，小老弟！喝，干，你的，杯子！”

温德尔·胡桐不知道不死者都去哪里找乐子。但他确定无疑的是，假如他们能找到什么乐子的话，那一定就是在安卡-摩波。

他疲惫的脚步带领他走向暗影区的深处。只不过它们现在并没有很疲惫。

温德尔·胡桐在幽冥大学的高墙之内生活了超过一个世纪。从累计的年份来说，他是活了很久。但从社会经验的角度来说，他大约只有十三岁。

他现在看到的景象、听到的声音、闻到的气味都是他以前从来没有体验过的。

暗影区是这座城市最古老的一部分。如果你能够画下一幅显示出一切邪恶、罪恶以及不道德之事的地图，正如那些表现黑洞附近的引力场的示意图那样，那么即使是在安卡-摩波，暗影区的示数也会高得引人注目。实际上，暗影区恰恰具备方才所提及的天文学现象——黑洞的一个显著特征：它有着强大的吸引力，没有光线能从其中逃出来，因此它确实可以说是通往另一个世界的大门。或者说下一个世界。

暗影区就像是一座城中之城。

街上熙熙攘攘。模糊的身影穿行其间，忙于他们各自的杂务。奇异的音乐从凹陷的楼梯井中飘上来，同样飘上来的还有刺激且令人兴奋的气味。

胡桐穿过地精的小吃摊，还有矮人酒吧，那其中传出歌唱和打斗的声音，正是矮人依照传统会同时做的两件事。而且这里还有巨怪，他们在人群中走动的样子就像……就像高个子走在一群矮个子之中。而且他们一点都不慌张。

在此之前，温德尔只在这座城市中更为高尚的地方[1]见过巨怪，在那些地方，他们的任何行动都异常小心翼翼，以免出现不慎用棍子把其他人打死并且吃掉的情况。但在暗影区，他们毫不畏惧地大步前进，头昂得高高的，几乎比他们的肩胛骨还要高。

温德尔·胡桐漫步于人群之中，就像弹珠台上一颗被随意射出的弹子。在这里，从一个酒吧里迸出烟雾和爆炸声，将他驱赶回街道上；

1 也就是暗影区以外的所有其他地方。

在那里，一道不显眼的门扉暗示着非同寻常的、被禁止的愉悦，就像一块磁石一样大力地吸引着他。温德尔·胡桐的生命中甚至未曾包括许多种寻常的、得到允许的愉悦。他甚至不清楚那些愉悦究竟是什么。在一道用粉色灯光照亮、似乎正在发出邀约的门扉上画着一些潦草的图画，让他更进一步地沉迷其中，充满了学习的欲望。

他转了一圈又一圈，沉浸在全然的惊讶中。

这个地方！从大学步行过来只需十分钟，就算是蹒跚而行，也只要十五分钟！而他从来都不知道还有这么个地方！这么多人！这么多噪声！这么强烈的生机！

几个体态和种族各不相同的人推挤着他。其中一两个刚想要开口说话，立刻就闭上了嘴并且匆匆离开。

他们想道……瞧他的眼睛！就像螺丝刀！

随后，阴影里传来一道声音："哈喽，大男孩，想找点乐子吗？"

"哦，当然！"温德尔·胡桐早已迷失在新奇的震撼之中，"哦，当然！当然！"

他转过身。

"真他妈该死！"响起了某人沿着小巷向远方逃窜的脚步声。

温德尔的脸垮了下来。

生活，正如它的字面意思，只能由活着的生物去享受。也许回到自己身体里这回事从一开始就是错的。他曾经以为不是如此，真是太蠢了。

他转过身，几乎都没再费力保持自己的心脏跳动，并且返回了大学。

温德尔艰难地穿过大厅前面的四方院子。

校长一定知道该怎么办——

"他在那儿呢！"

"就是他！"

“抓住他！”

温德尔久经训练的思绪冲下了悬崖。他环视着五张写满了忧虑、红彤彤的大脸，更重要的是，这些面容他都非常熟悉。

“哦，你好，院长，”他闷闷不乐地说，“这位是资深数学家吗？哦，还有校长也在，这是——”

“抓住他的胳膊！”

“别看他的眼睛！”

“抓住他的另一条胳膊！”

“这是为了你好，温德尔！”

“这不是温德尔！它是一个黑夜生物！”

“我向你们保证——”

“你们抓住他的腿了吗？”

“抓住他的腿！”

“抓住他的另一条腿！”

“你们把他的全部东西都抓住了吗？”校长咆哮道。

巫师们点点头。

马斯特朗·瑞克雷将手伸进自己的长袍那巨大的内袋中。

“好啦，你这人形的恶魔，”他高叫道，“你对这个东西有什么看法？啊——哈！”

温德尔眯眼看着被以胜利的姿态伸到他的鼻子下面的这个小东西。

“嗯，呃……”他不太有信心地说，“我想……对……嗯……是的，这个气味非常特别，难道是……是的，相当确定。这是大蒜，普通的栽培大蒜。对吗？”

巫师们瞪眼看着他。他们瞪眼看着小小的白色蒜瓣。他们再次瞪眼看着温德尔。

“我说对了，不是吗？”他说，并且试图露出微笑。

“呃，”校长说，“是的。是的，说对了。”瑞克雷思索着是不是应该再说点什么。

“干得好。”他说。

“谢谢你们的尝试，”温德尔说，“我真的很感激。”他向前走去。巫师们发觉他就像一座冰川一样不可阻挡。

“现在我打算躺一会儿，”他说，“这一天真的很漫长。”

他蹒跚着走进大厅，吱嘎作响地走过走廊，最后终于到达了自己的房间。似乎有其他人将他们的一些物品搬了进来，但温德尔只是简单地用一条胳膊扫了一圈并且把它们全部推到走廊上。

然后他在床上躺了下来。

睡觉。好吧，他感到疲倦了。这是个好的开始。但是睡眠意味着放弃控制，而他并不是很确定他的各种系统有没有完全恢复功能。

话说回来，忽略其他问题直击本质，他真的有必要睡觉吗？毕竟他已经死了。死亡应该和睡眠差不多，只不过是睡得更死罢了。人们说死亡就和入睡没什么区别，当然，如果你不小心的话，你的某些部分会腐烂、脱落。再说，你睡着的时候应该做什么呢？做梦……做梦不就是在整理你的记忆什么的吗？那究竟是怎么做到的呢？

他注视着天花板。

“我从没有想到过死掉竟然会这么麻烦。”他大声说道。

一小会儿之后，一种微弱却持续的声音使得他转过头去。在火炉上方有一个装饰烛台，用一个铁框架固定在墙上。这是一个温德尔非常熟悉的家具，熟悉到他已经有五十年没有真正看见过它了。

固定它的螺丝被旋了出来。那颗螺丝慢慢地旋转着，每转一下都发出吱嘎的响声。

转了五六圈之后，螺丝掉在地上，发出叮当的声音。

在碟形世界上，无法解释的现象本身并不罕见。[1]只不过，通常无法解释的现象会更有意义，或者至少会比螺丝自己旋出来更有趣一些。

似乎没有其他东西准备动一动了。温德尔放松身体，再一次开始整理自己的记忆。这其中有那么多他早就已经完全忘了的事情。

外面传来短暂的低语声，随后门就砰地被推开了——“抓住他的腿！抓住他的腿！”

“抓住他的胳膊！”

温德尔试着坐起来。“哦，大家好啊，”他说，“有什么事吗？”

站在床脚方向的校长拿出一个麻布袋子，从里面掏出一个又大又沉重的物件。

他把它举得高高的。

“啊——哈！”他说。

温德尔偷眼看着那个物件。

“怎么了？”他十分配合地说。

“啊——哈。”校长又说了一遍，只不过这次的语气没那么确定了。

“这是空眼爱奥的符文双手斧。”温德尔说。

校长对他翻了个白眼。

“呃，是的，”他说，“说得没错。”他把斧子往肩膀后面一扔——差点把院长的左耳给削掉，又在麻布袋子里掏摸起来。

“啊——哈！”

“这是鳄鱼神奥夫勒的神秘牙齿的一个样本，制作得相当精良。”温德尔说。

---

1 例如说，天上下鱼这种事在松木橱柜这个内陆小村庄特别常见，以至于该村发展出了繁盛的烟熏鱼、罐头鱼以及切片腌鱼产业。而在赛力特山区，许多在田野上度过整夜的绵羊到了第二天早上会面朝另一个方向，这其中没有任何人类的干涉。

“啊——哈！”

“这个是……我想想……是的，这是没品位奥德加的一整套神圣飞鸭。我说，这还挺有意思的！”

“啊——哈。”

“这是……别告诉我，别告诉我，让我想想……这是臭名昭著的苏提教派的圣玲珑，不是吗？”

“啊——哈？”

“我想这个是霍万达兰的三头鱼教所信奉的三头鱼。”温德尔说。

“这太荒谬了。”校长说着，把鱼扔在了地上。

巫师们垂头丧气。看来宗教圣物并不像他们想象的那样靠谱。

“给你们带来如此不便，真是十分抱歉啊。”温德尔说。

院长突然激动起来。

“阳光！”他兴奋地喊道，“一定能有效！”

“抓住窗帘！”

“抓住另一边的窗帘！”

“一，二，三……拉！”

温德尔在极具侵略性的阳光之下眨着眼睛。

巫师们屏住呼吸。

“抱歉，”他说，“看起来没用。”

他们再一次垂头丧气。

“你就一点儿感觉也没有吗？”瑞克雷说。

“没有变成灰尘然后被风吹走之类的冲动吗？”资深数学家充满期待地说。

“如果我晒太阳太久，我的鼻子可能会脱皮，”温德尔说，“不知道这会不会有帮助。”他试着微笑。

巫师们彼此对视并且耸肩。

“都出去。”校长说。巫师们成群结队地退出房间。

瑞克雷跟在他们身后。他在门口处停了下来，朝温德尔摆动手指。

“这种不合作的态度不会对你有任何好处的，温德尔。”他说着，“砰”的一声把门在他身后关上。

几秒之后，固定着门把手的四个螺丝钉非常缓慢地自己旋转了出来。它们向上飘起，在天花板附近绕了几个圈子，然后落了下来。

温德尔对此略加思索。

记忆。他有这么多的记忆。足足一百三十年的记忆。当他还活着的时候，他连这其中的百分之一都记不起来，但现在他死了，他的脑海反而变得井井有条，只有一条思绪的银线在颤动——他可以感觉到一切的记忆。他曾经读过的文字、看过的景象、听过的声音，全都清清楚楚、分门别类地摆放好。没有任何东西被忘记。所有东西都在它们应该在的地方。

一天之内发生的第三个无法解释的现象。其实应该是四个，如果算上他死而复生这一事实的话。而那才是真正无法解释的。

它需要一个解释。

好吧，那是其他人的问题了。所有事情现在都是其他人的问题了。

巫师们蹲在温德尔房间的门外。

“东西都备齐了吗？”瑞克雷说。

“我们为什么不能叫些仆人来干这事？”资深数学家低声说道，“这太没面子了。”

“那正是因为我想让这件事办得有面子，”校长怒斥道，“如果一定要有人把一个巫师埋在十字路口下面再钉上木桩，那就得由巫师来干。我们可是他的朋友啊。”

“话说回来，这是个什么玩意儿？”院长盯着他手上的器械。

“这东西叫作铲子，”资深数学家说，“我看到过园丁是怎么使唤它的。首先把尖的一头插在地里，接下来的部分就比较有技术含量了。”

瑞克雷眯着眼睛透过钥匙孔往房间里窥视。

“他又躺下了。”他说。他站了起来，拍掉膝盖上的灰尘，然后握住了门把手。“好了，”他说，“听我口令：一……二……”

园丁莫多正推着整整一车修剪下来的树篱，走向新建的高能魔法研究所大楼后面的一处篝火，正当此时，五六个巫师以对于巫师来说非常快的速度走了过去。温德尔·胡桐被他们所有人一起抬着。

莫多听到他在说：“说真的，校长，你真确定这一次能成功吗？”

“我们是真心地为了你着想。”瑞克雷说。

“这个我很确定，但是——”

“我们很快就会让你再次恢复以前的感觉了。”庶务长说。

“不，我们不会，”院长嘶声说，“这才是重点！”

“我们很快就会让你感觉和从前一点也不一样，这就是重点。”当他们转过街角时，庶务长哆哆嗦嗦地说。

莫多再次捡起手推车的把手，思绪重重地推着它，走向那个封闭的区域——那里有他的篝火，他的肥料堆，他的霉烂树叶的小山，以及当下雨的时候他便坐在其下的小草棚。

他以前是宫廷里的园丁助理，但现在这个工作有趣多了。你真的能见识到生活中很多奇妙的东西。

安卡-摩波的社会是一个街头社会。街头上总是会有些有趣的事情发生。此时此刻，一辆由两匹马拉着的装水果的马车停在街上，而它的驾车人则抓着院长法师袍的领口，把院长举到离地面六英寸高的位置，并发出将院长的脸推到院长脑袋后面的险恶威胁。

“这些是桃子，对不对？”他持续地吼叫着，“你知道桃子放得太久会怎样吧？它们会烂掉。这里的许多东西都会烂掉。”

“你要知道，我是一位巫师，”院长说道，他的尖头鞋子在空中晃荡，“要不是会违反除非在纯防御状态下不得使用魔法的规矩，你现在可就有大麻烦了。”

“话说，你们到底在干啥啊？”驾车人把院长举得低了些，以便可以从他的肩膀上方怀疑地看着前面发生的一切。

“是啊，”一个正试图控制一群拉着木材车的劳工的人说道，“到底是怎么回事？这些人可都是按钟点付钱的！”

“前面的动一动！”

木材车的驾车人转过身子，面对着他后面排成长队的车辆。“我正试着动呢，”他说，“这不是我的错，对吗？前面有一群巫师正在这该死的路上挖坑！”

校长沾满泥泞的脸在坑洞的边缘露了出来。

“哦，老天，院长，”他说，“我不是让你解决这件事吗！”

“是的，我正在请求这位绅士后退并且走另一条路。”院长说道，并担心自己是不是开始窒息了。

水果商把院长转过九十度，从而让他可以看到水泄不通的街道。“你试过让六十辆车同时后退吗，嗯？”他质问道，“这可没那么容易。特别是现在你们这群家伙已经把路堵到下一个路口，没有人可以动一下，因为所有人都挡住了其他人的路，明白吗？”

院长试着点头。他曾经对自己的智慧感到惊奇，因为正是他提议在小神灵路和百老汇路——安卡-摩波两条最繁忙的街道——的十字路口挖坑。当时好像挺符合逻辑的。就算是最有毅力的不死者也会被巨大的交通量给压得死死的。唯一的问题在于，所有人都低估了交通高峰时期在两条主路的交会处挖坑的难度。

“好啦，好啦，这里发生了什么事？”

拥挤的人群让出一个空隙，使得城市警卫队科隆中士的庞大身形得以出现。他以不可阻挡的气势穿过人群，大肚子挺在前面。当他看到巫师们站在路中央一个齐腰深的洞里时，他巨大通红的脸开始发出光来。

“这是在干什么，嗯？”他说，“一伙偷窃十字路口的国际大盗吗？”

他实在太开心了。他的长期从警策略马上就要见效了！

校长将一铲子安卡-摩波的肥沃土壤倒在自己的靴子上。

“别傻了，伙计，”他怒斥道，“这可是非常重要的。”

“哦，是的。他们都这么说。”一旦科隆中士的思考速率上了轨道，他就没那么容易被说服了，“我敢打赌，在像克拉奇那样的穷乡僻壤，肯定有上百个村庄会愿意为这么个质量优异并享有盛名的十字路口付大价钱，嗯？”

瑞克雷抬头看着他，嘴巴惊讶地张大了。

“你在胡说什么呢，警官？”他恼火地指着自己的尖顶帽，“你没听到我说的吗？我们是巫师。这是巫师的内部事务。所以，如果你能将我们周边的交通秩序恢复，我们就仍然有机会——”

“——这些桃子正在你们的眼皮底下烂掉——”科隆中士身后有一个声音说。

“这伙老白痴已经把我们堵在这里有半小时了。”一个赶牛人说，他的四十头小牛早已失去了控制，漫无目的地在周围的街道上游荡。“我希望您逮捕他们。”

中士突然发现自己无意中登上了舞台，成了一场有数百个人参演的戏剧的焦点，这数百个人中还有一些是巫师，而且所有人都很愤怒。

“那么你们到底在干吗？”他虚弱地问。

“我们正在埋葬我们的同事。你觉得我们看起来像是在干什么？”瑞克雷说。

科隆的眼睛转动着，看向路边一个没有盖上盖子的棺材。温德尔·胡桐朝他轻轻招了招手。

“但是……他还没有死……不是吗？”为了理解眼下的形势，科隆前额上的皮肤都皱了起来。

“表象可能是有欺骗性的。”校长说。

“但他刚才对我招手了。”中士绝望地说。

“那又如何？”

“呃，一个死人——”

“没关系的，中士。”温德尔说。

科隆中士靠近那个棺材。

“我昨晚是不是看到你自己跳进河里？”他从嘴角挤出一句话。

“是的。你当时帮了大忙。”温德尔说。

“后来你又自己爬出来了。”中士说。

“恐怕的确如此。”

“但你在河底下待了很长时间。”

“呃，当时天很黑，你懂的。我找不到台阶。”

科隆中士不得不承认这非常符合逻辑。

“好吧，我想你确实是死了，”他说，“没有一个活人会在那下面待着。”

“正是这样。”温德尔表示赞同。

“那你为什么还在招手、说话呢？”科隆说。

资深数学家的头从坑里伸了出来。

“一具尸体在死后抖动、发出噪声并没有什么无法解释的，中士，”他自告奋勇地回答道，“这都是一些非自主的肌肉抽搐。”

“事实上，资深数学家说得没错，”温德尔·胡桐说，“我曾经在书上读到过。”

"哦。"科隆中士环视四周。"对，"他不太确定地说，"嗯……我想，就这样吧……"

"好了，我们挖好了，"校长从坑里爬了出来，"这已经够深了。来吧，温德尔，下去吧。"

"我真的非常感动。"温德尔再一次躺倒在棺材里。这个棺材的质量非常不错，来自榆树街的停尸间。校长让他自己挑的。

瑞克雷拿起一个木槌。

温德尔又坐了起来。

"大家都辛苦了——"

"是的，没错，"瑞克雷四处张望着，"现在——木桩在谁那儿呢？"

所有人都盯着庶务长。

庶务长看起来不太开心。

他在一个袋子里摸索了一阵。

"我没找到什么木桩。"他说。

校长用手捂住了眼睛。

"好吧，"他低声说道，"知道吗？我一点也不吃惊。一点也不。那你有什么？羊排？一块上好的猪肉？[1]"

"芹菜。"庶务长说。

"这就是他的胆子。"院长快速地说。

"芹菜，"校长的自控力强大到足以把马蹄铁掰弯，"好吧。"

庶务长递给他一把湿漉漉的绿色玩意儿。

瑞克雷接了过来。"现在，温德尔，"他说，"我希望你想象一下我手里拿的东西——"

1　此处继续在用木桩和牛排同音的双关。——译者注

“挺好的。”温德尔说。

“我不太确定我能不能把它锤进去——”

“我一点都不在乎，我向你保证。”温德尔说。

“你不在乎？”

“原则非常合理，”温德尔说，“如果你把芹菜递给我，而只是在思想中把木桩敲进我的胸口，那可能也就够了。”

“你真是太慷慨了，”瑞克雷说，“你真的展现出了一个宽厚的灵魂。”

“尸体的灵魂。”资深数学家说。

瑞克雷狠狠瞪了他一眼，然后戏剧性地将那把芹菜刺向温德尔。

“受死吧！”他说。

“谢谢。”温德尔说。

“现在我们来把棺材盖子盖上，然后去吃点午饭，”瑞克雷说，“别担心，温德尔。这肯定有用。今天就是你余生的最后一天。”

温德尔躺在黑暗中，听着锤子敲打钉子的声音。棺材震了一下，一阵模糊的抱怨院长没有抓牢另一头的咕哝声传了进来。随后是把土壤拍打在棺材盖上的声音，越来越微弱、遥远。

过了一会儿，听起来很遥远的车轮滚动声音传进棺材，说明这座城市的商贸得以恢复。他甚至能听见模糊的说话声。

他用力敲打着棺材盖子。

“你们能小点儿声吗？”他质问道，“这儿还有人正试着去死呢！”

他听到那些说话声停止了。随后是匆忙逃离的声音。

温德尔又在那里躺了一段时间。他不知道有多久。他试着停止自己的所有功能，但那只是让自己更不舒服。为什么死会如此困难？其他人好像也没怎么练习过就自然而然地死掉了。

同时，他的腿也非常痒。

他试着伸手过去抓痒，而他的手碰到了一个形状不规则的小东西。他设法用手指抓住了它。

它摸起来像是一束火柴。

棺材里为什么会有火柴？难道有人认为他会在这里抽雪茄打发时间？

费了一番力气之后，他设法用一只靴子把另一只靴子脱了下来，然后把靴子向上蹭，直到他可以用手抓住它。这给了他一个粗糙的表面让他可以划燃火柴。

硫黄的黄色光焰立刻充满了这个长方形的狭小世界。

有一小张卡片纸，用图钉钉在棺材盖的内面上。

他读了一遍。

他又读了一遍。

火柴熄灭了。

他点燃另一根火柴，只是为了检验一下他刚才读到的内容是不是真的存在。

即使是第三遍阅读，纸片上的信息仍然同样怪异：

死了吗？忧郁吗？

想要从头开始吗？

那么为什么不来

新开始俱乐部

每周四中午12点，榆树街668号

欢迎所有人

第二根火柴也熄灭了，带走了棺材里的最后一点氧气。

温德尔又在黑暗中躺了一会儿，思索下一步的行动，顺便吃掉了那把芹菜。

谁会想要做这种事？

突然间，已故的温德尔·胡桐想通了：这世界上根本没有什么是其他人的问题，而当你觉得这个世界把你推到一边的时候，世界自然而然地就充满了陌生感。从他的经验他可以得知，世界上有一多半的事情是活着的人从来都不知道的，因为活着的人正在忙着活。只有旁观者才能更好地观赏比赛，他告诉自己。

活着的人无视了一切古怪和奇妙的事情，因为生活充满了令人厌烦的日常琐事。但这个世界真的很奇异。它有着像是会把自己旋出来的螺丝以及在棺材里写有给死人的留言之类的奇闻趣事。

他决心去找出到底发生了什么。在那之后……如果死神不来找他，那他就去找死神。毕竟这是他的权利。没错。他要成为史上最大的失踪人员追踪案的领导者。

温德尔在黑暗中笑了起来。

失踪人员——确信为死神。

今天是他余生中的第一天。

而安卡-摩波就在他的脚下。呃，比喻意义上是如此。唯一的出路就是上方。

他伸出手来，在黑暗中摸到那张纸片，把它从棺材盖子上撕了下来。他用牙齿把它咬住。

温德尔·胡桐用双脚顶住棺材盒子的尽头，将手抬到头的上方，用力向上抬。

安卡-摩波潮湿的泥土慢慢地流了进来。

温德尔习惯性地屏住呼吸，随后就意识到这根本没有必要。他再次向上推。棺材的尾部碎裂了。

温德尔把这块坚硬的松木板拉过来，像是撕裂一张纸那样把它撕开。他留下了木板的一个碎片，对于任何一个没有像僵尸一样庞大力量的人来说，这东西根本就不可能作为铲子来使用。

接下来温德尔·胡桐转向他的肚子，用他临时制作的木铲插进周围的泥土，并用脚踩着木铲，向着他崭新的开始挖掘出一条道路。

想象一处大平原，其上略有平滑的起伏。

远处是锤顶山脉高耸的群山，第八色草原国度已进入晚夏，红棕与金黄成为草原上主导的颜色。热浪烧灼着这片土地。蟋蟀吱吱地叫着，就像进了油锅一样。就连空气也热得不想动弹。这是本地生物记忆中最热的一个夏天，而且——在这片区域，那真的是一段很长很长的时间。

想象一个骑着马的身影，正慢慢地沿着已显露出异常丰收迹象的玉米地之间的一条小路移动着，路上的灰尘厚达一英寸。

想象一段用烧焦的木头组成的栅栏。栅栏上钉着一道告示。阳光已经使得告示上的文字开始褪色，但仍能辨认出来。

想象一个影子，投射到告示之上。你甚至几乎能听到那个身影在读出告示上的字。

旁边有一条小路从大路上延伸出来，通向一小群颜色泛白的建筑。

想象一种拖着脚走路的脚步声。

想象一道门，敞开的。

想象你从开着的门那里，瞥到一个凉爽而又黑暗的房间。这不是那种人们经常在其中生活的房间。住在这儿的人通常在户外待着，但在天黑的时候不得不返回这里。这个房间是为马具和狗准备的，油布也可以挂在其中晾干。门旁边有一个啤酒桶。地上铺着石板，天花板的横梁上有用来挂熏肉的钩子。房间中摆着一个擦得干干净净的桌子，足以容纳三十个又饿又渴的男人围坐在桌旁。

只不过这里没有男人。没有狗。没有啤酒。

也没有熏肉。

敲门声响起之后，有一段时间，什么声音也没有。然后就传来了拖鞋走在石板上的啪啪声。最后，一位瘦削的老女人从门缝中向外张望，那张脸的颜色和纹理就和一颗胡桃差不多。

“什么事？”她说。

外面的告示牌上写着“招工”。

“是吗？是吗？那牌子自从去年冬天就在那儿立着了！”

抱歉，你不需要帮助？

皱缩的脸注视着他，似乎在思考着什么。

“我最多只能付给你每周六便士的工资，提醒一下。”那张脸说道。

把阳光挡在身后的高大身影似乎在考虑这个提议。

好的。最终，它说道。

“另外，我连你应该从哪儿着手干起都不知道。我们这里已经有三年没来过像样的帮手了。我只能在需要的时候雇用村里的那些懒汉，总比没有强。”

嗯？

“那么，你不介意这个？”

我有一匹马。

老女人的目光越过陌生人。院子里有一匹马，比她见过的任何一匹马都更雄壮。她的眼睛眯了起来。

“那是你的马，是吗？”

是的。

“它身上的银质挽具什么的也都是你的？”

是的。

“而你想做一份每周六便士的工作？”

是的。

老女人抿紧嘴唇。她的目光在陌生人、马以及农场周围的荒废土地上来回扫视。

她最终似乎得出了一个结论，也许是因为一个没有马的人用不着害怕一个偷马贼。

“你得睡在谷仓里，懂吗？”她说。

睡觉？是的，当然。是的，我得睡觉才行。

“无论如何，你都不能待在房子里。那样就不对劲了。”

住在谷仓里就足够了。我可以向你保证。

“但你可以到房子里来吃饭。”

谢谢。

“我的名字是弗莉沃斯小姐。”

好的。

她等待着。

“我想你也应该有一个名字。”她提示道。

是的。没错。

她又等待着。

抱歉？

“你叫什么名字？”

陌生人呆呆地看着她，随后又开始慌乱地四处张望。

“说啊，”弗莉沃斯小姐说，“我可不会雇用一个没有名字的人。……先生？”

那个身影仰头看了看。

天空先生？

“没有人会叫作天空先生。”

呃……门……先生？

她点点头。

“可能吧，可能有人叫门先生。我曾经见过一个叫门的小伙子。是的，门先生，那是你的姓。那你的名字呢？别告诉我你也没有名字。你总得叫个比尔啊、汤姆啊、布鲁斯，这种名字其中的一个。”

是的。

“什么？”

其中的一个。

“到底是哪一个？”

呃。第一个？

“你叫比尔？”

是的？

弗莉沃斯小姐翻了翻眼睛。

“好吧，比尔·天空……”她说。

门。

“是。抱歉。好吧，比尔·门……”

叫我比尔。

“你可以叫我弗莉沃斯小姐。我想你可能想吃点饭吧？”

我可能？啊。是的，晚饭。是的。

“说实话，你看起来已经饿得半死了。可能是大半。”她朝那个身影眨了眨眼睛。不知为何，你很难确定比尔·门看起来是个什么样子，或者他的声音听起来是怎样的。很显然他就在那里，而且很显然他说话了——否则你为什么会记得这些呢？

“这个地方有很多人都不用他们出生时的名字，”她说，“我总是说，到处打听别人的私事是不会有好处的。我想你应该能够工作吧，比尔·门先生？我现在还在从高处的牧场上搬进干草，而且收获季节快到了，活儿多得是。你会用镰刀吗？”

比尔·门似乎思索了一会儿。然后他说，**我想对于这个问题，答案是确定无疑的“会”，弗莉沃斯小姐。**

自割喉咙迪布勒也同样从来都没有发现询问别人的隐私有什么好处，至少在被询问的人是他自己，而且问题总是“这些东西是你的吗？”的时候是这样。但至少没有人跳出来指控他出售的是别人的财产，这对他来说也就足够了。这个上午，他已经卖出了超过一千个玻璃小球，而且还不得不雇了一个巨怪看守着地窖里不停地冒出新货的神秘源头。

人们非常喜爱这个小小的装饰品。

仅仅在数次的失败尝试之后，一位普通的安卡-摩波市民就能掌握操作它的精髓，那简直简单得令人发笑。

如果你摇晃一下这个小球，在它内部的液体中就会形成白色的云彩，接下来云中的雪片会降落下来，落到一个安卡-摩波著名地标建筑的小模型上。这个建筑模型或是幽冥大学，或是艺术之塔，或是铜桥，或是王公的宫殿。细节精巧到令人震惊。

然后，所有的货就都被卖完了。好吧，喉咙想道，这真是可惜。鉴于它们实际上并不属于他——不过从道义上说它们又理所当然地属于他——他甚至都不能抱怨。好吧，他当然可以抱怨，但只能压低声音，还不能对着某个特定的人说。不过仔细想想的话，也许这样才是最好的。大量囤货，压低价格，迅速脱手——这就使得你在说“谁？我？”时更容易摆出像是受了伤的无辜姿态了。

不过，它们是真的很漂亮。只不过上面的字迹非常古怪。每个小球的底部都有这么几个字，字体扭曲，像是出自初学者的手笔。似乎写下它们的人此前从来都没有看见过文字，而只是照着样子抄上去的。在每个小球的底部，在被雪花覆盖的精巧的小型建筑模型的下方，都有这么几个字：

来自安卡-摩波的
一个礼物

马斯特朗·瑞克雷，幽冥大学的校长，是一位厚颜无耻的香料狂。[1]他每次吃饭都要把自己的专用调料瓶放在面前。调料瓶中含有盐、三种胡椒、四种芥末、四种醋、十五种酸辣酱以及他的特殊最爱：哇哦—哇哦酱，使用成熟的颜料、酸黄瓜、刺山柑、芥末、芒果、无花果、瓦胡尼粉末、凤尾鱼香精、阿魏胶混合而成，还特别添加了硫黄和硝石以增强威力。瑞克雷从他叔叔那里继承了这个配方，某天晚上，他叔叔吃了一顿大餐，用了半品脱的哇哦—哇哦酱，再来一块木炭饼干填满肚子，然后点上烟斗，便神秘地消失了，不过第二年夏天在屋顶上找到了他的靴子。

午餐是冷羊肉。羊肉与哇哦—哇哦酱配合的效果奇佳；比如说，在老瑞克雷死的那天，羊肉就跑到了至少三英里之外。

马斯特朗将餐巾系好，满怀期待地搓了搓手，然后伸手去拿调料瓶。

1　也就是那种会在你放到他面前的任何餐点中放上盐可能还会放上胡椒的人，不论那究竟是什么餐点，也不管它里面原本已经有了多少盐和胡椒，更不会管它吃起来是什么味道。全宇宙快餐店雇用的行为精神病学家注意到了这种现象，并建议他们的雇主不要在餐点中预先放上任何调料，从而节省了数以亿计的当地货币。这是真的。

调料瓶动了一下。

他再次伸出手。调料瓶滑开了。

瑞克雷叹了口气。

“好啦，你们这些家伙，”他说，“餐桌上禁止魔法，你们知道规矩的。谁在瞎捣乱？”

其他的高级巫师不知所措地盯着他。

“我，我，我不认为我们能再捣乱了，”庶务长此时的神志已经开始在悬崖边缘蹦跶，“我，我，我想我们失去了一部分……”

他环视四周，咯咯地笑了两声，然后回到盘子上试着用汤匙切开他的那份羊肉。其他的巫师这会儿早就把餐刀拿到他看不见的地方去了。

整个调料瓶飞到了空中，开始慢慢地旋转。然后它炸开了。

往下滴着醋和各种名贵香料的巫师们警觉地注视着它。

“很可能是酱料的问题，”院长冒险说道，“昨天晚上它肯定到了临界点。”

有一样东西掉在他的脑袋上，然后弹进他的午餐里。那是一个黑色的铁螺丝钉，长达好几英寸。

另一颗螺丝钉轻柔地撞伤了庶务长。

一两秒之后，第三颗螺丝钉掉在校长手边并且深深地扎在餐桌上。

巫师们将目光转向上方。

大厅上方有一个巨大的烛台，用于在每天晚上提供照明。虽然烛台这个词儿往往同闪闪发光的多棱形玻璃制品联系在一起，但这个烛台显然不吃那一套。它巨大、沉重，黑黝黝的，上面沾满了油污，挂在天花板上，威胁值简直要爆表。它可以承担一千支蜡烛。而且，它就在资深巫师餐桌的正上方。

另一颗螺丝钉掉在火炉边上，发出叮叮当当的响声。

校长清了清嗓子。

“跑？”他提议道。

烛台掉了下来。

餐桌和陶器的碎片撞进墙里。一块块有人头那么大的致命油脂从窗户里飞溅出去。一整支蜡烛以可怕的速度弹了出来，深深地扎进了一扇门。

校长从他椅子的残骸中挣脱出来。

“庶务长！”他喊道。

庶务长从火炉里被挖了出来。

“呃，什么事，校长？”他声音发颤。

“这究竟是什么意思？”

瑞克雷的帽子从他的头上升了起来。

这是一顶普通的、有着松软宽帽檐的巫师尖顶帽，但它已经适应了校长那率直的生活方式并做出了一定的改良。上面钉着一些钓鱼用的蝇饵；一个很小的手弩被塞进了帽子的饰带，以便他出去慢跑的时候看到什么东西都可以随时射击；并且，马斯特朗·瑞克雷发现帽子的尖顶部分刚好可以放得下一小瓶本廷克特质陈酿白兰地。他很依赖这顶帽子。

但是帽子现在却不再依赖他了。

它慢慢地飘浮着穿过房间，同时发出微弱却很清晰的咕咕声。

校长一跃而起。“真该死，”他咆哮道，“那东西值九块二呢！”他跳起来想要抓住帽子，但失败了，于是又尝试了好几次，直到最后他也飘浮在几英尺高的空中才停下来。

庶务长紧张地举起一只手。

“也许是木蛀虫？”他说。

“如果这里还有那种东西，”瑞克雷吼道，“哪怕只有一只，我都会非常生气！听到没有！”

他扑通一声掉到了地上，与此同时，大厅的大门被打开了。一位学校的看门人慌张地冲了进来，后面跟着一队王公的宫廷卫士。

卫士队长上上下下地打量着校长，脸上露出那种用说“蟑螂”的语气说“平民”这个词儿的人会露出的表情。

“你是这儿的头儿？”他说。

校长抚平长袍，并试图拉直自己的胡须。

“是的，我是这所大学的校长。”他说。

卫士队长怀疑地环视整个大厅。学生们都畏畏缩缩地聚集在远端。大多数的墙壁都被泼洒的食物所覆盖。破碎的家具倒在烛台周围，就像陨石落点周围的树木。

随后他说话了，那种语气正是那种九岁之后就没再受过教育却听了不少故事的人会用的：

“你们在这儿聊发少年狂呢，是不是？”他说，“拿面包圈互相投掷假装打仗？挺会玩的啊！”

“你们来这里究竟有什么事？”瑞克雷冷酷地说。

卫士队长靠在自己的长矛上。

“嗯，”他说，“是这么回事。王公大人现在躲在卧室里，把门给堵住了，因为整座宫殿里的家具就像活了似的到处游荡，你们肯定不会相信的。这事儿搞得厨子都不敢进厨房了……”

巫师们试着不去看那支长矛。矛头正在旋出。

“不管怎么说，”队长继续道，对于微弱的金属摩擦声一无所知，“王公大人从钥匙孔里朝外叫喊，他对我说：‘道格拉斯，我想你应该不介意到幽冥大学去跑一趟，如果那里的头儿不是太忙，就请他到我这儿来一下。’但我肯定可以回去告诉他说你们正在忙于一些学生气的小打小闹，如果你乐意的话。”

矛头马上就要从矛杆上掉下来了。

“你在听我说话吗？”队长怀疑地问。

“嗯？什么？”校长用力将目光从吱吱转动着的矛头上拉开，“哦。是的。当然，我可以向你保证，伙计，我们绝不是引起——”

“啊啊啊！”

“请问你说什么？”

“矛头掉在我的脚上了！”

“真的吗？”瑞克雷无辜地说。

卫士队长一次又一次地起跳、落下。

“听着，你们这帮疯狂的商人到底是去还是不去？”他趁着跳跃的间隙说，“老板不太高兴。事实上，是很不高兴。”

一团没有形状的生命之云飘过碟形世界上空，就像被水坝拦蓄在水库里的水一样，越聚越多。由于没有死神来把生命结束之后的生命力带走，它没有其他的地方可去。

于是它随随便便地把自己塞进不管什么东西里面，就像夏日大雷暴前的小型火花，从而造成了大量的闹鬼现象。

一切有形的物体都渴望着生命。就连那些从来没有过生命的东西也是如此。那些拥有亚生命、类生命以及仅存在于比喻意义上的生命的物体现在就像是遇到了一句突如其来的强大咒语那样，形成了超自然的奇异生命大爆发……

那些小圆球也有古怪。你一见到它们，就不由自主地拿起它们，摇上几下，注视着漂亮的雪花在小球里旋转，闪出耀眼的光。接下来你会把它们带回家里并且放在壁炉上。

然后你就彻底把它们忘了。

幽冥大学与本地的王公——安卡-摩波的绝对统治者以及近乎善意

的独裁者——之间，有一种复杂而又微妙的关系。

巫师们坚持认为，作为更高真理的仆从，他们无须服从这座城市的世俗法律。

王公表示，情况正是如此，但是巫师们需要和其他人一样把该死的税金给付了。

巫师们说，作为智慧之光的追随者，他们不会向任何一位凡人效忠。

王公表示，效不效忠不要紧，但他们同样得上缴每人每年两百元的城市税，可以按季支付。

巫师们说，幽冥大学建立于魔法的土地之上，因此应该豁免税收，再说你不能给知识收税。

王公表示，你当然可以给知识收税。价格是每头两百元，如果嫌头数太多，也可以把头砍掉。

巫师们说，幽冥大学从来没有向民间的权威交过税。

王公表示，如果有必要的话他可以派军队来。

巫师们说，给点优惠条件怎么样?

王公表示，现在给出的就是优惠条件。你们不会想知道不优惠的条件是怎样的。

巫师们说，从前有一位统治者，哦，大概是在蜻蜓世纪吧，试着给大学下命令。王公大人有兴趣的话可以到学校来看一看他。

王公表示，他会去的。他当然会去的。

最后，双方达成了协议：巫师们理所当然地不需要缴税，但他们完全自愿地捐献——这里就说是每人两百元吧，这个价位绝非是参照平民而得来的，也没有其他的附带条件，这笔善款将严格限制只能使用于非军事以及环境友好型的支出。

正是权势者之间的这种互动，才使得在安卡-摩波生活成为一种如此富有乐趣和刺激性，更重要的是极其危险的事情。[1]

高级巫师们通常并不会离开学校，并在《欢银来到暗卡·魔啵》[2]或许会称为这座城市繁忙的大街和僻静的小巷这样的地方穿行，但不需要有太多这样的经验也可以看得出来有什么东西不大对劲。在空中飞舞的鹅卵石没什么不正常的，平时也总是有人把它们到处乱扔。但平常它们并不会自己飘浮起来。

一扇门猛然打开，一套衣服从里面跑了出来，一双鞋子在后面手舞足蹈地跟随着，一顶帽子则飘浮在空空如也的领口上方几英寸的地方。在它们身后不远处，一个瘦削的男人正在追逐它们，他身上裹着一条法兰绒围巾，并且尽力想让这条围巾起到一条长裤的遮挡作用。

“你们快给我回来！”当高级巫师们转过街角的时候，那个男人尖叫道，“你们还欠着我七块钱呢！”

另一条裤子飞快地冲到街上，匆忙地跟上其他的衣物。

巫师们聚拢在一起，像是一个有五个头、十条腿的吓坏了的生物，正不知道该由哪个头先发表评论。

“那真是太让人惊奇了！”校长说。

“嗯？”院长试着暗示他经常见到比这神奇得多的事情，作为校长竟然见到一套会自己跑路的衣服就表示惊奇，简直让整个巫师界颜面无存。

“哦，得了吧。我还真不知道这附近有哪个裁缝会卖一套七块钱

---

1 许多广为人知的歌曲都歌颂了这个繁忙的大都市，其中最著名的一首当然就是《安卡-摩波！安卡-摩波！它的完美使得人们称它为安卡-摩波！》，但其他的歌曲也相当有名，包括《带我离开安卡-摩波》《我害怕再回到安卡-摩波》以及老调重弹的《安卡-摩波的瘟疾》。

2 原文中的故意误拼。——译者注

的衣服还多送一条裤子呢。”瑞克雷说。

“哦。”院长说。

“如果那套衣服跑回来了，试着抓住它，让我看看它的标签。”

一张床单从某个高处的窗子钻了出来，拍打着“翅膀”从屋顶上方飞走了。

“你们瞧，”近代如尼文讲师试着让自己的声音显得冷静又放松，“我觉得这不是魔法。感觉不太像。”

资深数学家在长袍的其中一个很深的口袋里翻找起来。口袋里传出模糊的叮当声、沙沙声以及偶尔响起的呱呱声。最终，他掏出了一个深蓝色的玻璃方块。它的表面上有一个刻度盘。

“你把这东西放在口袋里？”院长说，“这可是一个非常昂贵的设备！”

“这他娘的是什么？”瑞克雷说。

“极其敏感的魔力测量仪，”院长说，“可以测量当地的魔法场。一个魔力计。”

资深数学家自矜地将方块举到空中，并按下侧面的一个按钮。刻度盘上的指针略微跳动了两下，然后就停了下来。

“看到没？”资深数学家说，“这里的魔力只有自然界的本底含量。对公众没有任何危害。”

“大点声儿，”校长说，“这里太吵了，我根本听不见你说什么。”

街道两边的每一间房子里都在传出碰撞声和尖叫声。

埃瓦德涅·蛋糕夫人是个灵媒，体形却接近于小型。[1]

1 灵媒，原文为medium，有“中型”的意思。——译者注这个工作不算太忙。大多数死在安卡-摩波的人并没有多少意愿去跟自己活着的亲属们聊会儿天。在你和他们之间放上尽可能多的神秘空间，那才是他们的座右铭。因此她经常用缝制女装还有在教堂做工来填充空余的时间——任何一间教堂。蛋糕夫人对于宗教非常热心，至少以蛋糕夫人的标准来说是这样。

蛋糕夫人并不是那种得依靠珠帘和熏香才能工作的灵媒，部分的原因是她受不了熏香的味道，但主要原因却是，她对业务真的非常精通。一位优秀的魔术师可以用简单的一盒火柴和一副绝对普通的扑克牌就让你大吃一惊，而且如果你乐意检查那副扑克牌的话，先生，你会发现它的的确确就是一副绝对普通的扑克牌——他不需要会夹到手指的折叠桌，又或者结构复杂且容易掉落的大礼帽，只有不那么优秀的戏法表演者才会用到这些东西。出于同样的原因，蛋糕夫人也并不需要太多的道具。就连那个工业品等级的水晶球也不过是讨好顾客们的一个小举措。事实上，蛋糕夫人可以从一碗麦片粥中读到未来[1]。一锅正在被用油煎的熏肉也可能会让她得到启示。她一生的时间都在灵魂世界中跋涉，只不过对于埃瓦德涅来说，“跋涉”这个词并不怎么贴切。她不是会跋涉的那种灵媒。对她来说，情况更像是闯进灵魂世界并强硬地要求见到当地的管理人。

这会儿，她正在烹饪早餐，并给柳德米拉切狗粮。她开始听到一些说话声。

这些声音非常微弱。这并不是说它们是几乎听不见的那种微弱，只是它们并不能被普通人的耳朵所听到。它们直接在她的脑子里响起。

……给我看着点儿……我在哪里……别推了……

然后这些声音便消失了。

---

1 举个例子，它会说，你不久之后就会经历痛苦的肠道运动。

取而代之的是旁边的房间里传出的类似吱吱声的噪声。她把她煮熟的鸡蛋往旁边一推，摇摇摆摆地穿过珠帘。

这个声音是从她庄严地盖在水晶球上的麻布底下传出来的。

埃瓦德涅返回厨房，选中了一个沉重的平底锅。她在空中挥了一两下，掌握了使用的诀窍，便半蹲着走向藏在盖布下面的水晶球。

她举起平底锅，做好打击让人恶心的小动物的准备，另一只手将盖布扔到一边。

水晶球正慢慢地、一圈一圈地在支架上旋转。

埃瓦德涅盯着它看了一会儿。然后她拉开珠帘，一屁股坐在椅子上，深吸一口气并且说道："这里有人吗？"

大部分的天花板掉了下来。

几分钟之后，经历了一番努力挣扎的蛋糕夫人终于伸出了头。

"柳德米拉！"

走廊里传来柔和的脚步声，随后，一个生物从后院里走了进来。它显然是雌性，并且还相当有吸引力，穿着一套绝对普通的女装。另外，它的体毛似乎有点过剩，这世界上所有的粉红剃刀恐怕都没法把它们剃光。与此同时，牙齿和指甲在这个季节也有点太长了。你可能会觉得这个生物马上就会吼叫起来，但它的声音相当悦耳，而且绝对是人类的声音。

"母亲？"

"窝在字儿呢。"[1]

恐怖的柳德米拉轻松地举起一根巨大的横梁，随意地把它扔到一边。"发生了什么事？你忘了把你的预言开关打开了？"

"我把它关了好跟面包师说话。嘿，可让他坑苦了。"

1　该角色有特殊的口音，本书中皆做统一处理，不再另行说明。——译者注

“我给你泡一杯茶好吗？”

“可别，你知道这种时候你总是会捏碎茶杯。”

“我已经干得好多了。”柳德米拉说。

“好姑娘。但还是我自己来吧，谢谢。”

蛋糕夫人站了起来，拍掉围裙上的石膏粉末，说道：“他们在叫！他们在叫！全都一起在叫！”

大学的园丁莫多正在给一座玫瑰花坛除草，在他旁边如同天鹅绒的古老草坪上突然鼓了起来，长出了一株耐寒的多年生温德尔·胡桐，后者在光线下眨起了眼睛。

“是你吗，莫多？”

“正是，胡桐先生，”矮人说，“我帮你站起来好吗？”

“我想我自己能行，谢谢你。”

“我的棚子里有一把铲子，如果你乐意的话。”

“不用，现在这样就行。”温德尔把自己从草地里拔了出来，并拂去长袍上遗存的泥土。“很抱歉弄坏了你的草坪。”他低头看着地上的洞说。

“别在意，胡桐先生。”

“这一定是花了很长时间才长成这样的吧？”

“我想大约五百年。”

“老天，我真是抱歉。我本来想挖到地窖那里去，看来我一定是搞错了方向。”

“别担心这个，胡桐先生，”矮人欢快地说，“反正现在所有的东西都在疯长。我今天下午就把洞填上，再放点种子下去，五百年之后就会长得比现在还要好了，你等着瞧吧。”

“从现在的形势来看，我没准儿还真能看到。”温德尔郁郁寡欢地说。他环视周围。“校长现在在吗？”他说。

“我看到他们都去王公的宫殿了。”园丁说。

“那我先去洗个澡，换身衣服就走了。我不想打扰任何人。”

“我听说你不但死了而且还被埋了。”当温德尔蹒跚着离开的时候，园丁说。

“是那样的。”

“他们就不能让一个好人安静地歇着，嗯？”

温德尔转过身来。

“顺便问一下……榆树街在哪里？”

莫多挠了挠一只耳朵：“不就是在蜜糖矿山路上吗？”

“哦，是的。我记起来了。”

莫多继续除杂草。

温德尔·胡桐的死而复生并没有让他感到困扰。树木在冬天也像是死了一样，但是一到春天就又活过来了。又老又干燥的种子种到地里，就会长出鲜嫩的幼苗。从实践意义上说，没有什么东西是一直死着的。就拿堆肥来举例吧。

莫多相信堆肥的激情就和有些人相信神差不多。他的肥料堆总是在膨胀、发酵，在夜里它们会发出淡淡的光，也许是因为莫多往里面放的那些很可能不合法的神秘配料，不过并没有真的发现什么证据，无论如何，也没有人打算挖开一座肥料堆看看里面究竟有些什么。

肥料堆里的东西都是死的，但从某种角度来说它们又是活着的。而且它们确实能让玫瑰生长。资深数学家曾经向莫多解说过：他的玫瑰是因为自然的奇迹才长得这么高大的，但是莫多个人则认为这些玫瑰只不过是想要离堆肥尽可能远一些。

看来今天晚上肥料堆能吃上一顿大餐。杂草的长势非常喜人。他从不知道植物竟然会长得如此迅速而又丰美。肯定是堆肥的功劳，莫多想道。

巫师们到达王公宫殿的时候，当地正处于一片喧嚣之中。家具的碎片滑翔着飞过天花板。一些餐具就像是银色鲦鱼群那样遨游在空气之中，它们唰一下从校长身边飞过，沿着他身后的走廊离开了。整个地方似乎被一个挑剔而又讲究整洁的飓风掌控。

另外一些人已经先到了。其中包括一些从衣着上看起来和巫师有许多相似之处的人，不过在一双经过训练的眼睛看来，那些不同之处都是非常重要的。

“牧师？”院长说，“在这儿？比我们先到？”

两群人开始悄悄地占据能让他们把手空出来的合适位置。

“他们能干什么？”资深数学家说。

气温似乎在迅速地下降。

一张地毯蠕动着爬开了。

校长盯上了一位体形巨大的牧师的目光，他是空眼爱奥的大祭司，也就是碟形世界那飘忽不定的万神殿中主神的大祭司，因此他是整个安卡–摩波最接近于宗教事务发言人的存在。

“轻信的傻瓜。”资深数学家低声说道。

“不信神的废物。”一个小个子侍僧躲在大祭司霸道的身躯后向外窥视。

“受骗的白痴！”

“无神论人渣！”

“奴性的蠢货！”

“幼稚的变戏法的！”

“嗜血的牧师！”

“捣乱的巫师！”

瑞克雷抬起一边的眉毛。大祭司极轻微地点了点头。

他们任由两群人之间互相谩骂，保持着安全的距离，满不在乎地朝着房间中一个相对安静的角落走去，在王公的一位先祖的雕像旁边，他们转过身，再次面对着彼此。

“这么说……那些烦神仙的事情开展得怎么样了？”瑞克雷说。

“我们尽了自己的所能。最近有在试探那些人类不应该了解的危险事物吗？”

“还不错，还不错。”瑞克雷摘下帽子，把手伸进尖顶里摸索了一番，“想来点儿酒吗？”

“酒精是灵魂的陷阱。你是否想吸一支烟？我相信你的同类都沉溺于此。”

“可别算上我。如果我能告诉你这东西对你的肺会有怎样的影响——”

瑞克雷把尖顶帽的尖顶给拧了下来，并往里面倒了相当多的白兰地。

“那么，”他说，“这到底是怎么回事？”

“我们的一张祭坛飘浮起来并落在我们头上。”

“一个烛台自己把螺丝旋出了。所有的螺丝都在自己旋出来。你知道吗，我来的路上看到一套衣服在跑。一套衣服加一条裤子只要七块钱！”

“嗯。你看到标签了吗？”

“而且所有的东西都在抽动。你注意到它们抽动的方式了吗？”

“我们认为是你们搞的。”

“那不是魔法。我猜诸神是不是比平时更不高兴了？”

“看起来并没有。”

在他们身后，牧师和巫师们正在下巴顶着下巴地高叫。

大祭司稍微靠近了些。

“我想我的灵魂足够强壮，可以抵抗一个小小的陷阱，”他说，“自从蛋糕夫人成为我的信众以来，我还从来没有过这样的感觉。”

“蛋糕夫人？蛋糕夫人是什么？”

“你们有……从地牢、地堡空间或是类似地方出来的鬼魂一样的东西吧？那种对于你们渎神事业的可怕威胁？”大祭司说。

“有的。”

“我们的这种东西叫作蛋糕夫人。”

瑞克雷好奇地看了他一眼。

“别问，”大祭司打了个哆嗦，“你不知道的话，谢天谢地就好。”

瑞克雷静静地把酒瓶递给他。

“这话就你知我知，”大祭司说，“你对于这一切有没有什么想法？卫兵们正试着把王公大人挖出来。到时候他会想要答案。而我连问题都还没确定呢。”

“不是魔法，也不是神灵，”瑞克雷说，“能把那个陷阱还给我吗？谢谢。不是魔法也不是神灵。那就没剩下什么选项了，不是吗？”

“我在想会不会有一些你们也不知道的魔法？”

“如果有的话，我们也不知道。”

“有道理。”大祭司承认道。

“我猜也不是某些神干了不那么神的事吧？”瑞克雷试图抓住最后一根稻草，“几个神吵了一架之类的？到处乱丢金苹果或者类似的东西？”

“诸神这一边目前相当平静。”大祭司说。当他说话的时候，他的眼神变得呆滞了，仿佛正在阅读他脑袋里面的文字。“鞋子之神远视眼，认为走廊之神杉德风是非应季水果之神冈失散已久的双胞胎兄弟。是谁把山羊放在鳄鱼神奥夫勒的床上？奥夫勒是不是与七手塞克结成了同盟？与此同时，玩笑之神霍奇又在玩他的老把戏——”

“好了，好了，够了，”瑞克雷说，“我本人对这些东西从来提不起兴趣。”

在他们身后，院长正在试图阻止近代如尼文讲师把奥夫勒的牧师变成几个相配的手提箱的尝试[1]，而庶务长则遭到了一尊香炉的幸运一击因而鼻血长流。

“我们现在必须组成统一战线，”瑞克雷说，“不是吗？”

“同意。”大祭司说。

“好吧。但只是暂时的。”

一张小的地毯以正弦波方式在人眼的高度飘过。大祭司将白兰地酒瓶递还回去。

“顺便说一下，老妈说你最近没有写信回去。”他说。

“是啊……”其他的巫师看到校长现在这副后悔又尴尬的表情肯定会大吃一惊，“我很忙。你知道那是怎么回事。”

“她说让我一定要提醒你，圣猪节那天她等着我们一起吃午餐。”

“我没忘，”瑞克雷闷闷不乐地说，“我很期待呢。”他转过身面对着一团混战的局面。

“都给我停下，伙计们。”他说。

“弟兄们！住手！”大祭司咆哮着。

资深数学家放开了抓着辛奇教高级牧师头发的手。一群助理牧师也不再用脚踢庶务长。所有的人纷纷整理衣服、寻找帽子并发出掩饰尴尬的咳嗽声。

“这样就好多了，”瑞克雷说，“那么现在，大祭司阁下和我本

1　因为奥夫勒是鳄鱼神。——译者注

人已经决定——”

院长对一个非常矮小的主教怒目而视。

“他踢我！他踢我！”

“哦！我从未这样做过，我的孩子。”

“你他妈的当然做了，”院长嘶声说，“是侧踢，免得他们看到！”

“——已经决定——”瑞克雷重复道，并且瞪了院长一眼，“秉承兄弟情谊和善意的精神，对于近期的骚乱共同追寻一个解决的方案，而这也包括你，资深数学家。”

“这不能怪我！是他推我。”

“好吧！愿诸神原谅你！”瑟鲁姆神的执事长坚定地说。

上方传来一阵巨响。一架躺椅漫步走下楼梯，把大厅门撞了一个洞然后出去了。

“我想卫兵们大概还在试着把王公挖出来，”大祭司说，“看来就连他的秘密通道也都自己锁上了。”

“全都锁上了？我以为那个狡猾的恶魔到处都有秘密通道呢。”瑞克雷说。

“是的，”大祭司说，“全都锁上了。”

“几乎全都锁上了。”他身后传来一个声音。

当瑞克雷转过身时，他的语气几乎没有变化，只不过多加了一些额外的糖浆。

一个身影从墙里走了出来。原则上说，这是一个人类。但在瑞克雷看来，这个苍白瘦削、浑身都穿着落满灰尘的黑色服装的人总是会让他联想到一只掠食性的火烈鸟，如果你能找到一只黑色的、有着像岩石一样的耐性的火烈鸟的话。

“啊，维第纳利大人，”他说，“看到你毫发无伤，真让我高兴。”

“我会在长方形办公室里会见各位先生。”王公说。在他身后，墙上的一块木板悄然滑回原位。

“我，嗯，我认为一群卫兵正在楼上试着——”大祭司开口说道。

王公向他挥了挥一只瘦削的手。“我做梦都不会去阻止他们的，”他说，“让他们有点事情做，觉得自己挺重要的，这是件好事。要是不这样的话，他们就会板着脸整天站在同一个地方，把自己的膀胱憋炸。跟我来。”

安卡-摩波各行会的领导者或是单独或是两两结伴而来，逐渐把房间塞得满满当当。

当行会领袖们互相争论的时候，王公坐在椅子上，阴郁地盯着办公桌上的文件。

“好吧，不是我们干的。”炼金术士行会的头目说。

“每当你们的人在附近的时候，东西总是会飞起来。”瑞克雷说。

“是的，但那只是由于未预见的放热反应。”炼金术士说。

“东西不停地在爆炸。”炼金术士行会的副头目头也不抬地翻译道。

“它们或许是会爆炸，但它们还会落下来。它们不会拍打着翅膀到处乱飞以及，举个例子，开始把自己的螺丝拧开，”他的上级对他皱起眉头以示警告，“再说我们干吗要对自己也那么干？告诉你，我的工作室里现在简直是一团糟！到处都有东西在飞快地跑！就在我出门之前，一个很大又很贵的玻璃器皿刚刚变成了一大堆碎片！”

“那真是一个尖锐的反驳。”一个讨厌的声音说。

躯体构成的压力移向旁边，露出了傻瓜和小丑行会的首席秘书长。他在众人目光的注视下显得畏畏缩缩，不过他平时也都是这样。他的脸看起来像是被奶油馅饼当作靶心轰击了无数次，他的裤子看起来像是经常在石灰水里泡着，他的神经好像随时会被一个简单的放屁坐垫震得粉碎。其他的行会领袖尝试着对他亲切一点，就像人们总是会尝试着对站在高楼楼顶边缘的人亲切一点一样。

“你是什么意思，杰弗里？”瑞克雷尽可能亲切地说。

呆瓜咽了下口水。“嗯，是这么回事，”他口齿不清地说，“我们有尖锐的玻璃碎片，以及一个很大的玻璃器皿，例如曲颈甑。因此我们就有了一个双关语，尖锐的曲颈甑，同时它也有‘严厉的反驳’的意思[1]。尖锐的反驳。你明白了吗？这是个文字游戏。呃。可能不是很好，是不是。”

校长注视着像是两只溏心蛋的一双眼睛。

“哦，双关语，”他说，“当然，嗬嗬嗬。”他鼓励般地朝其他人挥了挥手。

“嗬嗬嗬。”大祭司说。

“嗬嗬嗬。”刺客行会的会长说。

“嗬嗬嗬，”炼金术士行会的头目说，“而且，你知道吗，让这个笑话更好笑的是，那个破了的玻璃器皿是个蒸馏器[2]。”

“所以你们是要告诉我，”王公说，与此同时，一些考虑周到的人将呆瓜带到别的地方去了，“你们全都不应对此事负责？”

他意味深长地盯着瑞克雷。

校长正准备回答，他的眼睛却看到王公的书桌上有东西在动。

桌上有个玻璃球，里面是王公宫殿的模型。它旁边有一把裁纸刀。

裁纸刀正在缓慢地弯曲。

---

1 曲颈甑，原文retort，也有“反驳”的意思。——译者注

2 蒸馏器是曲颈甑的一种。——译者注

“说话啊？”王公说。

“不是我们干的。”瑞克雷的声音十分空洞。王公顺着他的目光看去。

那把裁纸刀已经弯得像一张弓一样了。

王公在懦弱地挤成一团的人群中搜索了一番，最终找到了城市日巡队的多克西队长。

“你就不能做点什么吗？”他说。

“呃。您想让我做什么，先生？那把刀吗？呃。我想我可以因为它弯了而逮捕它。”

维第纳利王公愤怒地抬起双手。

“那么！这不是因为魔法！也不是因为神仙！也不是因为人！那到底是因为什么？谁能阻止这一切？我该找谁来帮忙？”

半小时之后，那个玻璃球不见了。没人注意到。他们从来不会注意到。

蛋糕夫人知道她该找谁帮忙。

“你在那儿吗，一人桶？”她说。

然后她蹲了下去，以防万一。

一个尖锐难听的暴躁声音从空气中渗出来。

你去哪儿了？我在这里头动不了！

蛋糕夫人咬住嘴唇。如此直率的回答表明她的灵体向导现在十分忧虑。当他脑子里没有什么紧迫的想法时，他会花费五分钟时间谈论水牛以及伟大的白色烈酒，但假如一人桶真的接近了任何白色烈酒的话，他就会把它喝光，至于他会对水牛做些什么没人猜得出来。而且他会在语句中加入许多的“呃”和“哇”。

“你说的是什么意思？”

是不是发生什么大灾难了？一场持续十秒的瘟疫之类的？

“不，我认为没有。”

你知道，这里挤得很。是什么让所有东西都聚在这里？

“你说的是什么意思？”

闭嘴闭嘴闭嘴！我正在和女士说话呢！那边的那些，都给我安静一点！哦，是吗？你们——

蛋糕夫人当然知道那些其他的声音正试着盖过他的声音。

“一人桶！”

异教徒蛮子，是说我吗？那你们知道这个异教徒蛮子会对你们说什么吗？知道吗？听着，我已经在这里待了一百年了，我！我可不会容忍身子还热乎着的人对我这么说话！对——你惹火我了，你……

他的声音减弱、消失了。

蛋糕夫人咬紧牙关。

他的声音又出现了。

哦，是吗？哦，是吗？好吧，也许你活着的时候个头儿很大，朋友，但此时此地你就是一张有洞的床单！哦，看来你不喜欢这个，呃——

“他又要和人打架了，母亲，”蜷缩在厨房火炉旁边的柳德米拉说，“他要揍人的时候总是先叫他们‘朋友’。”

蛋糕夫人叹了口气。

“而且听起来他好像要和许多人打架。”柳德米拉说。

“哦，好吧。去找个花瓶来。要一个便宜的，别弄错了。”

有一件人们普遍怀疑，但并非大多数人都知道的事实：一切物品都有一个与其相配的灵体形式，而当这个物品消灭的时候，它的灵体形式将会短暂地存在于生者世界与死者世界之间的空隙中。这很重要。

“不，那个不行。那是你奶奶的遗物。”

如果没有意识去维持这个幽灵般的存在的话，它并不会持续太久，但根据你的想法不同，它会维持刚巧足够长的时间。

“那个可以。我一直都不喜欢它的花纹。”

蛋糕夫人从她女儿的狼爪中接过一个绘有粉色牡丹的橘色花瓶。

“你还在那儿吗，一人桶？”她说。

——我会让你为了你死的那天而后悔，你这哀鸣的——

“接住。”

她让花瓶落在火炉上。它摔得粉碎。

一小会儿之后，“另一边”传来一个声音。如果一个不和谐的灵魂用一个花瓶的幽灵击打了另一个不和谐的灵魂，那声音就会和这个声音一模一样。

这就对了，一人桶的声音说道，这东西在它来的地方还有很多，明白了吗？

蛋糕家族的母亲和女儿对视了一眼，点了点头。

当一人桶再次开口说话的时候，他声音里的满足感多得快要滴出来了。

这边只是对于资历问题有点争吵，他说，只是整理出了一点儿个人空间。这边有很多麻烦，蛋糕夫人。这里就像是一个等候室——

其他无实体的声音形成了一种尖锐的喧嚣。

——能不能请你带个话，给——

——告诉她烟囱的壁架上有一袋硬币——

——在艾格妮那样说我们的莫莉之后，她别想拿到那些银器——

——我没时间喂猫，能不能找个人去——

闭嘴闭嘴！一人桶的声音又出现了，你们都不知道自己怎么了，是吗？这是鬼魂在说话，明白吗？喂猫？你怎么不说“我在这儿很开心，等着你们来和我一起”呢？

——听着，假如还有人来这儿的话，我们就会站在其他人的脑袋上了——

那不是重点，那不是重点，我要说的就是这个。当你是一个鬼魂的时候，你有你该说的话。蛋糕夫人？

“在？”

你必须把这件事告诉其他人。

蛋糕夫人点点头。

“现在你们都走吧，”她说，“我的头又开始疼了。”

水晶球变得黯淡了。

“好！”柳德米拉说。

“我不会去告诉牧师的。”蛋糕夫人坚定地说。

这不代表蛋糕夫人不是一位虔信宗教的女人。正如我们之前提过的那样，她其实是一位非常虔诚的女人。这座城市里的每一座神庙、教堂、清真寺或是小群立石，她都曾经在某个时间参与过它们的宗教活动，而结果就是，她比启蒙时代更让神职人员惧怕：仅仅是看到蛋糕夫人那矮小肥胖的身影出现在门口，就足以让正在布道的牧师死死地停住。

死。那就是关键所在。所有的宗教对于与死者交谈都有很强烈的看法。他们坚持认为那是一种原罪。而蛋糕夫人却认为那只是基本的礼节。

这通常会引发激烈的宗教辩论，最终，蛋糕夫人会将她称为“她思想的一个碎片”的东西给到当地的主祭司。如今，这座城市中已经有了许多蛋糕夫人的思想碎片，但蛋糕夫人令人惊讶地仍然具备思想的能力，更奇怪的是，她给出的思想碎片越多，她剩下的思想仿佛就越多。

还有柳德米拉的问题。柳德米拉确实是个问题。已故的蛋糕先生，愿诸神抚慰他的灵魂，他一生中甚至从没有对着满月吹过口哨，因此蛋糕夫人有过一些隐含的怀疑，柳德米拉或许回退到了这个家族从前在山中居住的遥远过去，又或者在年幼时曾经沾染过不良的基因。她相当确定她母亲曾经谨慎地暗示过，叔祖父伊拉斯姆斯有时候不得不在桌子下面吃饭。无论如何，在每四周的其中三周，柳德米拉是个正派、正直的年轻女人，另外一周则是一条表现良好的毛茸茸的狼。

然而牧师们通常无法这样看待这个问题。鉴于当蛋糕夫人开始与无论什么教派的牧师[1]发生争论时，她通常已经靠着纯粹的人格力量接管了布置鲜花、为祭坛除尘、清洁神庙、洗刷祭祀石、修补跪垫以及所有至关重要的支持性工作，她的离去会造成彻底的混乱。

蛋糕夫人扣上风衣的扣子。

“那不会有用的。”柳德米拉说。

“我到巫师那边试试。应该要有人告诉他们这件事情。”蛋糕夫人说。她因感受到自身的重要而兴奋得发抖，就像一个被激怒了的小足球。

“是的，但你说过他们从来不会听。”柳德米拉说。

“还是要试一下的。话说，你怎么从你的房间里出来了？”

“哦，母亲。你知道我讨厌那个房间。没有必要——”

“谨慎一点总不会有错。想想看，你要是突然想跑出去追别人家的鸡怎么办？邻居们该怎么看呢？”

“我从来没有想要去追一只鸡的冲动，母亲。”柳德米拉厌倦地说。

“又或者狂吠着去追一辆马车。”

“你说的那是狗，母亲。”

1　蛋糕夫人知道有些宗教使用女牧师。蛋糕夫人对于任命女性为圣职者一事的看法是无法出版的。在安卡-摩波拥有女性牧师的宗教往往会吸引大批来自其他教派的便衣牧师，来此寻找几个小时不会见到蛋糕夫人的放松时间。

“我看你还是回房间把自己锁在里面，像一个好女孩那样干点缝纫的活儿。”

“你知道我没法拿住针的，母亲。”

“为了你的母亲试一下吧。”

“好的，母亲。”柳德米拉说。

“还有，别靠近窗户。我们不想把人给吓着了。”

“是，母亲。还有，记得打开你的预言开关，母亲。你知道你的眼神已经不是太好了。”

蛋糕夫人注视着她的女儿上了楼。随后她走出前门并且将门锁上，大步走向幽冥大学，她听说那里充斥着各种各样的废话。

要是有人注视蛋糕夫人在街上的行动轨迹，肯定会发现一两个诡异的细节。尽管她的步态不甚稳定，却从不会有人撞到她。这不是说人们在有意地避开她，只是她不会出现在他们应该在的地方。在某个地方，她犹豫了一下，然后走进一条小巷。一小会儿之后，一只酒桶从一座酒馆门前正在卸货的小车上滚落下来，刚巧在她原本应当落脚的那块鹅卵石上砸了个粉碎。她从小巷里走出来，越过酒桶的残骸，嘴里不停地抱怨着。

蛋糕夫人花费很长时间用来抱怨。她的嘴总是不停地动，就像在试着用嘴部的动作来抠出塞在牙齿背面某处的残渣。

她走到幽冥大学高耸的黑色大门前，再一次犹豫了一下，似乎在聆听自己内心的声音。

然后她走到一旁等待着。

在黑暗中，比尔·门躺在干草堆里，等待着。偶尔，他会听到下方传来冰冰的声音——一种柔和的运动，下颚的咀嚼声。

比尔·门。所以说，他现在有了一个名字。当然，他一直都有名字，但那只是由于他呈现的状态而得到的名字，而不能代表他这个人。比尔·门。听起来相当不错。比尔·门先生。威廉·门阁下。比利·门——不。比利不行。

比尔·门再次让自己更加放松。他将手伸进袍子里，掏出那个金色的计时器。正如他所料，上半边的沙子又少了些。他把它放回原处。

接下来就是这个了——“睡觉”。他知道那是怎么回事。人类花费大量的时间来做这件事。他们就这么躺下，然后就睡着了。显然这一行为具有一定的目的。他满怀兴趣地观察着它。他一定要好好地制服它，仔细地分析它。

夜晚从碟形世界上缓缓飘走，新的一天冷静地跟在后面。

院子另一边的鸡窝里出现了一阵骚动。

“喔喔喔——呃。”

比尔·门盯着谷仓的屋顶。

“喔喔喔——呃。”

灰色的光线从屋顶的裂缝中照了进来。

然而就在一小会儿之前照进来的却是日暮时的红光！

六小时的时间就这么不见了。

比尔掏出他的计时器。没错。沙子显然又少了。就在他等待着体验“睡觉”的时候，有些什么东西偷走了他的……生命。而且他非常怀念它——

“喔——喔喔——呃——”

他从干草堆上爬下来，走进清晨的薄雾中。

当他朝鸡窝里窥视时，那些比较老的鸡都谨慎地看着他。一只很老的公鸡一脸尴尬地瞧着他并且耸了耸肩。

从房子所在的方向传来一阵叮叮当当的声音。一个旧铁桶被挂在门上，而弗莉沃斯小姐正充满活力地用一只长柄汤勺敲打着它。

他走过去想要了解发生了什么事。

你为什么要弄出这种噪声，弗莉沃斯小姐？

她飞快地转过身，勺子举在半空中。

“老天，你一定走得像一只猫一样！”她说。

我一定？

“我是说我没听到你的脚步声。”她后退了一步，上上下下地打量着他。

“你身上还有些东西我搞不清楚，比尔·门，”她说，“希望我能搞清楚到底是什么。”

七英尺高的骷髅坦然地注视着她。他感觉自己没什么可说的。

“你早餐想吃什么？”老太太说，“你怎么回答其实都无所谓，因为只有麦片粥。”

稍后，她想道：他一定是把麦片粥吃了，因为碗是空的。为什么我不记得了呢？

接下来是镰刀的问题。他注视着镰刀，就好像他以前从没见过这东西似的。她将割草的刀刃和手柄指给他看。他礼貌地注视着它们。

你怎么让它变得锋利，弗莉沃斯小姐？

“老天，它已经够锋利的了。”

你怎么让它更锋利？

“那做不到。锋利就是锋利。你不能比锋利更锋利。”

他毫无目的地挥舞了一下，然后发出不满的嘘声。

下面是草的问题。

牧草生长的场地位于农场后面的小山上，俯视着整片玉米田。她盯着他看了一会儿。

这是她见过的最有趣的割草技术。她甚至从没有想过这样做也行得通。

最终，她说道："很不错。你很会挥舞镰刀什么的。"

谢谢，弗莉沃斯小姐。

"但为什么一次出刀只割一根草呢？"

比尔·门盯着整齐的一排排草根看了一段时间。

还有别的方法？

"你可以一次割断许多根草，你懂的。"

不。不。一次出刀只能割一次。一次，一刀。

"你这样割不了多少的。"弗莉沃斯小姐说。

一个都不会漏下，弗莉沃斯小姐。

"什么？"

这方面你要相信我。

弗莉沃斯小姐把他留在山上，自己返回了农场的房子。她站在厨房窗前，盯着远处那个沿着山坡移动的黑色身影看了一会儿。

我真想知道他到底做了什么，她想道。他是个有故事的人。我觉得他就是人们所说的神秘人之中的一员。也许他犯下了一桩抢劫罪，眼下正在避风头。

他已经割了整整一排。一次只割一根，但不知怎么竟比别人一茬一茬地割还要快……

弗莉沃斯小姐仅有的读物就是农民年鉴与种子目录，如果没有人生病的话，这东西可以在厕所里用上一整年。除了一些类似月相和播种技术之类的严肃信息之外，它还以一种恐怖而又欢快的口吻回顾了历史上各种各样的大规模屠杀、凶恶的抢劫案以及降临在人类身上的自然瘟疫，它的文本差不多是这样的："即兴白鼬年6月15日：在150年前的这一天，奎尔姆的一个人因被恐怖的牛肉汤浇淋而死"，又或者"14个人死于臭名昭著的鲱鱼投掷者楚姆之手"。

关于这一切，重要的是，这些事情都发生在遥远的地方，也许是由于某种神的意志。在这个地方通常会发生的事不过是偶尔有鸡被偷，或者有个巨怪四处游荡。当然，在山里也有些强盗和土匪，但他们和居民相处融洽，是当地经济活动不可或缺的一分子。尽管如此，她仍然觉得这里如果有其他人的话她会感觉更安全些。

山上的那个黑色身影已经把第二排都割了一大半了。在他身后，割下来的草在阳光下迅速地枯萎。

我完成了，弗莉沃斯小姐。

“那就去把猪喂了。她叫作南茜。”

南茜。比尔说。他把这个词儿放在嘴里来回翻转，就好像他正试着从各种各样的角度去看它。

“是用我母亲的名字命名的。”

我会去喂那头叫南茜的猪，弗莉沃斯小姐。

在弗莉沃斯小姐看来，时间似乎只过了几秒。

我喂好了，弗莉沃斯小姐。

她眯起眼看着他。然后，她缓慢而又谨慎地用一块布擦了擦手，然后走出房子，走向院子另一边的猪舍。

南茜的头正深深地扎在饲料槽里。

弗莉沃斯小姐不知自己该做何回应。最终她说：“很好。很好。你，你，你的工作干得……真的很快。”

弗莉沃斯小姐，为什么那只公鸡的叫声那么古怪？

“哦，那是西里尔。他的记忆力不太好。很荒谬不是吗？我希望他能恢复正常。”

比尔·门在农场的旧铁匠铺里找到了一支粉笔，又从散乱的垃圾中找出一块烧黑的木板，非常认真地在上面写了几个字。然后他把木板竖在鸡窝前面，对着西里尔指了指上面的字。

你就照着这个念。他说。

西里尔用他的近视眼注视着木板上粗体的哥特式文字："喔喔喔。"在他那小而疯狂的鸡脑里，一个清晰而又令他战栗的思想正在形成：他最好马上学会阅读。

比尔·门坐在干草堆中，仔细思考着这一天。看起来这一天似乎过得相当充实。他割了草，给动物喂了食，还修好了一扇窗户。他在谷仓里发现了一些挂着的旧工作服。它们看起来远比一条用绝对的黑暗编制而成的长袍更适合比尔·门的身份，所以他换上了其中一件。弗莉沃斯小姐还给了他一顶宽檐草帽。

而且他冒险走了半英里的路前往小镇。这个小镇甚至连一匹马都没有。如果有人有一匹马，他们就会吃掉它。这里的居民似乎是靠着互相偷窃其他人洗涤的衣物来谋生的。

镇中有一个广场，这其实很荒诞。它实则不过是一个扩大了的十字路口，上面有一个钟楼。另外还有一个酒馆。他走了进去。

最初里面的所有人都停顿下来，人们的思维重新聚焦，容许他进入这个空间，在此之后他们显示出一种谨慎的好客。消息在一条几乎没有葡萄的葡萄藤上传得更快。

"你一定就是弗莉沃斯小姐那里来的新人，"酒保说，"我听说你的名字叫作门先生。"

叫我比尔。

"啊？那里以前是一座整洁的旧农场。我们没想到那个老姑娘能在那儿待那么久。"

"啊。"火炉边的两个老头表示赞同。

啊。

“新来这一片儿的吗？”酒保问。

其他人突然沉默下来，酒馆里就像是出现了一个黑洞。

严格来说不是。

“那你以前来过这边？”

只是路过。

“听说弗莉沃斯小姐是个疯子。”坐在被烟熏黑的墙壁旁边的长凳上的人影之中的一个说道。

“但还是敏锐得像一把刀子。”另一个弯腰驼背的酒客说。

“哦，是的。她是很敏锐。但仍然是个疯子。”

“听说她的客厅里放着许多装满宝物的箱子。”

“她把钱看得很紧，我知道。”

“这就对了。有钱人总是把钱看得很紧。”

“好吧。又敏锐，又有钱。但仍然是个疯子。”

“你不能既有钱又是疯子。如果你有钱的话，那就叫作怪癖。”

沉默又回来了，并且盘桓不去。比尔·门搜肠刮肚想要找出此时该说些什么。他向来不擅长闲聊。他从来也没有太多的机会去练习它。

这种时候人们会说什么呢？啊。对了。

我要请所有人喝一杯酒。他大声说。

后来他们教了他一种游戏，游戏里有一张边缘有洞和网的桌子，以及用木头雕刻得非常完美的球，似乎所有的球必须互相撞击然后进入洞里。这个游戏叫作“池塘”[1]。他玩得很不错。事实上可以称为完美。一开始他根本不知道怎么才能不把球送入洞内。但在听到了几次惊叹之后，他便纠正了自己，开始以精确的计算犯下各种各样的失误；等到他

1 英语里台球称为pool，而pool同时也是“池塘”的意思，但这里作者用了“池塘”的另一个同义词pond。——译者注

们开始教他玩飞镖的时候他已经非常精通于失误了。他越是失误，人们就越喜欢他。因此他以冷酷的技巧控制着那些带有羽毛的小飞镖，从不会让它们落在距离靶子一英尺以内的地方。他甚至让一支飞镖击断了一根钉子，从而使得一盏油灯掉在某人的啤酒杯里，这让一位比较老的酒客狂笑得喘不过气来，不得不被抬到外面去呼吸新鲜空气。

他们开始称呼他为老好人比尔。

以前从没有人这么称呼过他。

一个多么奇怪的夜晚啊。

但是，也有一个糟糕的时刻。他听到一个微弱的声音说："那人是个骷髅。"于是转过身去，便看到一个穿着睡衣的小孩站在吧台的楼上注视着他，那表情并不惧怕，倒像是被恐惧给迷住了。

酒保——比尔·门现在已经知道他的名字叫作利夫顿——尴尬地笑了起来并向他道歉。

"那只是她的幻想，"他说，"你懂的，都是些小孩儿话。快去床上躺着，莎儿。还有，给门先生道个歉。"

"他是一个穿着衣服的骷髅，"那孩子说，"为什么他喝下去的酒不会洒出来？"

他几乎开始恐慌了。如此说来，他与生俱来的力量正在消退。通常来讲，人们并不能看到他——他会占据人们感官之中的一个盲点，人们的大脑一般用他们想要见到的东西来填充这个位置。但是，成年人不能看到他这个证据显然不足以对抗如此坚定的声明，而且他可以感受到周围充斥着迷惑的气息。随后，孩子的母亲及时从后屋中出现，把孩子带走了。一些模糊的抱怨声传来，像是"——一个骷髅，浑身全是骨头——"随后就消失在楼梯的转弯处。

而火炉上方的那只大钟一直都在嘀嗒作响，每嘀嗒一声，就斩去他生命中的一秒。就在不久之前，他还曾经有那么多的时间——

干草堆下面，谷仓的门被轻轻敲响。他听到门被推开了。

“你还醒着吗，比尔·门？”弗莉沃斯小姐的声音在黑暗中响起。

比尔·门分析着话语以及情境，试图领会其中的意义。

是。他大着胆子说。

“我给你带来了一杯热牛奶。”

是。

“快过来。不然等会儿就凉了。”

比尔·门谨慎地沿着木梯子爬下去。弗莉沃斯小姐正举着一只提灯，肩上裹着一块披巾。

“里面加了肉桂。我的鲁弗斯一直都喜欢肉桂。”她叹了口气。

比尔·门能够理解话语中所有的隐藏含义以及暗示，正如同一位航天员能看到他下方的天气形势；它们全都清清楚楚地摆在那儿，一眼就能看得出来，甚至完全用不着有什么实际经验。

谢谢。他说。

弗莉沃斯小姐看了看周围。

“你真的把这儿当成家了。”她欢快地说。

是的。

她拉了拉肩膀上的披巾。

“那我就回房子那儿去了，”她说，“你可以明早把杯子还回来。”

她迅速走进黑夜里。

比尔·门把饮料拿到了阁楼上。他把它放在一根低矮的梁上，长久地注视着它，直到它变凉，蜡烛也燃尽熄灭。

一会儿之后，他听到了一种持续不断的嗞嗞声。他拿出那个金色的计时器，把它放在阁楼另一头的一堆干草下面。

有没有它其实都一样。

温德尔·胡桐皱着眉，费力地看着房子上的号码——仅仅在这条街上就葬送了一百棵计数松——然后他意识到根本没这个必要。他只是形成了近视眼的习惯。但现在他的视力已经提升了。

找到668号花了不少的时间，因为它其实是在一家裁缝店的二楼。入口在一条小巷里。小巷尽头有一扇木门。在它剥落的油漆之上，某人用图钉钉住了一张告示，上面用乐观主义的字体写道：

快进来！快进来！！新开始俱乐部。

死亡只是全新的开始！！！

门打开后，出现的是一道气味闻起来像是旧油画和死苍蝇的楼梯。它吱吱嘎嘎地响着，那响声简直比温德尔的膝盖发出的还要大。

有人在墙上画满了涂鸦。措辞充满了异域风情，但总体的语气却相当熟悉：崛起的幽灵们，你们失去的只有锁链；沉默的大多数想要的亡者的权利，立即停止活人主义的压迫！！！

在楼梯的顶端有个平台，尽头有个往里开的门。曾经有人从天花板上吊下一盏油灯，但看它的样子好像有几千年没点亮过了。一只苍老的蜘蛛，可能是依靠着油灯里剩余的油过活的，在它高处的巢穴里警惕地看着他。

温德尔再一次看了看那张卡片，习惯性地深吸一口气，然后敲响了门。

校长在愤怒中迈开大步赶回学校，其他的巫师绝望地跟在他身后。

"他应该找谁帮忙！我们这些巫师就在这儿！"

"是的，但我们并不真正知道发生了什么事情，不是吗？"院长说。

“所以我们要去找出来！”瑞克雷咆哮道，“我不知道他打算找谁帮忙，但我他妈的确定知道我该找谁帮忙。”

他突然停下脚步。后面的巫师纷纷撞在他身上。

“哦，不，”资深数学家说，“拜托，不要做那件事！”

“没什么大不了的，”瑞克雷说，“不需要担心。其实我昨晚已经查过书了。举行那个仪式只需要三块木头以及——”

“四毫升老鼠的血，”资深数学家哀伤地说，“你甚至连那也不需要。你可以用两块木头和一颗蛋。不过得是一颗新鲜的蛋。”

“为什么？”

“我猜这样的话老鼠可能会开心一些。”

“不，我问的是那颗蛋。”

“哦，谁知道一颗蛋会有什么感觉？”

“不管怎么说，”院长说，“那个仪式很危险。我一直觉得他待在八边形里只是为了装装样子。我讨厌他斜眼瞧着你、好像在计算什么的模样。”

“是的，”资深数学家说，“我们不需要举行那个仪式。我们克服了绝大多数的困难。龙、怪物、老鼠。记得去年的鼠灾吗？好像到处都是老鼠。可是维第纳利王公不听我们的。为了赶走它们，他付了那个穿红黄色紧身衣、花言巧语的浑球整整一千金币。”

“不过那家伙确实解决了问题。”近代如尼文讲师说。

“当然是解决了问题，”院长说，“他在奎尔姆和斯托·拉特也解决了问题。他本来也可以在伪都解决问题，如果不是有人认出了他的话。这个所谓的‘奇迹的莫里斯先生和他的智慧啮齿动物’诈骗团伙！”[1]

1　见《碟形世界：猫和少年魔笛手》。——编者注

“别跟我玩转移话题这一套，”瑞克雷说，“我们要举行阿示克恩仪式。懂了吗？”

“召唤死神，”院长说，“哦，老天。”

“死神没什么不好的，”瑞克雷说，“他有一种专业人士的派头。活儿干得很棒。可以说是公平、公正，从不耍花招。他会知道发生了什么。”

“哦，老天。”院长重复道。

他们到达了学校门前。蛋糕夫人走了出来，挡住校长的去路。

瑞克雷抬起眼眉。

校长可不是那种会对女士粗暴无礼并享受其中的特殊乐趣的男人。或者，用另一种方式来说，他是对所有人都一律地粗暴无礼，无关性别，这也可以说是一种平等。而且，如果以下的对话不是发生于一个在别人开口说话之前几秒就听到他要说什么的人，以及一个根本不听别人在说什么的人之间，它就会有很大的不同。或者也许不会。

蛋糕夫人开口就是一句答话。

“我才不是你的好女士！”她怒斥道。

“那你是谁，我的好女士？”校长说。

“是吗，你不该对一位值得尊重的人这么说话。”蛋糕夫人说。

“没必要感觉受到了冒犯。”瑞克雷说。

“哦，什么，我现在正在这么做吗？”蛋糕夫人说。

“女士，你为什么会在我还没提出问题的时候就回答呢？”

“什么？”

“你什么意思？”

“你什么意思？”

“什么？”

两人互相瞪着对方，陷入了无法解脱的对话死锁。然后，蛋糕夫人突然明白过来了。

“哦，我又把预言开关打开了。”她说，然后把一只指头伸进耳朵里，嘎吱作响地转了几圈，“现在好了。听着，原因是——”

但是瑞克雷已经受够了。

“庶务长，”他说，“给这个女人一便士让她干自己的事去，好吗？”

“什么？”蛋糕夫人突然感到超出理智的愤怒。

“这年头这种事真是太多了。”瑞克雷对院长说道。他们大步走开了。

“这是由于生活在大城市中带来的精神压力，”资深数学家说，“我在一本书上读到过。人们会出现一些可笑的表现。”

他们从大门旁的便门进了学校，院长当着蛋糕夫人的面把门关得紧紧的。

“他可能不会来，”当他们穿过中庭时，资深数学家说，“老温德尔的欢送会时他就没来。”

“仪式一定能把他召唤来的，”瑞克雷说，“那不仅是给他寄了邀请函，而且上面还写了‘盼复’！”

“哦，要开派对了吗？我喜欢雪莉酒。”庶务长说。

“闭嘴，庶务长。”

在暗影区，这座充满了小巷的城市里最为充满了小巷的一部分，有一条小巷。

一个闪着光的小东西滚进了这条小巷，然后消失在黑暗中。

过了一小会儿，传出了轻微的金属噪声。

校长书房里的气氛冰冷。

最终，庶务长颤抖着说："也许他很忙？"

"闭嘴。"其他的巫师一起说道。

有些事情正在发生。在地板上用粉笔画出的八边形里面，地面开始结霜、变白。

"以前从没有这样过。"资深数学家说。

"这全都错了，"院长说，"我们应该准备一些蜡烛、一些大锅、一些在坩埚里冒着泡的东西、一些闪光尘和一些有色烟雾——"

"仪式并不需要那些东西。"瑞克雷尖锐地指出。

"仪式或许不需要，但是我需要，"院长喃喃道，"没有那些正确的配料就做事情，就仿佛脱掉所有的衣服洗澡。"

"我正是这样做的。"瑞克雷说。

"哼。好吧，各有道理，当然，但我们之中还是有一些人认为我们必须保证高标准。"

"也许他正在度假？"庶务长说。

"哦，没错，"院长嗤笑道，"在某个沙滩上？几杯冷饮，再加上一顶写着'快吻我'的帽子？"

"等一下。等一下。有什么东西来了。"资深数学家悄声道。

八边形上方的空中出现了一个戴着兜帽的身影的模糊轮廓。它似乎在不停地抖动，就像是透过特别热的空气看到的东西那样。

"那就是他。"院长说。

"不，不是，"近代如尼文讲师说，"那只是一条灰袍——里面没有——"

他停了下来。

那个身影缓缓地转了过来。整个袍子是挺立着的，似乎表示有人在穿着它，但与此同时它给人一种空洞的感觉，就好像它为一个没有形状的东西定义了一种形状。兜帽里是空的。

空洞盯着巫师们看了几秒，然后聚焦在校长身上。

它说，你是谁?

瑞克雷咽了下口水：“呃。马斯特朗·瑞克雷。幽冥大学校长。”

兜帽点了点头。院长把手指伸进耳朵里掏了掏。这条袍子并没有说话。没有任何的声音被听到。就好像你突然有了一段关于未被说出的话语的记忆，并且对于这段记忆是怎么来的毫不知情。

兜帽说，你是这个世界的一个高等存在吗?

瑞克雷看了看其他的巫师。院长对他怒目而视。

“呃……你知道……对……同类之中最好的以及所有其他类似的东西……是的……”瑞克雷应付道。

他被告知，我们带来了好消息。

“好消息？好消息？”瑞克雷在没有凝视者的凝视之下不安地扭动，“哦，好。那真是好消息。”

他被告知，死神退休了。

“抱歉？”

他被告知，死神退休了。

“哦？那是一个……消息……”瑞克雷不确定地说，“啊。怎么退休的？到底……怎么回事？”

他被告知，我们对于近期标准的失效感到抱歉。

“失效？”校长这会儿完全昏了头，“呃，啊。我不确定有什么……我是说，确实那个伙计经常在闲逛，但大多数时候我们不怎么……”

他被告知，一切都变得非常不规律。

“有吗？有这回事吗？哦，好吧，我们不能继续这么不规律。”校长说。

他被告知，那一定非常糟糕。

“呃，我……那就是……我想我们……我不太确定……真的很糟糕吗？”

他被告知，但现在负担已经被去除了。庆祝吧。没别的事情了。将会有一个短暂的过渡期，随后会有一位适任的候选者自荐产生，使得通常的服务得以恢复。同时，我们为过剩的生命力造成的各种不可避免的不便而感到抱歉。

那个身影抖动着，似乎正在消失。

校长拼命地挥着手。

“等等！”他说，“你不能就这么走了！我命令你停下来！什么服务？你说的究竟是什么意思？你是谁？”

兜帽再度转向他，并且说道，我们什么都不是。

“那帮不上忙！你叫什么名字？”

我们是湮灭。

那身影消失了。

巫师们陷入了沉默。八边形里的霜冻开始升华进入空气。

“啊哦。”庶务长说。

“短暂的过渡期？就是这么回事？”院长说。

地板晃动了一下。

“啊哦。”庶务长又说了一次。

“那无法解释为什么所有东西都有了自己的生命。”资深数学家说。

“等一下……等一下，”瑞克雷说，“如果人们走到了生命的尽头，留下他们的遗体以及一切，但是死神没有来把他们带走——”

“那就表示他们正在这里排着队。”院长说。

“而且也没有地方可去。”

“不仅仅是人，”资深数学家说，“肯定是所有的一切。一切会死的东西。”

“让整个世界充满了生命力。”瑞克雷说。

巫师们用单一的音调说话，每个人的思想都远远跑在谈话的前头，冲向那遥远又恐怖的结论。

“逗留在附近，没有事情可做。”近代如尼文讲师说。

“鬼魂。”

“闹鬼。”

“见鬼。”

“等一下，”庶务长终于努力地跟上了形势，“我们为什么要担心这事呢？我们不需要害怕死人，不是吗？说到底，他们只不过是死了的人。只是普通人，和我们一样。”

巫师们思索着这番话。他们互相对视着。他们开始叫喊，所有人，同一时间。

没人记得一丁点儿关于适任候选人的事情。

信仰是整个多元宇宙最强大的自然力量。严格意义上说，它可能无法移山，但它能够创造出一种可以移山的事物。

人们对于信仰的观念整体上存在着错误。他们认为的信仰其实是倒过来的。他们认为在这个过程中，首先有事物，然后才有信仰。事实上刚巧相反。

信仰在苍穹中来回搅动，正如同一团团在陶工的轮盘中旋转的黏土。举个例子来说，神就是这么产生的。他们很显然是被自己的信仰者创造出来的，因为大多数神的简历非常短，暗示着他们的出身不可能有多神圣。他们做的事情恰巧是人会去做的，特别是涉及少女、黄金雨以及击败你的敌人这些方面，只不过人做不到罢了。

信仰同时还创造了一些其他东西。

它创造了死神。不是死亡，死亡只是用于描述一个长期的失去生命状态的术语。而是那个人格化了的死神。他可以说是与生命共同进化的。早在第一个生命甚至没有模糊地意识到自己突然间成为一个没有生命的物体的这个概念的时候，死神就诞生了。在人们根本没有考虑到他的时候，他已经成了死神；人类只不过是给一个已经存在了数百万年的人格补充了外在形象，增添了镰刀、袍子这一类的装饰。

现在，他离开了。但是信仰没有停止。信仰是基于相信而存在的。因此当信仰的焦点消失的时候，新的焦点便会涌现出来。目前它们还都很渺小，力量不甚强大。各个物种的死神分头出现，不再是统一的一个死神，而是各有区分。

在溪流中，披着黑色鳞片的蜉蝣的死神来回穿梭。

在森林里，一个仅有声音的造物——树木的死神一边咯咯咯地响着一边游荡。

在沙漠里，一个黑色的空甲壳在离地大约半英寸的地方有目的地移动着……乌龟的死神。

但是人类的死神暂时还没有诞生。人类相信的东西特别复杂。

就像现成的货和订做的货之间的区别。

那条小巷中传出的金属声音停了下来。

接下来是一片沉静。那是那种特别警惕的、有东西故意不发出任何噪声的沉静。

最终，有一种非常微弱却刺耳的声音消失在远方。

“别站在门口，朋友。别挡住走廊了，快进来。”

温德尔·胡桐在昏暗中眨着眼睛。

当他的眼睛适应了昏暗的光线之后，他意识到在这个几乎没什么家具还布满灰尘的房间里，有一些椅子摆成半圆形。所有的椅子都被占据了。

在椅子中间——或者说在这个半圆形的焦点处——有一张小桌子，一个人曾经坐在上面。此人现在正朝他走来，向他伸出手，脸上挂着大大的微笑。

“别告诉我，让我猜一下，”这人说，“你是个僵尸，对不对？”

“呃。”在此之前，温德尔·胡桐从没见过有着如此苍白的皮肤的人，甚至也从没想到过人的皮肤可以这么苍白。此人身上的衣服也是他从未见过的，像是被锋利的剃刀洗过一样，散发出的气味让他觉得某人不仅是穿着这套衣服死的，死后也一直穿着它。也没见过此人挂着的“乐意当个灰人”勋章。

“我不知道，”他说，“我想是这样。只不过他们把我埋了，你瞧，然后里面有这张卡片——”他把它举起来，好像它是一面盾牌。

“当然。当然。”那个人说。

他看来是想和我握手，温德尔想道。如果我真的和他握手了，握完之后我的手肯定会多几根手指。哦，老天，我最后会不会也变成这样？

“还有，我死了。”他磕磕绊绊地说。

“而且受够了被其他人推来推去，对不对？”面色苍白的人说。

温德尔极其小心地跟他握了下手。

“呃，也不是完全——”

“我叫舒。瑞格·舒。”

“胡桐。温德尔·胡桐，”温德尔说，“呃——”

“是啊，总是这样，”瑞格·舒充满愤恨地说，“你死了之后，人们总是不想了解你，不是吗？他们的样子就好像你是一种可怕的疾病。死亡可能发生在任何人身上，不是吗？”

“所有人，我应该想到了。”温德尔说。

“是的，我知道那是什么感觉。告诉别人你死了，然后他们看你的样子就像是见到了一个幽灵。”舒先生继续道。

温德尔发现，与舒先生谈话就跟与校长谈话差不多。你说了什么实际上无关紧要，因为他并没有在听。只不过，马斯特朗·瑞克雷不听你说话是因为他懒得听，而瑞格·舒则是在脑子里扮演着你的角色并且把对话补全。

“是的，没错。”温德尔表示放弃。

“我们的活动其实就快结束了，”舒先生说，“让我来为你做个介绍。大家伙儿，这位是——”他犹豫起来。

“胡桐。温德尔·胡桐。”

“温德尔兄弟，”舒先生说，“给他的新开始来个热烈的欢迎吧！”

一阵尴尬的合唱“你好”响了起来。一个坐在排尾处，体形魁梧、毛发茂密的年轻人吸引了温德尔的目光，于是他开始转动他的黄色眼睛，摆出戏剧性的同情姿态。

“这位是阿瑟·温金思兄弟——”

“诺法罗特伯爵。”一个女性的声音尖锐地响起。

“以及多琳姊妹——我是说，诺法罗特伯爵夫人，当然——”

“极有魅力的诺法罗特伯爵夫人，我确定。”那个女性的声音说道，与此同时，坐在矮小敦实的伯爵身旁的那位矮小敦实的女人抬起一只戴着婚戒的手。伯爵本人则朝温德尔苦笑了一下。他身上穿的好像是一套比他自己的身材大了好几号的戏服。

“然后是施莱佩尔兄弟——”

这张椅子是空的。但从它下面的黑暗中传来一个深邃的声音：“晚上好。”

“还有鲁潘兄弟。”那个肌肉发达、毛发茂盛，还有着像狼一样又长又尖的耳朵的年轻人热情地与温德尔握手。

“还有德璐尔姐妹、戈尔珀兄弟以及伊克索莱特兄弟。”

温德尔的手与各种意义上的手纷纷相握。

伊克索莱特兄弟递给他一张黄色的小纸片。上面写着：喔——咦——喔——咦——喔——咦——。

“我很抱歉今晚就这么多人了，”舒先生说，“我已经尽了全力，但恐怕有些人就是不打算努力去做。”

“呃……死人吗？”温德尔的眼睛仍然盯着那张纸片。

“冷漠，这就是我的看法，”舒先生愤恨地说，“如果人们打算就那么躺着，咱们的运动怎么才能有声势？”

鲁潘开始在舒先生的脑袋后面疯狂地打着“别让他开口”的手势，但是温德尔没能及时阻止自己。

“什么运动？”他说。

“死人权利运动，”舒先生迅速地说，“我给你一份传单。”

“但是，死人不就应该，呃，没有权利吗？”温德尔说。他眼角的余光看到鲁潘用手捂住了自己的眼睛。

“你就是死人权利。”鲁潘脸上带着一本正经的表情说道。

舒先生瞪了他一眼。

“冷漠，”舒先生重复道，“总是如此。你为你的同胞尽了最大努力，而他们对你不屑一顾。你知道人们会怎样一边拿走你的财产，一边刻薄地评价你吗？就因为你死了？而且他们——”

“我觉得大多数人死了的时候，他们就是……你知道……死了。”温德尔说。

“那只是懒惰，”舒先生说，“他们只是不愿意努把力。”

温德尔从没见过一个如此失落的人。瑞格·舒似乎连身高都缩短了好几英寸。

“你成为不死者多久了，芬德尔？”[1]多琳说，语气中带着一种随时都能跌个粉碎的轻快。

“没多久，”温德尔对于话题的转变颇感轻松，“不得不说这事跟我想象的完全不一样。”

“你很快就会习惯了，”阿瑟·温金思，亦即诺法罗特伯爵，阴郁地说道，“成为不死者就是这样。跟跌下一座悬崖一样容易。我们这里全都是不死者。”

鲁潘咳嗽了一声。

“除了鲁潘。”阿瑟说。

“我更像是你们可以称为‘荣誉不死者’的生物。”鲁潘说。

“他是个狼人。”阿瑟解释道。

“我看到他就觉得他是个狼人。”温德尔点头赞同道。

“每个满月，”鲁潘说，“挺规律的。”

“你就会开始长出长毛、对着月亮嚎叫。”温德尔说。

所有人都开始摇头。

“呃，不对，”鲁潘说，“我更像是，有些毛发会暂时脱落并且停止嚎叫。真是太让人尴尬了。”

“但我以为在满月时普通的狼人总是会——”

“鲁潘的问题，”多琳说，“就是他是另一个方向的狼人，你懂的。”

“原则上说，我其实是一条狼，”鲁潘说，“这可真是荒谬。每到满月，我就会变成像狼的人。其他时候我就只是……一条狼。”

“老天，”温德尔说，“那一定是个严重的问题。”

---

1 应为“温德尔”，但这个角色会故意模仿吸血鬼的口音，原文中会故意将“w”发为“v”，紧张时就没有。此情况在文中用谐音字替换，不再另行说明。——译者注

“最糟糕的部分是裤子。”鲁潘说。

“呃……是这样的吗？”

“哦，没错。你瞧，对于原本是人类的狼人来说就没有任何问题。他们穿着自己的衣服就行了。我是说，那些衣服可能会被撑破什么的，但至少他们还有衣服在身上不是？而当我看到满月的时候，下一秒，我就能用两条腿走路、会说话，而且显然陷入了巨大的麻烦，那就是由于裤子的缺席而严重地妨碍了精神文明建设。所以我不得不找个地方藏起一条裤子。舒先生——”

“——叫我瑞格——”

“——允许我在他工作的地方存放一条裤子。”

“我在榆树街的停尸房工作，”舒先生说，“我对此一点都不羞耻。能拯救一个兄弟姊妹也是好的。”

“抱歉？”温德尔说，“拯救？”

“在棺材盖子上钉那张卡片的人就是我，”舒先生说，“谁知道呢。试试总不会有坏处。”

“这方法经常会有用吗？”温德尔说。他环视整个房间。他的语气一定暗示了这是一个相当大的房间，但是里面总共只有八个人；如果算上那个从椅子下面传出来的、显然不属于这八个人的声音的话，那就是九个。

多琳和阿瑟对视了一眼。

“对阿社挺有用的。”多琳说。

“不好意思，”温德尔说，“我就是忍不住想知道……你们两位是否有可能是……呃……吸血鬼呢？”

“说得没错，”阿瑟说，“真是遗憾。”

“哈！你不应该那么说，”多琳傲慢地说，“你应该为你的贵竹血统感到骄傲。”

“贵竹？”阿瑟说。

“你是不是被一只蝙蝠咬了什么的？”温德尔快速地说，他可不想成为一场家庭争吵的诱因。

“不是，”阿瑟说，“是个律师。我收到了一封信，明白吗？有一块蜡封，整体上看着挺正规的。信里面废话连篇，总之就是说什么我有个曾曾曾曾曾祖父，我是他唯一在世的亲属，所以是他的第一顺位继承人。上一分钟，我还是阿瑟·温金思，水果蔬菜批发业一颗冉冉升起的新星，下一分钟我发现自己成了阿瑟·诺法罗特伯爵，五十英亩连山羊都站不住的悬崖地带，以及一座连蟑螂也被迫搬家的城堡的拥有者，顺带着还收到了当地村长的请柬，邀我有空时到山下的村庄里去和他讨论一下三百年的欠税问题。”

“我讨厌律师。”椅子底下的那个声音说道。它带着一种悲伤而空洞的回声。温德尔试着挪动自己的腿让它们更靠近自己的椅子。

“那是一个很不错的层堡。”多琳说。

“那他妈的就是一堆长着青苔的石头。”阿瑟说。

“风景特别好。”

“是啊，透过每一堵墙都能看见，”阿瑟在这番谈话的林荫大道上放下了一道闸门，“在我们去那里看之前我就知道了。所以我把马车掉了个头，对不对？我想，好啊，这根本是浪费了四天时间，尤其还是在我们这行的旺季。别的事我就没想过。接下来我就在黑暗中醒来，发现自己被装在一个盒子里。最后我找到了火柴，点燃一根，就在离我鼻子六英寸的地方找到了这张卡片。上面写着——”

“‘你没有必要屈从于命运[1]’，”舒先生自豪地说，“是我早期的宣传口号之一。”

1 屈从于命运，原文为Lying down，本义是“躺着不动”。——译者注

“这事不能怪我，”多琳生硬地说，“你已经浑身梆硬地躺了山天了。”

“那个牧师让我给吓得休克了，我告诉你们。”阿瑟说。

“哈！牧师！”舒先生说，“他们都是一个模样。总是告诉你说你死了之后还可以再活，可要是你真那么干了，瞧他们那脸色！”

“也不喜欢牧师。”椅子底下的那个声音说。温德尔怀疑其他人究竟有没有听到。

“我永远也忘不了威利格雷牧师脸上的那个表情，”阿瑟阴郁地说，“我去那个寺庙有三十年了。我在我的社区受到尊重。而现在，哪怕只是想到要进入一处宗教场所，我的整条腿就开始疼起来。”

“是的，但当你推开棺材盖的时候他没必要说那么多，”多琳说，“他还是个牧师呢。他根本不应该知道那些脏话。”

“我以前挺喜欢那间寺庙的，”阿瑟怀念地说，“要不然周三太无聊了。”

温德尔·胡桐突然发现多琳奇迹般地恢复了正常使用舌头的能力。

“你也是一位吸血鬼吗，温……请原谅……诺法罗特伯爵夫人？”他礼貌地询问道。

伯爵夫人露出微笑。“当然是的。”她说。

“通过婚姻。”阿瑟说。

“还能那么干吗？我以为你必须得被什么东西咬一口。”温德尔说。

椅子底下发出哧哧的笑声。

“我不觉得我有任何必要去咬我的妻子，毕竟我们已经结婚三十年了，就是这样。”伯爵说。

“每一个女人都应该与她的丈夫拥有同样的爱好，”多琳说，“那是保持婚姻生活乐趣的秘诀。”

“谁想要一个有乐趣的婚姻？我从没说过我想要一个有乐趣的婚姻。现在的人就是这种毛病，竟然指望婚姻这种东西会有乐趣。而且这也根本不是什么爱好，”阿瑟抱怨道，“当吸血鬼这回事可不像看起来这么容易。白天不能出门，不能吃大蒜，刮胡子都刮不干净——”

“为什么你不能——”温德尔的话说到一半就被打断。

“不能用镜子，”阿瑟说，“我本以为变成蝙蝠会挺有趣的，但是周围的那些猫头鹰简直就是杀人凶手。至于说到……你懂的……血……呃……”他的声音减弱、消失了。

“阿社一直都不太擅长和人打交道。”多琳说。

“最糟糕的地方就是不得不一直穿着夜礼服。”阿瑟说，他瞥了多琳一眼，“我很确定这不是强制性的。”

“保持标准非常有必要。”多琳说。除了她时有时无的吸血鬼口音之外，多琳还决定在阿瑟的夜礼服上增加许多她认为与女性吸血鬼相配的配件：紧身黑色长裙，剪成美人尖的黑色直长发以及惨白的粉底。但是大自然却把她设计成身材矮小丰满、头发卷曲、面色红润的模样。冲突的痕迹一望可知。

“我应该待在棺材里不要出来的。”阿瑟说。

“啊，可别，”舒先生说，“放弃总是最容易的。我们的运动需要像你这样的人，阿瑟。我们必须成为后来者的榜样。记得我们的革命格言吗？”

“哪一句格言，瑞格？”鲁潘疲惫地说，“我们的格言太多了。”

“人死，没问题。心死，不可能！”瑞格说。

“你要知道，他本无恶意。”散会之后，鲁潘说。

他和温德尔正一起走在灰色的晨光中。诺法罗特伯爵一家提前离开了，以免日光给阿瑟带来更多的麻烦。舒先生也走了，据他所说是要出席另一个会议。

“他会去小神灵庙后面的墓地，在那里大喊大叫，”鲁潘解释道，“他管那叫意识觉醒，但我觉得他自己也不是很确定那有什么效果。”

“椅子底下那人是谁？”温德尔说。

“那是施莱佩尔，”鲁潘说，“我们认为他是一个吓人怪。”

“吓人怪是不死者吗？”

“他不肯说。”

“你们从来没见过他？我以为吓人怪一般会藏在什么东西下面或者，呃，后面，然后在人们不注意的时候跳出来吓人。”

“他在藏起来这方面干得不错。我觉得他可能不太喜欢跳出来吓人。”鲁潘说。

温德尔思索了一下。一个患有广场恐惧症的吓人怪看来很符合这个设定。

“很有意思。”他模糊地说。

“我们去俱乐部只是为了让瑞格开心，”鲁潘说，“多琳说要是我们不去了的话，他一定会心碎的。你知道最糟糕的事情是什么？”

“继续。”温德尔说。

“有些时候他会带来一把吉他，让我们唱一些像是《安卡-摩波的街道》以及《我们要战胜一切》[1]的歌曲。那实在太恐怖了。”

“你们不会唱歌，是吗？”温德尔说。

“唱？唱的问题不重要。你见过一个僵尸弹吉他吗？最令人尴尬的是唱完之后得到处帮他找手指头。”鲁潘叹了口气，“顺便说一句，德璐尔姐妹是个食尸鬼。如果她请你吃肉馅饼，不要吃。”

温德尔回忆起了一个穿着一条无形的灰色裙子的害羞老太太。

1　这首歌的多种语言版本流传于整个多元宇宙每一个已知的世界。唱这首歌的人们长大之后，便会成为下一代的人歌唱《我们要战胜一切》的对象。

“哦，老天，”他说，“你是说那些肉馅饼是她用人肉做的？”

“什么？哦。不是。她只是厨艺不太好。”

“哦。”

“还有伊克索莱特兄弟，他恐怕是世界上唯一的一个有语言障碍的报丧妖，所以在人们快死了的时候，他不是坐在屋顶上尖叫，而是写一张字条从门下面塞进去——”

温德尔回忆起一张忧伤的长脸：“他也给了我一张。”

“我们试着鼓励他，”鲁潘说，“他非常怕羞。”

他的胳膊猛地伸了出来，将温德尔推到另一边的墙上。

“安静！”

“什么？”

鲁潘的耳朵转动起来，鼻孔张大。

一边留意着温德尔让他不要移动，这只人狼缓缓地沿着小巷摸过去，直到他到达小巷与另一条更小也更肮脏的小巷交会处。他暂时停了下来，然后飞快地伸出一只长着毛的手绕过街角。

一声短促的呼叫响起。鲁潘的手收了回来，还提着一个挣扎着的暴民。鲁潘把那人提到他利齿的高度，他破旧衬衫的下面，长着毛发的巨大肌肉耸动着。

“你在等着伏击我们，是不是？”鲁潘说。

“谁，我——？”

“我能闻到你的气味。”鲁潘用平淡的语气说。

“我根本没有——”

鲁潘叹了口气。“狼就从来不做这种事。”他说。

那人在空中晃荡着。

“嘿，那是真的吗？”他说。

“都是面对面地战斗，利爪对利爪，尖牙对尖牙，”鲁潘说，

“你绝不会发现一条狼躲在石头后面等着打劫哪个可怜虫。”

“我走还不行吗？”

“你想让我撕开你的喉咙吗？”

那人盯着他黄色的眼睛。他计算了一番与一个七英尺高还长着可怕尖牙的人对抗的胜算。

“我有别的选择吗？”他说。

“这边有一位我的朋友，”鲁潘说，朝着温德尔打了个手势，“他是个僵尸——”

“呃，我不知道真的僵尸是怎样的，我以为你必须吃一种鱼和一种草根才能成为一个僵——”

“——你知道僵尸会怎么对待人类吧？”

那人试着点头，尽管鲁潘的拳头就在他的脖子下面。

“是的。”他努力地说。

“现在，他准备好好地记住你的模样，而且如果他再次看到你——”

“我说，等一会儿。”温德尔喃喃道。

“——他会来追杀你的。你会那么做吗，温德尔？”

“呃？哦，是的，没错。毫不迟疑，”温德尔闷闷不乐地说，“现在快跑吧，好小伙子。好吗？”

“好的。”未遂的劫匪说。他想着：他的眼睛，就像螺丝刀！

鲁潘放开手。那人摔在鹅卵石上，最后恐惧地看了温德尔一眼，逃命去了。

“呃，僵尸会对人类做什么？”温德尔说，“我猜我最好要知道。”

“他们会把人类撕开，就像撕一张干燥的纸。”鲁潘说。

“哦？好吧。”温德尔说。他们继续沉默地朝前走。温德尔想着：为什么是我？这座城市里每天都会有几百个人死去。我敢打赌他们没遇到这种麻烦。他们就这么闭上眼睛，等醒来的时候就托生成另一个人，或者上了某种天堂，又或者，我猜，进了某种地狱。或者他们会在大厅里和神仙一起享受盛筵，这看起来不算是一个特别好的主意——以神仙们自己的方式来看他们还不错，但一个正经人是不会想要跟这样的家伙一起吃饭的。那些和尚则认为你只是会变得非常富有。克拉奇的一些教派说，你会去往一个很漂亮的花园，里面全是年轻女人，我觉得这好像不怎么像是宗教的风格……

温德尔发现自己正在思考死了之后该怎么提出申请克拉奇国籍。

而就在此时，鹅卵石飞了起来撞在他的脸上。

通常来说这只是一种诗意的形容方法，描述一个人摔了个狗吃屎。但在这一情况下，鹅卵石是真的飞起来了。它们像喷泉一样飞得高高的，静静地在小巷上空盘旋了一会儿，然后又落到地上。

温德尔目瞪口呆地看着它们。鲁潘也是一样。

“这可不怎么常见，”一段时间之后，人狼说，“我觉得我以前没见过飞翔的石头。”

“或是像石头一样的雨滴。”温德尔说。他用靴子尖捅了捅一块鹅卵石。它似乎对重力选择赋予它的角色感到十分满意。

“你是一个巫师——”

“曾经是。”温德尔说。

“你曾经是个巫师。这一切都是什么造成的？”

“我想这很可能是一个无法解释的现象，”温德尔说，“这种现象有很多，原因不明。我希望自己知道是为什么。”

他又用脚尖捅了捅另一块石头。它没有任何准备要动的迹象。

“我得走了。”鲁潘说。

“做一个人狼是什么样的感觉？”温德尔说。

鲁潘耸了耸肩。“孤独。”他说。

“嗯？”

“你没办法合群，你知道。当我是一条狼的时候，我记得做一个人是什么样的，反过来也是一样。就好像……我是说……有些时候……有些时候，对，当我是狼形态的时候，我会跑到山顶上去……在冬天，你知道，天上有一轮新月，地上有一层冻硬了的雪，山丘的起伏永无止境……还有其他的狼，呃，它们当然知道那是怎样的，但是它们不像我这样知道得这么清楚。能够在同时有两种感受、两种认识。再没有一个人知道那是怎样的感觉。整个世界上再没有一个人能知道那是怎样的感觉。那是最糟糕的地方。我知道再没有一个人能……”

温德尔意识到自己正在悲伤的深渊边缘蹒跚而行。在这样的时候他从来都不知道该说些什么才好。

鲁潘的情绪又高涨起来：“说到这个……做一个僵尸是什么感觉？”

“还不错。不算太糟。”

鲁潘点点头。

“回见。”他说着，大步离开。

街上的人开始多起来，似乎安卡-摩波的居民正在悄然开展夜间与白天的非正式换班。所有人都躲着温德尔。一个人要是有别的选择，肯定不会往一个僵尸身上撞。

他回到了大学的门前，这会儿，大门是开着的，于是他直接走向自己的卧室。

如果他要搬出去住的话，他就需要钱。这么多年以来，他攒下了不少的钱。他是否曾经立过遗嘱？对于过去十年左右的时间，他的记忆并不怎么清晰。他也许立过遗嘱。他有没有糊涂到把所有的遗产都留给自己的程度？他希望如此。从实践角度来说，已知的试图推翻自己遗嘱的案例尚无一例成功——

他撬起床脚下的一块地板，从中取出了一袋硬币。他记得自己曾经为自己留下过一笔养老金。

这里还有他的日记本。他记得这个日记本已经用了五年，所以从技术上说，温德尔已经浪费了大约——他快速心算了一下——是的，大约五分之三的钱。

或者也许不止这么多，如果仔细想想的话。毕竟日记本上的记录不怎么详细。温德尔已经有好些年没有做过任何一件值得记在日记本上的事了，或者至少没有哪件事情能让他到了晚上还记得住。日记本上只有月相、宗教节日的列表，以及偶尔会粘在某一页上的糖果。

地板底下还有另外一些东西。他在遍布灰尘的空间里摸索了一阵，找到了两个光滑的小球。他把它们掏了出来，着迷地盯着它们。他把它们摇晃了一下，注视着其中小小的降雪。他阅读了上面的文字，并且发现这些与其说是文字，还不如说是对于文字的涂鸦。他再次将手伸下去，拿出了第三样物品：一个弯曲的小金属轮。就是一个小小的金属轮。而在它旁边是一个破碎了的小球。

温德尔呆呆地盯着这些东西。

的确，在最近的三十年左右他确实有点精神不正常，或许他曾经内衣外穿出门，又或者流点口水之类的，但是……他曾经收集过旅游纪念品吗？还有小金属轮？

他身后传来咳嗽声。

温德尔将这些神秘的物件再次塞回洞里，转身望去。房间里空无一人，但开着的门后面似乎有一个阴影。

“哈喽？”他说。

一个低沉、深邃但同时缺乏自信的声音说：“是我呀，胡桐先生。”

温德尔皱起眉头，努力地回忆着。

“施莱佩尔？”他说。

“没错。”

“那个吓人怪？”

“没错。”

“在我的门后？”

“没错。”

“为什么？”

“这是一扇友好的门。”

温德尔走到门边，小心地把门关上。门后面除了一些旧的石膏粉之外一无所有，不过他确实觉得自己感到了一阵空气的流动。

“我现在到床底下了，胡桐先生，”施莱佩尔的声音从，没错，床底下传出来，“你不会介意的吧？”

“呃，不会。我想不会。但你不是应该藏在衣柜里的吗？我小的时候吓人怪总是会藏在衣柜里。”

“找到一个好的衣柜不容易啊，胡桐先生。”

温德尔叹了口气。“好吧。床的下面归你了。别客气，把这儿当你自己家，这类的客套话我就不多说了。”

“我倒更乐意藏在门后，胡桐先生，如果对你来说都一样的话。”

“哦，好的。”

“你介意暂时闭上眼睛吗？”

温德尔顺从地闭上眼睛。

又是一阵空气的流动。

“你可以睁开眼睛了，胡桐先生。”

温德尔睁开眼睛。

“老天，”施莱佩尔的声音说道，“你这儿还有个大衣挂钩，真是一应俱全啊。”

温德尔注视着他床头末端的黄铜把手慢慢地把自己旋开。

地板发出一阵震动。

“发生了什么事，施莱佩尔？”他说。

“生命力量的蓄积，胡桐先生。”

“你是说你知道？”

“哦，是的。嘿，哇哦，这后面有一个锁、一个把手、一个指板，还有所有东西——”

“那是什么意思，生命力量的蓄积？”

“——还有合页，以及一套相当不错的铰链，从没见过这样的一扇门——”

“施莱佩尔！”

“就是生命力，胡桐先生。你知道的。那是一种你可以在活着的东西之中发现的能量。我以为你们巫师应该知道这种事情。”

温德尔·胡桐张开嘴，正打算说一些类似“我们当然知道”这样的话，但随后他的脑子就运转起来并且发现自己根本不知道这个吓人怪在说什么，同时也记起来自己再也不需要装成什么都知道了。如果他活着的话他肯定会那么做，但不管瑞格·舒怎么说，死了之后很难保持活着时的骄傲感。或许有点生硬，但那并不是骄傲。

“从没听说过，”他说，“生命力量蓄积起来是要干什么呢？”

“不知道。现在季节不对。这时候它本来应该是要逐渐消失了。”施莱佩尔说。

地板又一次震动起来。随后，掩盖着温德尔的小宝藏的地板块开始裂缝并向外迸出碎片。

“你说的是什么意思，季节不对？”他说。

“这种事在春天比较多，”门后的声音说道，“把水仙从地底下挤出来，诸如此类的事。”

“从没听说过。”温德尔着迷地说。

“我以为你们巫师什么都知道。”

温德尔看着他的巫师帽。葬礼和挖洞对它并不仁慈，但在被戴了一个多世纪之后，它本来也不怎么时髦高贵。

“学无止境啊。”他说。

又一天到来了。公鸡西里尔在他的栖息处不安地抖动。

半明半暗的光线里，用粉笔写出的字迹微微闪光。

他集中精神。

他深吸一口气。

“嘟——咔——嘟！”

现在记忆问题解决了，只有阅读障碍还需要担心。

强风吹拂高处的原野，太阳很近，阳光很强烈。比尔·门在山坡地那饱受摧残的草地上来来回回地走着，就像一个穿过绿色丝线的飞梭。

他想知道自己是否曾经感受过风和阳光。是的，他曾经感受过，定然如此。但他从来没有过这样的体验：风是这样地推动着你，阳光使你变得温热。你能感觉到时间的洪流在向前推进。

而你也被裹挟其中。

有人胆怯地敲响了谷仓的门。

嗯。

“快下来，比尔·门。”

他在黑暗之中爬了下去，谨慎地打开门。

弗莉沃斯小姐用一只手护着一根蜡烛。

“呃。”她说。

抱歉。

“你可以进房子里去，如果你喜欢的话，在晚上。当然，不能过夜。我是说，我想到你在这儿孤单地待着，而我有火炉什么的，我的心里有些不舒服。”

比尔·门不太擅长阅读表情。这是一种他从来都不需要的技能。他注视着弗莉沃斯小姐那带着忧虑和恳求的僵硬微笑，就像一只狒狒试图理解罗塞塔石碑上的文本。

谢谢你。他说。

她匆忙地离开了。

当他来到房子里时，她不在厨房里。他跟随着一阵沙沙的噪声进入了一条狭窄的走廊，穿过一道低矮的门框。弗莉沃斯小姐正在那后面的一个小房间里，跪在地上忙乱地试图把火炉烧起来。

他礼貌地在开着的门上敲了两下，她抬起头来，顿时红了脸。

“要是只有一个人的话，实在不值得浪费一根火柴，”她难为情地解释着，“坐吧。我去泡点茶来。”

比尔·门在火炉边的一把椅子上把自己折了起来，然后环视整个房间。

这不是一个普通的房间。不论它的功用究竟是什么，很显然居住并不是其中的一种。与作为农场生活的核心、在墙外面搭了一个天花板的半敞开式厨房相比，这个房间反而更像是一座陵墓。

与大众的普遍认知不同的是，比尔·门对于丧葬方面的装饰并不熟悉。死亡通常不会发生在坟墓里，除了一些罕见的不幸情况。户外、河底、一群鲨鱼的中间、大量的卧室，这都是死亡常常发生的地方，但坟墓并不是。

他的工作是把灵魂的胚芽从凡人肉体的谷壳上剥离出来，而那通常早在葬礼之前就完成了，当你深究起来，你就会发现后续的各种仪式都只是虔诚的垃圾处理形式。

但是这个房间看起来就像那些想把一切东西都随着他一起带走的国王的陵墓。

比尔·门端坐着，双手放在膝盖上，眼睛则环视四周。

首先是这些装饰品。这里的茶壶比任何一个人能想到的还要多。眼睛发光的陶瓷狗。古怪的蛋糕架。各种各样的小雕像和彩盘，上面写着活泼的祝福话语：来自奎尔姆的礼物，祝您快乐长寿。这些装饰品以完全民主的方式覆盖了每一寸平坦的表面，因此一件非常值钱的古董银质烛台可以摆放在一个颜色鲜艳、嘴里叼着骨头、脸上挂着足以犯罪的白痴表情的瓷器狗旁边。

墙壁则被图画遮盖。大多数的画都使用泥土一样的色调来描绘一只绝望地站立在沼泽茫茫晨雾中的牛。

实际上，装饰品几乎掩盖了所有的家具，但这算不上什么损失。两张椅子在累积得越来越沉重的椅罩底下呻吟，此外其他的家具似乎除了支撑装饰品之外也没什么别的用处。到处都摆放着纺锤形的桌子。地板则被碎布地毯覆盖。看来有人真的非常喜欢制作碎布地毯。而且，最重要的、渗透了所有东西的，是那种气味。

它闻起来就像漫长又沉闷的午后。

在一个用布覆盖着的餐具柜上，摆放着三个木盒，旁边两个较小，中间一个大些。这一定就是那知名的装满了宝物的箱子，他想道。

他开始注意到嘀嗒声。

墙上挂着一只钟。看来有人曾经觉得把钟做成猫头鹰的形状会很有趣。当钟摆摆动时，猫头鹰的眼睛就会左右转动，那些极度缺少娱乐的人或许会认为这是一种幽默。盯着它看上一会儿，你自己的眼睛就会开始同情地来回摆动。

弗莉沃斯小姐端着一个放得满满当当的托盘匆匆走了进来。接下来是一套类似炼金仪式的泡茶、在烤饼上涂黄油、摆放饼干、把糖夹挂在盆边上等等快速而模糊的动作。

她坐回椅子上。然后，就仿佛她已经静置了二十分钟一样，她轻轻地用颤音说道："嗯……还不错吧。"

是的，弗莉沃斯小姐。

"这段时间会客室没什么机会打开了。"

对。

"自从我失去了父亲之后。"

有那么一会儿，比尔·门怀疑她是不是把已故的弗莉沃斯先生遗失在这个会客室里了。也许他在这些装饰品之间来了个错误的转身。随后他才记起人类那种有趣的说话方式。

啊。

"他以前经常坐在你现在坐的这把椅子上，读着年鉴。"

比尔·门在记忆中搜索了一番。

他挺高的，他试探道，**留着小胡子？左手的小指头缺了一节？**

弗莉沃斯小姐透过茶杯上方氤氲的蒸汽盯着他。

"你认识他吗？"她说。

我想我见过他一次。

"他从来没有提起过你，"弗莉沃斯小姐狡黠地说，"至少没有提起名字。没有提起过比尔·门。"

我不认为他有机会提起我。比尔·门缓慢地说。

"没关系，"弗莉沃斯小姐说，"我知道是怎么回事。父亲以前也搞些走私生意。你瞧，这个农场没多大。你不能靠着它生活。他总是说一个人得尽其所能。我猜你也在他的业务范围内。我一直在观察你，你就是干这一行的，不会错。"

比尔·门仔细地思考着。

大宗运输业。他说。

“听起来是那么回事。你有家人吗，比尔？”

一个女儿。

“那很棒。”

恐怕我们已经失去联系了。

“那真是可惜，”弗莉沃斯小姐说，听起来挺真诚的，“我们过去在这儿度过了不少好时光。当然，那是在我的小伙子还活着的时候。”

你有一个儿子？比尔没跟上她的思路。

她狠狠地剜了他一眼。

“我请你仔细想想‘小姐’这个词儿，”她说，“我们这边的人把这种称呼看得很重。”

抱歉。

“不是我儿子。他叫作鲁弗斯。他也是一个走私者，跟我父亲一样。但没有我父亲那么厉害。这点我得承认。他更有艺术气息。他经常给我带来各种各样的外国玩意儿，你懂的，一些珠宝之类的。而且我们经常一起跳舞。他的小腿线条特别好看，我记得。我喜欢看男人的美腿。”

她盯着炉火看了一会儿。

“后来……有一天他再也没能回来。就在我们准备结婚的时候。父亲说他不该在冬天快来了的时候试着进山，但我知道他只是想给我找一件合适的礼物。他还想多挣些钱让父亲满意，因为父亲不支持——”

她拾起拨火棍，捅了一下火炉，虽然实际上用不着那么用力。

“不过也有些人说他跑去了法夫雷，或是安卡-摩波，或是其他什么地方，但我知道他不会那么做的。”

她极具穿透力的目光把比尔·门紧紧地钉在椅子上。

“你怎么看，比尔·门？”她尖锐地质问道。

他对于自己发现了问题之中的问题而感到相当自豪。

弗莉沃斯小姐，冬天的山里头可能是非常危险的。

她看起来松了口气。“我一直都是这么说的，”她说，“而且，你知道吗，比尔·门？你知道我是怎么想的吗？”

不知道，弗莉沃斯小姐。

“那正是我们准备结婚之前的那一天，就像我刚才说的那样。然后他的一匹驮马自己跑了回来，人们赶过去，就发现了雪崩……你知道我是怎么想的吗？我想，那太荒诞了。那太愚蠢了。很可怕，不是吗？后来我自然又想了些其他的事，但我的第一个想法是，世界不应该是这样的，这简直像是一本小说里的情节。会那样想不是一件很可怕的事吗？”

我本人从来都不信任戏剧，弗莉沃斯小姐。

她其实并没有在听。

“而且我还在想，生活现在想让我做的就是，穿着礼服在这里疯疯癫癫地过上几年，最后彻底发疯。它就想让我这样。哈！是的！所以我就穿上了破破烂烂的礼服，而且我们仍然邀请了所有人来参加婚礼早餐，因为浪费食物是一种犯罪。”

她再次向炉火发起进攻，然后用灼热的眼神盯着他。

“我认为分得清楚什么是真、什么是假一直都是非常重要的，你呢？”

弗莉沃斯小姐？

“什么？”

如果我把钟停下，你会介意吗？

她瞥了一眼满眼惊恐的猫头鹰。

“什么？哦。为什么？”

恐怕它让我有点神经紧张。

“它并不太吵啊，不是吗？”

比尔·门想说的是，它的每一声嘀嗒就像是大铁锤砸在铜柱上那么响亮。

它就是让我有点烦，弗莉沃斯小姐。

“好吧，如果你想的话就把它停了吧，我想没什么。我只是让它一直转着，好让这里别那么安静。”

比尔·门感激地站了起来，小心地穿过装饰品的丛林，然后抓住了松果形状的钟摆。木制的猫头鹰恼火地盯着他，但是嘀嗒声停了，至少在普通的声音领域是如此。但他确实地知道，在别处，时间的重锤仍在持续不断地敲击着。人们怎么能承受这个？他们容许时间待在他们的房子里，就好像它是他们的朋友。

他再一次坐了下来。

弗莉沃斯小姐开始恶狠狠地做起了编织的活儿。

比尔·门靠在椅背上，抬头盯着天花板。

“你的马过得还开心吗？”

抱歉，啊？

“你的马。它看起来在牧场上过得挺开心的。”弗莉沃斯小姐提示道。

哦。是的。

“它跑的那个劲儿就像从没见过草地似的。”

他喜欢草。

“而你喜欢动物。我看得出来。”

比尔·门点点头。他用于闲聊的资源向来不怎么丰沛，这会儿已经完全干涸了。

他就这么沉默地又坐了两个钟头，双手抓着椅子的扶手，直到弗莉沃斯小姐宣布她要睡了。然后他返回谷仓，开始睡觉。

比尔·门没有察觉到它的到来。但它就在那里，一个灰色的身影飘浮在黑暗的谷仓之中。

不知怎么回事，那个金色的计时器到了它的手上。

它告诉他，比尔·门，这是个错误。

玻璃破碎了。细密的金色时之沙在空气中闪着光，瞬间之后就全部落在地上。

它告诉他，回去，你还有工作要做。这是个错误。

那个身影变得黯淡了。

比尔·门点点头。这当然是个错误。任何人都看得出这是个错误。他一直都知道这是个错误。

他把工作服扔在一个角落里，拿起用绝对的黑暗编织的长袍。

嗯，这算是一种体验。而且，他不得不承认，也是一个他不愿重新经历的体验。他感觉到自己卸下了一副沉重的担子。

活着就是这样的一种感觉吗？像是被黑暗拖着一步步前行？

人们怎么能忍受这一切？但他们就是做到了，甚至还找寻到了其中的乐趣，尽管唯一符合理性的情绪都只能是绝望。真是神奇。他们知道自己是一个微不足道的生灵，被夹在两道黑暗的悬崖之间。为什么人们还能忍受活着？

显然是因为那是一种你与生俱来的状态。

死神坐在马背的鞍座上，向外奔了出去，来到农场的上空。在遥远的下方，玉米地泛出波纹，就像大海。弗莉沃斯小姐得另找一位工人来帮她收获玉米了。

那很奇怪。他胸中怀有一种情感。后悔？这是叫作后悔吗？但那是比尔·门的情感，而比尔·门已经……死了。其实他从没有真的活过。他又成了原来的他自己，没有任何情感，更没有后悔，因此安全得多。

再也不会有什么后悔了。

现在他在他的书房里，那也很奇怪，因为他并不能清晰地记得自己是怎么回来的了。上一分钟他还在马背上，下一分钟他就在书房里，架子、设备和计时器全都和他离开的时候一样。

而且它比他记忆中的更大。墙壁已经远在视野的边缘。

那是比尔·门的感觉。在比尔·门看来这个地方当然很大，而且很可能他的一部分仍然逗留着。接下来他应该做的是让自己忙起来。把自己投入工作中。

书桌上已经有了几个计时器。他不记得自己有把它们放在这里，但这无关紧要，重要的是继续工作……

他拿起最近的一个计时器，读出了上面的名字。

“啰——哒——嘟！”

弗莉沃斯小姐在床上坐了起来。在梦境的边缘，她听到了另一个声音，一定是这个声音把公鸡给吵醒的。

她手忙脚乱地点燃一根火柴，花了不少工夫才点起一根蜡烛，然后在床底下摸索了一下，她的手指触碰到了一把短刀的刀鞘，已故的弗莉沃斯先生经常带着这把短刀在山里进行商务旅行。

她匆忙跑下吱嘎作响的楼梯，走入黎明的寒风之中。

她在谷仓门前犹豫了一下，然后把门拉开一个刚好能通过的狭缝并且钻了进去。

“门先生？”

干草堆里发出一阵沙沙声，然后是警觉的沉默。

弗莉沃斯小姐？

“你刚才是不是在喊？我确定我听到有人在喊我的名字。”

又是一阵沙沙声，比尔·门的头从阁楼的边缘伸了出来。

弗莉沃斯小姐。

“是的。你以为会是谁？你还好吗？”

呃。是的。是的，我想是这样。

“你确定你没什么问题吗？你把西里尔都吵醒了。”

是的。是的。那只是一个——我以为——是的。

她吹灭了蜡烛。日出前的光线已经足以让她看清了。

“好吧，如果你确定的话……既然我现在已经醒了，我最好把麦片粥煮上。”

比尔·门又一次躺在干草堆上，直到他确信自己的腿已经足以承担他的重量，这才爬下阁楼，跌跌撞撞地穿过院子走向住宅。

当她用勺子给他面前的碗里盛满麦片粥并往里面打了大量奶油的时候，他什么都没有说。最终，他再也不能控制住自己。他不知道该怎么提出问题，但他真的需要一个答案。

弗莉沃斯小姐？

“嗯？”

那东西是什么……在夜里……你看到一些东西，但它们不是真的？

她站了起来，一手拿着麦片粥的锅，一手拿着勺子。

“你是说，做梦？”她说。

那就叫做梦吗？

“你没做过梦吗？我以为所有人都会做梦。”

梦里的事情是不是即将要发生的事情？

“那就不是梦，而是预言了。我自己从来都不相信那种事。你不是想告诉我，你从来就不知道什么叫做梦吧？”

不。不。我当然知道。

“你在担心什么，比尔？”

我突然发现我们都会死。

她沉思着注视着他。

“是的，所有人都会死，”她说，“那就是你梦到的东西，是吗？所有人都会在某个时候有这种感觉。如果我是你的话，我不会担心这种事。你能做到的最好的事情就是保持忙碌的工作和欢快的心情，我一直都这么说。”

但我们的一切都将终结！

“哦，这个我倒不清楚，”弗莉沃斯小姐说，“这要看你过的是怎样的一种生活。我想是这样。”

抱歉，什么意思？

“你信仰宗教吗？”

你是说，你相信你死后会发生什么，你死后就真的会发生什么？

“如果真的是这样的话，那可就太棒了，不是吗？”她轻快地说。

但是，你瞧，我知道我相信什么。我……什么都不相信。

“我们今早的气氛有点阴沉，不是吗？”弗莉沃斯小姐说，“你现在能做的最好的事情就是把那碗粥喝了。它对你有好处。听说麦片粥能让骨骼健壮。”

比尔·门低头看着他面前的碗。

我能再来点吗？

比尔·门上午的时间都用于砍柴。这个活计有一种令人愉快的单调。

让自己疲劳，这很重要。他前一天晚上也睡了觉，但他一定是太累了所以没有做梦。而且他已经决定以后绝不能再做梦了。斧头举起、落下，就像时钟一样有韵律。

不！不可以像时钟！

当他走进房子时，弗莉沃斯小姐正把几口锅放在炉子上煮着。

闻起来不错。比尔试探地说。他伸手去揭一个冒着泡的锅的盖子。

弗莉沃斯小姐猛地转了过来。

“别碰它！那东西不能吃！那是喂老鼠的。”

老鼠不是会自己找食吃吗？

“它们当然会，这就是我们要在收获之前给它们多加一点料的原因。把这东西一些放在老鼠洞的周围，然后——再也没有老鼠了。”

比尔·门花了一点时间才想清楚这话是什么意思，但当他想通的时候，那感觉就像是看到两块巨石在交配。

那是毒药？

“斯皮葛精华，混入燕麦粥之中。从不会失效。”

然后它们就死了？

“立刻就死。背脊挺直，四脚朝天。我们中午吃面包和奶酪，”她补充道，“我不会在一天之内做两次大餐，今天晚上我们吃鸡肉。既然说到了鸡……跟我来……”

她从架子上取下一把切肉刀，从房子里走出来到了院子里。公鸡西里尔站在肥料堆的顶端，用怀疑的眼神看着她。他的后宫中那些肥大而又相当老的母鸡，这会儿正在院子里刨着土，像一条破烂的弹性内衣那样松松垮垮地围着弗莉沃斯小姐。她迅速伸出手来，从地上捉起其中一只。

它用明亮而又愚蠢的眼睛盯着比尔·门。

“你知道怎么给鸡拔毛吗？”弗莉沃斯小姐说。

比尔看着她，接下来又看着那只母鸡。

但我们喂养它们。他无助地说。

“没错。然后它们就会喂养我们。这一只已经有好几个月没下过蛋了。鸡的世界就是这样。以前，弗莉沃斯先生会扭断它们的脖子，但我一直学不会那一招。用这把切肉刀的话，它们会把血喷得到处都是，而且它们还会跑上一阵子，但它们已经死了，而且它们自己也知道。”

比尔·门思考着自己的选择。那只母鸡的一只如同珠子的眼睛盯着他。鸡远不如人类聪明，因此它们并没有那种复杂精致的精神过滤器来阻止它们看到事物的真相。它知道它自己是什么，也知道正看着它的人是谁。

他注视着母鸡那渺小而又简单的生命，发现它生命中最后的几秒正在飞快地流逝。

他从没有杀害过任何东西。他会带走生命，但那些都是已经结束了的生命。偷窃和非法占有之间还是有区别的。

不用拿刀了，他疲惫地说，**把那只鸡给我。**

他转过身背对着弗莉沃斯小姐，一小会儿之后，他把一具无力的躯体交还给她。

“干得不错。”她说，然后转身回到厨房。

比尔·门感觉到西里尔在用谴责的目光注视着他。

他松开手。一点小小的亮光在他的掌心上方盘旋。他对它吹了口气，于是它的光芒消散了。

吃完午餐之后，他们把老鼠药放了下去。他感觉自己就像一个凶手。

许多的老鼠死去了。

在谷仓地下深处的洞穴中——是最深的那一个洞穴，很久很久之前便由早已被遗忘的啮齿动物先祖们挖掘出来的那一个——那深邃的黑暗里，一个东西出现了。

它似乎难以决定自己应该是一个什么样的形状。

最初，它看起来像是一块相当可疑的奶酪。这似乎行不通。

随后它试着变了个形状，看起来很像一只又小又饥饿的㹴犬。

这个方案也被拒绝了。

其后的一瞬间，它变成了一个钢齿捕鼠夹。这显然是不合适的。

它到处搜寻新的想法，而令它相当吃惊的是，一个新的想法真的飞快地到来了，就好像它原本就在这儿似的。与其说那是一种形状，倒不如说是一种关于形状的记忆。

它试了一下并且发现，尽管这一形状对于工作来说完全是错误的，但从某种深层次满足的角度来说，它是唯一具有可能性的形状。

它开始工作了。

那天晚上，村里的男人们在一块草地上练习箭术。比尔·门谨慎地确保了自己的名声：整个箭术史上最糟糕的射手。从没有人曾经把箭射到身后围观群众的帽子上，从技术上来说，这比把箭射到仅仅五十码之外一个相当大的靶子上可要难得多。

难以想象的是，你仅仅靠着笨手笨脚就能交到许多的朋友，前提是你得笨到足够好笑的程度。

因此他被容许坐在酒馆外面的一条板凳上，和所有的老头子在一起。

旁边一幢房子的烟囱喷出火花，旋转着消散在暮色的天空里。关着的门里面传出一阵剧烈的敲打声。比尔·门想知道为什么村里的铁匠总是关着门。大多数铁匠会把门开着，从而使得他们的熔炉成为村子里非正式的会客室。而这一位似乎非常专注于工作——

“你好，骨头架子。”

他迅速地转过身。

酒馆老板家的小孩正用他所见过的最具有穿透力的眼神注视着他。

“你是个骨头架子，不是吗，”她说，“我知道，因为那些骨头。”

你弄错了，小孩。

“你才弄错了。人死了之后就会变成骨头架子。在那之后他们就不应该再起来走路了。”

哈。哈。哈。瞧这孩子说什么呢。

“那为什么你还在走路呢？”

比尔·门看了看那些老头。他们似乎在全神贯注地欣赏箭术表演。

你知道吗，他孤注一掷地说，**如果你能走开的话，我会给你半个便士。**

“我有个骨头面具，是灵魂蛋糕节玩不给糖就捣乱的时候戴的，”她说，“它是用纸做的。大家会给你糖吃。”

比尔·门犯了一个无数人在类似的情形下面对小孩时曾经犯过的错误。

他试图和她讲道理。

小姑娘，你瞧，他说，**如果我真的是一个骨头架子，我确定这些老先生一定会说些什么的。**

她看了看板凳另一头坐着的老头们。

“他们自己都快变成骨头架子了，”她说，“我觉得他们不会乐意见到另一个骨头架子。”

他放弃了。

我不得不承认这一点你说得没错。

“为什么你没有散架呢？”

我不知道，我从来没有散过架。

“我见过鸟还有一些其他东西的骨头架子，它们都散架了。”

也许那是因为它们不是一直是骨头架子，而我是。

“坎波利的药剂师就有一个骨头架子，它挂在钩子上，所有的骨头用线连在一起。”小孩说，就好像正在宣扬一个经过认真细致的研究而得出的结论。

我没有什么线。

“活着的骨头架子和死了的有区别吗？”

是的。

“那他的骨头架子是死了的，是吗？”

是的。

“是从死人的身体里取出来的吗？”

是的。

“呃。真恶心。”

小孩注视着远方的地平线看了一会儿，然后说：“我有一双新袜子。”

是吗？

“你想看的话可以看看。”

一只脏兮兮的脚伸了出来以便于观察。

不错。不错。真的很棒。新袜子。

“我妈妈用羊毛给我织的。”

真好。

地平线再一次遭到凝视。

“你知道吗，”她说，“你知道吗……今天是星期五。”

是的。

“我找到了一只汤匙。”

比尔·门发现自己充满了期待。他并不经常与注意力集中不超过三秒的人打交道。

“你在弗莉沃斯小姐那儿干活？”

是的。

“我爸爸说你在那儿得把脚好好地放在桌子下面。”

比尔·门想不出这句话该怎么回答，因为他不知道是什么意思。这就是人类的说话方式，看似平铺直叙的评论其实只是在掩饰一些深层次的东西，这些微妙之处通过语气或是眼神来传达，但是小孩很显然并没有这种能力。

“我爸爸说她有一些宝物箱。”

是吗?

“我有两个便士。”

老天。

“莎儿！”

两人都抬起头来，利夫顿夫人出现在门口的台阶上。

“你该睡觉了。别打扰门先生了。”

哦，我可以向你保证她并没有——

“说晚安，现在。”

“骨头架子怎么睡觉？他们没法闭上眼睛，因为——”

他听到她们模糊的声音从酒馆里传出来。

“你不能再那样说门先生了，就因为他……他……他很瘦……”

“没关系的。他不是死了的那种骨头架子。”

利夫顿夫人的语气听起来很熟悉，是那种不敢相信自己的眼睛的人所使用的语气：“也许他只是病得很厉害。”

“我觉得他病得和平常差不多。”

比尔·门思绪重重地步行回家。

农场房屋的厨房里亮着灯，但他直接返回了谷仓，爬上竖梯，躺在干草堆里。

他或许可以让自己不要做梦，但他无法阻止自己回忆。

他注视着黑暗。

过了一会儿，他意识到了啪嗒啪嗒的脚步声。他转过身。

一道由老鼠形状的幽灵组成的洪流正跳跃着穿过他头上的横梁，一边跑一边慢慢变得暗淡，很快便只剩下渐渐离去的脚步声。

它们身后跟着一个……形状。

它大约有六英寸高，穿着一袭黑袍。一只白骨嶙峋的爪子里抓着一把小镰刀。一只像骨头一样白的鼻子和稀疏的灰色胡须从阴暗的兜帽中伸出来。

比尔·门伸出手，把它拿了起来。它并没有抵抗，而是站在他的手掌上，以一位专业人士打量另一位专业人士的眼神注视着他。

比尔·门说：**你是——？**

鼠之死神点了点头。

吱吱。

我记得，比尔·门说，**你曾经是我的一部分。**

鼠之死神再次发出吱吱的叫声。

比尔·门在工作服口袋里摸索了一阵。他把自己午餐的一部分放在了这里。啊，没错。

我想，他说，**你可以谋杀一块奶酪？**

鼠之死神优雅地接过奶酪。

比尔·门记得他曾经拜访过一位老人——仅仅一次——这位老人的全部生命都因一个莫须有的罪名而被囚禁于高塔之上的一间牢房，因此在他的无期徒刑期间，他驯养了一些鸟类来与他做伴。那些鸟在他的床上拉屎、吃他的食物，但他容忍了它们，并在它们飞出牢房窗子的铁栏杆时对它们微笑。那时，死神曾经无法理解为什么会有人这样做。

我不会耽搁你的时间，他说，**我知道你有事情要做，有老鼠要见。我知道那是怎么回事。**

而他现在理解了。

他把那个身影放回到横梁上，并在干草堆上躺下。

路过的时候到我这里坐坐。

比尔·门再一次注视着黑暗。

睡眠。他能感受到它在周围悄然徘徊。睡眠，带着满口袋的梦。

他躺在黑暗中，极力抵抗。

弗莉沃斯小姐的叫喊声惊得他坐了起来，并且让他感到短暂的宽慰，因为那喊声还在持续。

谷仓的门“砰”的一声被推开了。

“比尔！快点下来！”

他把腿伸到梯子上。

发生了什么事，弗莉沃斯小姐？

“着火了！”

他们奔跑着穿过院子，来到小路上。村庄方向的天空变红了。

“快一点！”

但是我们这里并没有着火。

“很快所有地方就都会着火了！火在茅草房子上蔓延得就像发疯！”

他们到达了简陋的村中广场。酒馆燃烧得非常猛烈，茅草喷溅着无数的火星，咆哮着冲向天空。

“瞧瞧这些人，都呆站着，”弗莉沃斯小姐怒斥道，“这里到处都有水泵、水桶，这些人怎么就什么都不想呢？”

不远的地方正发生着一场混战，两名酒馆的常客试图阻止利夫顿跑进房子。他在对他们尖叫。

“小姑娘还在里头，”弗莉沃斯小姐说，“他是这么说的吗？”

是的。

火焰就像帘幕一样挡住了楼上的每一扇窗子。

“肯定会有办法的，”弗莉沃斯小姐说，“也许我们可以找一架梯子——”

我们不应该那么做。

“什么？总得试试吧。我们不能把人留在那种地方！”

你不明白，比尔·门说，**改动一个人的命运可能会让整个世界毁灭的。**

弗莉沃斯小姐看着他，就好像看着一个疯子。

“那是什么蠢话？”

我是说，每个人都有自己的死期。

她瞪着他。然后她扬起手，猛地打在他的脸上。

他比她想象的硬得多。她痛呼一声，吮吸着自己的指节。

“你今晚就离开我的农场，比尔·门先生，”她怒吼道，“明白吗？”然后她转过身跑向水泵。

一些人拿来了钩子，用来把屋顶上燃烧的茅草拉下来。弗莉沃斯小姐指挥着一群人把梯子架到二楼卧室的窗口上，但是当终于有一个人被说服，用一张冒着蒸汽的湿毛毯护住头脸爬上梯子时，梯子的顶端已经开始冒烟了。

比尔·门注视着火焰。

他把手伸到口袋里，拿出了他的金色计时器。火光把玻璃映成红色。他把它再次放回去。

一部分的屋顶塌陷了。

吱吱。

比尔·门低下头。一个穿着袍子的小小身影从他的两腿之间穿过，昂首阔步地走向燃烧着的房门。

有些人在高喊着关于白兰地酒桶之类的话。

比尔·门再一次把手伸进口袋，再一次拿出了金色计时器。那其中发出的沙沙声盖过了火焰的咆哮。未来飞快地变成过去，而且过去远比未来多得多，但一个事实仍然让他震惊：一直流过它的其实是现在。

他小心地把它放了回去。

死神知道改变一个人的命运可能会让整个世界毁灭。他就是知道。这条知识是他的一部分。

但是对于比尔·门来说，他意识到，这只是一些无意义的阻碍。

哦，该死。他说。

然后走进了火焰之中。

“呃。是我呀，图书管理员，”温德尔试图从钥匙孔往里面喊，“温德尔·胡桐。”

他试着再去用力地敲打门。

“为什么他不回答呢？”

“不知道。”后面的一个声音回答。

“施莱佩尔？”

“是的，胡桐先生。”

“你为什么要躲在我后面？”

“我必须得躲在什么东西后面，胡桐先生。吓人怪就是这样。”

“图书管理员？”温德尔喊道，并再次用力敲门。

“对——头。”

“你为什么不让我进去？”

“对——头。”

“但我得查一些东西。”

“对——头，对——头！”

“呃，是的。没错。那有什么关系呢？”

“对——头！”

“这——这不公平！”

“他说了什么，胡桐先生？”

“他不让我进去，因为我死了！”

“这是典型的反应。瑞格·舒一直在唠叨的就是这么回事，你知道。”

“还有其他人懂得生命力的事情吗？”

“还有就是蛋糕夫人，我想。但她有点古怪。”

“蛋糕夫人是谁？”说完之后，温德尔才明白过来施莱佩尔在说什么，“不管怎么说，你可是一个吓人怪啊。”

“你从没听说过蛋糕夫人？”

“是的。”

“我想她对魔法不感兴趣……无论如何，舒先生说我们不该和她说话。他说她在利用死人。”

“怎么利用？”

“她是个灵媒。呃，更像是个矮小的人。[1]”

“真的吗？好吧，我们去见见她好了。还有……施莱佩尔？”

“嗯？”

“那有点让我毛骨悚然，感觉你一直在我身后。”

“如果我不躲在什么东西后面的话，我会非常紧张，胡桐先生。”

“你就不能躲在其他什么东西后面吗？”

“你能提个建议吗，胡桐先生？”

温德尔想了一下。“是的，这样或许有用，”他低声说，“不过

1　第二次用了medium的双关含义。——译者注

我得先找到一个螺丝刀。”

园丁莫多正跪在地上修剪着牡丹花，这会儿，他听见身后传来一阵有规律的刮擦声和砰砰的撞击声，就像有人正试图挪动一个非常沉重的物品时发出的声音。

他转过头。

“晚上好，胡桐先生。看得出来你还死着呢。”

“晚上好，莫多。你把这个地方弄得很漂亮。”

“你身后有什么人在搬着一扇门，胡桐先生。”

“是的，我知道。”

那扇门谨慎地沿着小路挪动。当它经过莫多身边时，它笨拙地转动了一下，就好像那个搬着它的人或者东西正尽可能地躲在它后面。

“这是一种安全门。”温德尔说。

他停了下来。这里有什么东西不对劲。他不能完全确定是什么，但就是突然间感到非常不对劲，就像一个管弦乐队里突然传出一个跑了调的音符。他仔细检查了一下面前的所有景物。

“你用来放杂草的这个东西是什么？”他说。

莫多瞥了一眼他身边的东西。

“挺不错的，不是吗？”他说，“我在肥料堆旁边发现的。我的手推车刚巧坏了，我抬起头，然后——”

“我从没见过这样的东西，”温德尔说，“谁会用金属线来做一个这么大的篮子？而且那些轮子看起来也不够大。”

“但是用扶手推起来很方便的，”莫多说，“谁会把这样一个东西扔掉呢，我真想不通。为什么会有人想把这样一个东西扔掉，胡桐先生？”

温德尔盯着那个手推车。他有种感觉，它也在盯着他。

他听到自己在说——“也许它是自己跑到这儿来的。”

“说得对啊，胡桐先生！我觉得它就是想安静一会儿！”莫多说，“跟你一样！”

“是的，”温德尔闷闷不乐地说，“它看起来就像是那样。”

他走到门外的城市之中，耳边随时听着身后那扇门传出的刮擦声和碰撞声。

假如一个月之前有人告诉我，他想道，在我死后的几天，我会走在路上，身后跟着一个害羞地躲在门后的吓人怪……嘿，我肯定会嘲笑那个人的。

不，我不会。我会说“呃？”“什么？”还有，“大点声儿！”，而且最后我也不会明白他在说什么。

在他旁边，有什么东西发出狗吠声。

一条狗正在看着他。这是一条非常大的狗。实际上，仅有的一个可以把它称为狗而不是狼的原因是，所有人都知道城市里没有狼。

它眨了眨眼睛。温德尔想道：昨晚不是满月。

“鲁潘？”他试探道。

狗点了点头。

“你能说话吗？”

狗摇了摇头。

“那你现在要做什么？”

鲁潘耸了耸肩。

“想跟我一起走吗？”

又是一次耸肩，温德尔几乎能听到他的想法：为什么不呢？我还能做什么呢？

假如一个月之前有人告诉我，温德尔想道，在我死后的几天，我会走在路上，身后跟着一个害羞地躲在门后的吓人怪，身边是一个反向的狼人……嘿，我肯定会嘲笑那个人的。当然，是在他把自己的话大声重复了好几次之后。

鼠之死神逮住了它的最新一批客户——其中大多数都住在茅草里——并领着它们穿过火焰，去往好老鼠该去的地方。

它惊奇地发现一个燃烧着的人影正在坍塌的横梁和破碎的地板形成的炽热垃圾之间穿行。这个人影登上被火焰包围的楼梯，同时从已所剩无几并仍在燃烧的衣物中拿出了一样东西，并小心地把它用牙齿咬住。

鼠之死神并没有等着看接下来会发生什么。从某些角度来看，可以说它与最原始的老鼠同样古老，但与此同时，它不过刚刚诞生了不到一天，仍然在体会作为死神的感觉，而且它或许也感受到了一阵低沉如雷鸣、使得整幢房子都震动起来的噪声，那是白兰地开始在它的酒桶里沸腾了。

关于沸腾的白兰地，需要知道的是，它不会沸腾很久。

火球把酒馆房子的碎片喷到了半英里之外。白热的火焰从曾经是门和窗的空洞处爆发出来。墙壁碎裂。燃烧的木块呼啸着从人们头顶飞过。有些木块落到了相邻房子的房顶上，引燃了更多的着火点。

留下来的只有一种让人的眼睛开始流泪的红光。

然后是红光之中一小块一小块的阴影。

它们开始移动、聚拢，最终形成了一个高大的身影。这个身影正在大步向前走，怀里抱着一个东西。

它穿过被烧出水疱的人群，沿着通往农场的凉爽黑暗的小路一路前行。人们振作精神跟着它在昏暗中前进，就像一颗黑色彗星和它的尾巴。

比尔·门走上通往弗莉沃斯小姐卧室的楼梯，把孩子放在床上。

她说过这附近的某个地方有个药剂师。

弗莉沃斯小姐推开楼梯顶端尽头的人群走到最前面。

“坎波利有个药剂师，”她说，“但是蓝科雷路的另一边有个女巫。”

女巫不行。不能用魔法。派人去找药剂师。其他所有人，离开这里。

这不是一个建议。这甚至不是一个命令。这只是一个无法拒绝的陈述。

弗莉沃斯小姐朝人们挥舞着她瘦弱的双臂。

“快点，都结束了！嘘！你们都在我的卧室里头！快点出去！”

“他是怎么做到的？”人群后部有人说道，“没有人可以在那种情况下活下来！我们看到那房子是怎么炸开的了！”

比尔·门缓缓地转过身。

我们躲起来了，他说，**在地窖里。**

“听到了没有？”弗莉沃斯小姐说，“在地窖里。这就说得通了。”

“但是酒馆那幢房子并没有——”怀疑者继续道，然后停了下来。比尔·门正怒视着他。

“在地窖里，”他收回了自己的话，“是的。对。聪明。”

“非常聪明，”弗莉沃斯小姐说，“现在你们都走吧。”

他听到她把他们驱赶到楼下、回到夜幕中的声音。门被“砰”的一声关上了。他没有听到她捧着一碗冷水和一条法兰绒走上来的声音。如果弗莉沃斯小姐想的话，她也可以轻手轻脚地走路。

她走进房间并关上了门。

“她的父母会想要看看她，”她说，“她母亲现在昏过去了，磨坊主老亨利在她父亲要冲进房子的时候打晕了他，但是他们醒来之后会直接到这里来。”

她弯下腰，把法兰绒毛巾铺在女孩的额头上。

“你在哪里找到她的？”

她躲在一个橱柜里。

“在橱柜里躲火？”

比尔·门耸耸肩。

“你在那么大的火和烟里还能找到她，真让人吃惊。”她说。

我想你可以把这称为一种窍门。

“她身上又没有记号。”

比尔·门无视了她声音中的那个问题。

你派人去找药剂师了吗？

“派了。”

他不可以拿走任何东西。

“你是什么意思？”

他来的时候，你要留在这里。你们都不可以从这个房间里拿走任何东西。

“那太蠢了。为什么他要拿走任何东西？你觉得他会拿走什么？”

那非常重要。现在我必须离开。

“你要去哪儿？”

去谷仓。那里有一些我必须做的事情。也许没有太多的时间了。

弗莉沃斯小姐看着床上的小家伙。她感到这一切都已经超出了她的理解范围，而她能做的只不过是蜻蜓点水。

“她看起来就像是睡着了，”她无助地说，“她究竟怎么了？”

比尔·门在楼梯的边缘停下脚步。

她活在借来的时间里。他说。

谷仓后面有一个旧熔炉，已经有好几年没使用过了。但现在红色和黄色的光泼洒到院子里，像是心脏一样跃动。

同样像心脏一样跃动的还有捶打声。每当捶打声响起，都会闪出蓝色的光芒。

弗莉沃斯小姐从开着的门溜了进去。如果她是一个会发誓的人的话，她一定会发誓说自己根本没有发出什么足以在火花的爆裂声和锤子的敲打声之中仍能听到的声音，但是比尔·门半蹲着飞快地转过身，身前举着一个弯曲的刀刃。

“是我！”

他放松下来，或至少减低了戒备的程度。

“你在干什么呢？”

他看了看他手中的刀刃，就好像他是第一次见到它一样。

我觉得我应该把这个镰刀打磨得锋利一些，弗莉沃斯小姐。

“可现在是凌晨一点啊？”

他面无表情地看着它。

它在夜间也是一样粗钝，弗莉沃斯小姐。

然后他把它摔在铁砧上。

但我就是没法让它足够锋利！

“我想你可能是被热气冲昏了头脑。”她伸出手来抓住了他的胳膊。

“另外，它看起来已经锋利得足够——”她说，但是停了下来。她的手指摸索着他手臂上的骨头。它们短暂地松开了，然后再一次握住。

比尔·门哆嗦了一下。

弗莉沃斯小姐并没有犹豫太长时间。在她生命中的七十五年里，她曾经遭遇过战争、饥荒、无数的患病动物、两次瘟疫以及数以千计的日常小悲剧。一个沮丧的骷髅甚至无法在她见过的糟糕事情之中排进前十。

"原来是你。"她说。

弗莉沃斯小姐，我——

"我一直都知道你迟早会来的。"

我想也许——

"你知道，我一辈子的大多数时间都在等一个白盔白马的骑士，"弗莉沃斯小姐笑了起来，"我很可笑，不是吗？"

比尔·门坐在铁砧上。

"药剂师来过了，"她说，"他说他做不了什么。他说她挺健康的。我们只是没办法把她叫醒。而且，你知道，我们费了九牛二虎之力才掰开她的手指。她把那东西握得紧紧的。"

我说过你们不可以拿走任何东西！

"别担心。别担心。我们让她继续拿着了。"

好。

"那是什么？"

我的时间。

"抱歉？"

我的时间。我生命的时间。

"它看起来像个专门为特别贵的鸡蛋准备的煮蛋计时器。"

比尔·门看起来有点惊讶。**是的。从某种角度来说。我给了她一些我的时间。**

"你怎么会需要时间呢？"

所有活着的生命都需要时间。当时间用完时，他们就会死。当我的时间用完时，她就会死。而我也会死。就在几个小时之内。

"但你不能——"

我可以，这很难解释。

“起来。”

什么？

“我说叫你起来。我要坐着。”

比尔·门挪动了一下。弗莉沃斯小姐也坐在了铁砧上。

“所以说，你快要死了。”她说。

是的。

“而你不想死。”

是的。

“为什么呢？”

他看着她，好像在看一个疯子。

因为死了之后就一切都没有了。因为我将不再存在。

“对于人类来说也是这样吗？”

我不这么认为。对于你们来说这是不一样的。你们把一切都安排得很好。

他们两个一同注视着熔炉里的煤块发出的逐渐变得暗淡的红光。

“所以你打磨这把镰刀是为了什么？”弗莉沃斯小姐说。

我觉得也许我可以……抵抗一下……

“这种事以前发生过吗？抵抗你，我是说。”

通常不会。有些时候人们会与我打赌。赌他们自己的命，你知道。

“他们赢过吗？”

没有。去年有个人拿到了三个街区还有所有的公共设施。

“什么？那是什么样的赌赛？”

我不记得了。“独有享用权”，我想是这个名字。我就是奖品。

“等一下，”弗莉沃斯小姐说，“如果你是你的话，谁会来带走你呢？”

死神。昨天晚上这个东西被从门缝底下塞了进来。

死神张开手，露出一张脏兮兮的小字条，弗莉沃斯小姐艰难地辨认着上面的字迹：喔——咦——喔——咦——喔——咦——。

这个字迹难看的便笺是一个报丧妖写的。

弗莉沃斯小姐歪头看着他。

“但是……如果我说错了的话请纠正我，但是……”

新任的死神。

比尔·门捡起镰刀。

他将会非常可怕。

刀刃在他手里弯曲。它的边缘闪烁出蓝光。

我将会是他的第一个。

弗莉沃斯小姐像着了迷一样看着那道蓝光。

“究竟有多可怕？”

你能想象多可怕?

“哦。”

就是那么可怕。

刀刃来回地倾斜着。

“他还会带走那孩子。”弗莉沃斯小姐说。

是的。

“我不认为我亏欠你什么，门先生。我不认为这个世界上有任何人亏欠你什么。”

也许你是对的。

“提醒你，生命中总有一两件事必须回答。公平就是公平。”

这我不好说。

弗莉沃斯小姐用赞赏的眼神看了他一会儿。

“角落里有一块不错的磨刀石。”她说。

我已经用过了。

“橱柜里还有一块油磨石。”

这个我也已经用过了。

她感到当刀刃移动的时候，她可以听到一种声音。一种类似紧张的空气微微哀鸣的声音。

“还是不够锋利？”

比尔·门叹了口气。**它可能永远都不能足够锋利了。**

“别灰心，伙计。轻易放弃不是智者所为，”弗莉沃斯小姐说，“有生命的地方，就有什么？”

就有什么？

“就有希望，对吗？”

有吗？

“当然。”

比尔·门用一根骨头手指抚摸着刀刃。

希望？

“你还有什么其他东西可以试试的吗？”

比尔摇了摇头。他已经体验过几种情绪，但这种是全新的。

你能给我找一块钢来吗？

一小时过去了。

弗莉沃斯小姐从她装碎布的袋子里掏出各种各样的布料。

“下面来点什么？”她说。

我们都试过哪些了？

“我瞧瞧……粗麻布、白棉布、亚麻布……绸缎怎么样？这里有一块。”

比尔·门拿过那块布，仔细地擦拭刀刃。

弗莉沃斯小姐将手伸到袋子的最底下，拉出一块白色的布料。

怎么了?

“丝绸，”她柔声说道，“最精致的白色丝绸。是真货。从来没有穿戴过的。”

她坐了下来，呆呆地盯着它。

一小会儿之后，他轻轻地从她的手中抽出那块丝绸。

谢谢你。

“好吧，”她像是惊醒过来似的，“这下可以了，对吗？”

当他转动刀刃时，它发出像是呜呜的声音。熔炉里的火焰现在几乎已经熄灭了，但刀刃却闪出像是剃刀一样的光。

“用丝绸来打磨，”弗莉沃斯小姐说，“谁会相信呢？”

但还是有些钝。

比尔·门的目光环绕着黑暗的熔炉，然后他冲向一个角落。

“你找到了什么？”

蜘蛛网。

接下来是一阵又尖又长的哀鸣声，就像是蚂蚁在遭到拷打。

“有什么帮助吗？”

还是太钝。

她看到比尔·门走出工作间，于是匆忙地跟了上去。他走到院子的中间站着，将镰刀举到微弱的黎明清风中去。

它发出蜂鸣声。

“老天啊，一把镰刀到底能有多锋利？”

它可以比现在更锋利。

在鸡窝里，公鸡西里尔醒了过来，睡眼蒙眬地盯着木板上那几个靠不住的粉笔字。他深吸了一口气。

“啰——咔——嘟！”

比尔·门瞥了一眼边缘向的地平线，然后又将思索的目光投向房子后面的小山。

他猛地狂奔起来，他的脚在地上发出咔嗒咔嗒的声音。

新的日光再一次泼洒到世界上。碟形世界的光线老迈、缓慢而又沉重；它像冲锋的骑兵一样咆哮着越过大地。偶尔出现的山谷会让它的速度略为减缓，同时，经常会有一条山脉将它整个儿拦下来，直到它从山峰的顶端溢出，流到远端的山坡上。

在太阳的鞭策之下，它穿过一片海洋，汹涌地冲上沙滩，在平原上加速行进。

在传说中神秘的四叉大陆，某个靠近边缘的地方，有一个失落的巫师殖民地，那里的巫师们会用软木塞来装饰他们的尖顶帽，而且除了虾之外什么都不吃。在那里，光线仍旧狂野而新鲜，就像刚从空间中滚了出来，他们在黑夜与白天之间沸腾的空隙中冲着浪。

如果他们之中的一员在黎明时分被捉拿到向内陆深入数千英里的地方，他也许能够看到，当光线轰鸣着从高原上空掠过时，一个僵硬的身影正费力地爬上一座正挡在早晨的路线上的小山。

他在光线到来之前的一小会儿到达了山顶，深吸了一口气，然后半蹲着转过身来，咧开嘴笑着。

他伸展的双手之间有一把长而弯曲的刀。

光线撞了上去……分开……合上……

不过那个巫师不会太注意这个，因为他忙于担忧自己该如何跨越五千英里回到家乡。

在新的一天川流而过的同时，弗莉沃斯小姐气喘吁吁地爬到了山顶。比尔·门一动不动地站着，只有刀刃在他手中转动着角度以迎接光线的洗礼。

最终，他似乎感到满意了。

他转过身，试验性地在空中挥了一下镰刀。

弗莉沃斯小姐双手叉腰。“哦，算了吧。”她说，

“没人可以用/ /光/ /磨/

/阳/ /来/ /刀。”

她停了下来。

他再次挥了一下镰刀。

“拉/ /安。[1]”

/嗷踢/

在下面的院子里，西里尔伸着他没毛的脖子准备再叫一次。比尔·门咧开嘴，朝着那声音挥了一下镰刀。

“唆——嘚/ /喔！”

/啊——弗/

然后他放下镰刀。

这才叫锋利。

他收起笑意，或者说至少是尽可能地收起。

弗莉沃斯小姐转过身，顺着他的目光望去，直到他的目光与玉米地上空的一团薄雾相交。

那东西看起来像是一件灰色的袍子，虽然里面空无一物，却仍保持着穿戴者的外形，就像一件挂在晾衣绳上被风吹起的衣服。

它抖动了一下，然后消失了。

“我看到它了。”弗莉沃斯小姐说。

那不是它。是它们。

1 “老天。”此处表示镰刀切断了声音。——译者注

“谁们？”

它们就像是——比尔·门含糊地挥了下手——**仆人。看守者。审计员。调查员。**

弗莉沃斯小姐眯起眼睛。

“调查员？像是收入调查那种的吗？”她说。

我猜是这样——

弗莉沃斯小姐的脸亮了起来。

“你怎么不早说？”

抱歉。

“我父亲总是叫我承诺不要帮助收入调查员。他说，只要想到收入调查员他就头疼想躺着。他说只有死亡和税金是无法逃避的，但税金更糟糕，因为死亡不会每年都来一次。当他发起火来我们都得躲到外面去。肮脏的生物。总是到处窥探，问你有没有在木料堆下面藏着东西，地下室里有没有秘密隔板，还有另外一些根本不关其他人的事的鬼问题。”

她哼了一声。

比尔·门对她刮目相看。要知道“收入调查员”这个词儿可是有着五个字，她却能把它说得像是“人渣”一样简短有力。

“你一开始就该告诉我是他们在追着你，”弗莉沃斯小姐说，“收入调查员在这一片儿很不受欢迎，你知道的。在我父亲那个时代，但凡是有收入调查员自己一个人过来问东问西，我们一般都把他绑在石头上沉塘。”

但是那个池塘的水只有几英寸深，弗莉沃斯小姐。

“是啊，但是看着他们在那里头挣扎半天才发现这一点特别有趣。你早该说的。所有人都以为你是在逃税。”

不。不是税的问题。

“好吧，好吧。我还不知道那上头也有收入调查员呢。”

是的。算是吧。

她靠得更近了一些。

“他什么时候来？”

今晚。我说不准。现在有两个人在用同一个计时器里的时间。所以很难确定。

“我没听说过一个人可以把自己的时间给别人用。”

这种事一直都在发生。

“你确定是今晚？”

是的。

“你那把镰刀能用得上，不是吗？”

我不知道。有一百万分之一的机会。

“哦。”她似乎在考虑着什么，“所以你白天的时间没什么别的事，对不对？”

怎么了？

“那你可以开始收割玉米了。”

什么？

“那会让你保持忙碌，不用担心别的事情。另外，我每周付你六个便士的工资呢。六个便士就是六个便士。”

蛋糕夫人的家也在榆树街上。温德尔敲了敲门。

过了一会儿，一个模糊的声音朝外喊道：“外面有人吗？”

“再敲一次，说是的。”施莱佩尔提议道。

温德尔撬开了信箱。

“打扰了？蛋糕夫人？”

门打开了。

蛋糕夫人与温德尔想象的完全不同。她体格巨大，但不是肥胖的那一型。她只是什么都刚好比正常人大一点，就是那种在生活中不得不弯腰低头，脸上还带着抱歉表情以防不自觉地挡到了别人的光的人。而且她的毛发非常丰富。它们覆盖了她的头顶并向她的身后披下去，就像一条披风。同时她还有着尖尖的耳朵和牙齿，那些牙齿很白很漂亮，但是在光线映照之下给人一种不安的感觉。温德尔对于自己作为僵尸得以锐化的感官得出结论的速度感到吃惊。他低头看了看。

鲁潘正端坐在地上，兴奋得连尾巴都不记得摇了。

“我不认为你会是蛋糕夫人。”温德尔说。

“你要找的是我母亲，”高个子女孩说，“母亲！外面有一位绅士！”

一种遥远的唠叨声变成了一种接近的唠叨声，然后蛋糕夫人从旁边绕过了她的女儿，就像一颗渺小的卫星从行星的阴影里钻出来。

“你想干什么？”蛋糕夫人说。

温德尔后退了一步。与她女儿不同的是，蛋糕夫人相当矮，而且几乎是一个完美的球形。还有另一个不同点，她女儿的整个姿态都是为了让自己显得矮小一点，但是蛋糕夫人则给人以一种非常庞大的感觉。这种感觉很大程度上来自她的帽子，后来温德尔才知道她几乎每时每刻都戴着这顶帽子，是为了向一位巫师表达敬意。这顶帽子很大，是黑色的，上面点缀着各种各样的东西，像鸟翅膀、蜡浆果、帽针之类的；卡门·米兰达[1]可以戴着这顶帽子去参加一个大陆的葬礼。蛋糕夫人无论去哪里都戴着这顶帽子，就如同篮子上面得有一个热气球才能飞。人们经常发现自己在和她的帽子交谈。

1　卡门·米兰达，出生于葡萄牙，幼年移居巴西。桑巴舞歌手、舞蹈家、百老汇女演员和电影明星。绰号“巴西重磅炸弹”，以她在美国电影中戴着的标志性水果帽子著称。——编者注

“蛋糕夫人？”温德尔着迷似的问道。

“我在下面呢。”一个声音责备地说。

温德尔将目光放低。

“我就是。”蛋糕夫人说。

“我是在与蛋糕夫人说话吗？”温德尔说。

“对，我知道。”蛋糕夫人说。

“我的名字叫温德尔·胡桐。”

“哦，这我也知道。”

“我是一个巫师，你瞧——”

“好吧，但是你要把脚擦干净。”

“我能进去吗？”

温德尔·胡桐停了下来。他在自己脑子里那个嘀嗒作响的控制室里重复播放了刚才的对话。然后他微笑起来。

“没错。”蛋糕夫人说。

“你不会刚巧是个天生的预言者吧？”

“一般大约十秒，胡桐先生。”

温德尔犹豫了一下。

“你得赶紧提问，”蛋糕夫人迅速说道，“在我已经预见了人们的问题并且做出回答之后，要是有人满怀恶意地不向我提问的话，我就会开始偏头痛。”

“你能预见多远的未来，蛋糕夫人？”

她点了点头。

“那好吧，”她的情绪显然得到了缓和，于是她带头穿过走廊，进入了一个狭小的会客室，“吓人怪也可以进来，不过他得把他的门先放在门外，然后到地窖里去。吓人怪不可以在房子周围乱晃。”

“老天，我已经很多年没有进过一个像样的地窖了。”施莱佩尔说。

“里面有蜘蛛。”蛋糕夫人说。

“哇哦！”

“而你则想要一杯茶。”蛋糕夫人对温德尔说。其他的人或许会说“我想你可能想要一杯茶”，或是“你想要一杯茶吗？”但蛋糕夫人用的则是一个陈述句。

“是的，麻烦你了，”温德尔说，“我想要一杯茶。”

“你不该要那东西，”蛋糕夫人说，“它会腐蚀你的牙齿。”

温德尔思索着这个谜题。

“请加两块糖。”他说。

“还好吧。”

“你的家布置得真是温馨，蛋糕夫人。”温德尔的思维在全速地运转。蛋糕夫人这个在问题还没成形的时候就回答的习惯能让最活跃的大脑也都不堪重负。

“他已经死了十年了。”她说。

“呃，”温德尔说，但是那个问题已经涌到喉头上了，“我想蛋糕先生的身体一定很不错吧？”

“没关系。我时常会跟他聊聊天。”蛋糕夫人说。

“那可真让人遗憾。”温德尔说。

“好吧，如果那样能让你感觉好些的话。”

“呃，蛋糕夫人？我发觉自己有点迷糊。你能否……关掉你的……预言能力……？”

她点点头。

“抱歉。我已经习惯了把它开着，”她说，“这里一般只有我和柳德米拉，还有一人桶。他是个幽灵。”她补充道，“我知道你正准备问这个。”

“是的，我听说过灵媒都会有当地的灵界向导。”温德尔说。

“他吗？他不是个向导，倒更像是个做着古怪工作的幽灵，”蛋糕夫人说，“要知道，我对卡片、喇叭、显灵板之类的东西都没什么好感。而且我觉得灵质真是太恶心了。我可不想让屋子里有那种东西。我不会的。那东西沾到地毯上洗不掉的，你知道。用醋都洗不掉。”

“老天。”温德尔·胡桐说。

“还有哀号。我真受不了那个。还有用超自然能力到处捣乱。超自然能力是非自然的，我不会用那种东西。”

“呃，”温德尔小心翼翼地说，“有些人会认为灵媒有一点……你知道……超自然，你知道吗？”

“什么？什么？和死人聊天有什么超自然的。真是一堆废话。每个人迟早都要死嘛。”

“我倒指望真是这样，蛋糕夫人。”

“所以你到底想要什么，胡桐先生？我现在没在预言，所以你得告诉我。”

“我想知道现在正在发生什么事，蛋糕夫人。”

一阵低微的撞击声从他们下方传来，同时还有施莱佩尔模糊的快活叫声。

“哇哦！还有老鼠！”

“我去了学校，试着向你们这些巫师通报一番，”蛋糕夫人一本正经地说，“但没有一个人肯听。我知道他们不会听，但我必须试一下，否则我就不会知道。”

“你和谁谈过这事？”

“一个大个子，穿着红色衣服，留着两撇小胡子，看起来像是要吞掉一只猫似的。”

“啊。那是校长。”温德尔肯定地说。

"还有一个胖得不行的家伙。走起路来像鸭子一样。"

"你也这么想，不是吗？那是院长。"温德尔说。

"他们称我为'好女士'，"蛋糕夫人说，"他们叫我忙我自己的事去。真不知道我干吗要去帮这些巫师，我只是想帮忙，他们却叫我'好女士'。"

"我恐怕巫师们不经常会听别人说话，"温德尔说，"我有一百三十年没怎么听过了。"

"为什么？"

"以防我听到自己在说什么垃圾话，我觉得。到底发生了什么事，蛋糕夫人？你可以告诉我。我也许是个巫师，但我是一个死了的巫师。"

"这个嘛……"

"施莱佩尔说这都是因为生命力。"

"它在蓄积，明白吗？"

"那是什么意思？"

"这里的生命力比往常应该有的要多得多。你会发现——"她含糊地挥了下手，"就好比不一样的东西被放在天平的两端……"

"不平衡？"

蛋糕夫人点了点头。她的眼神就好像她在阅读远处的文字。

"只是其中的一种，不过没错……你瞧，通常它只会有一点点，你就会看到幽灵，因为生命已经不在躯体之中，却又没有离开……而且在冬天这种事会少一些，因为它似乎是被吸走了，而到了春天它又会回来……而且会有什么东西把它集中……"

大学园丁莫多哼着小调，推着那个古怪的手推车走向位于图书馆和高能魔法研究所大楼[1]之间的他的私人区域，手推车里装满了为肥料堆准备的杂草。

眼下，周遭似乎满溢着一种兴奋的情绪。跟这些巫师一起工作真的非常有趣。

团队协作，就是这么回事。他们负责照料世界的平衡、宇宙的和谐以及时空的均一，而他则负责让蚜虫远离玫瑰。

有一声清脆的金属声响。他从杂草堆的顶端向前窥视。

“又来了一个？”

一个发着光的有轮金属线筐正蹲在小路上。

也许是巫师们给他买的？第一个已经相当好用了，尽管有的时候不太容易控制；那些小轮子似乎不打算往同一个方向走。可能需要一个窍门才能控制好它们。

好吧，这一个应该可以用来装育种盘。他把第二个手推车推到一边，然后就听到身后有一种声音，如果他需要描述一下这个声音，并且如果他会写字的话，他很有可能会写下这么两个字：咕噜。

他转过身，看到最大的一个肥料堆在黑暗中有规律地搏动，并且说：“瞧我给你带来了什么茶点！”

1　大学里唯一一座年龄不到一千岁的建筑。年老的巫师们从来都不太关注那些更年轻、更瘦、更经常戴着眼镜的巫师在这个地方搞什么，把他们为建设奇术粒子加速器和辐射防护装置而提出的无休无止的拨款要求当作讨要零花钱的另一种欺诈手段，面带微笑地聆听他们对于寻找魔法基本粒子的上气不接下气的描述。这有可能在未来的某一天成为年老巫师们的一个重大错误，特别是如果他们真的容许年轻巫师们在壁球场上建起他们一直都要求要建立的那个炸裂的玩意儿。

年长的巫师们知道魔法的真正目的是建立一座社会意义上的金字塔，而巫师位于金字塔的顶端吃着大餐。但事实上，高能魔法研究所在提供全宇宙最稀有的食物——反意大利面的过程中给予了极大帮助。普通的意大利面是在食用之前的几个小时准备好的。而反意大利面则是在用餐之后的几个小时形成的，从而能够逆转时间，如果给予恰当准备的话，它将与餐后甜点一同降临，形成真正的味觉爆炸。制作一叉子的反意大利面需要五千元钱，或者还要略多一些，如果把事后清理墙壁上番茄酱的费用计算进去的话。

然后他看到它动了起来。

“到某个地方……”蛋糕夫人说。

“但为什么它会蓄积起来呢？”温德尔说。

“就像是一场雷暴，明白吗？你知道在雷暴到来之前你的毛发会怎样地根根直立吗？那就是现在正在发生的事情。”

“是的，但是为什么呢，蛋糕夫人？”

“嗯……一人桶说没有东西死掉。”

“什么？”

“愚蠢，是不是？他说很多的生命结束了，但是没有离去。它们就逗留在这儿。”

“什么，像幽灵那样吗？”

“不仅仅是幽灵。就像……就像是一个个水坑。当你有了很多很多水坑时，那就像是一片大海。无论如何，只有像是人的家伙才能变成幽灵。你不会发现一个卷心菜的幽灵。”

温德尔·胡桐靠回椅背。他的眼前仿佛出现了一个广阔的生命力之池，每当生命走完了它们的历程之后，便注入数百万条短暂存在的支流之中，最终充满了这个湖泊。而当压强逐渐增大，生命力便开始外溢。溢出到任何能够溢出到的地方。

“你觉得我能不能和你的灵界向导说——”他开始说道，然后停了下来。

他站起身，蹒跚着走到蛋糕夫人的壁炉架前面。

“你得到这个东西有多久了，蛋糕夫人？”他捡起一个看起来很眼熟的玻璃物件并且询问道。

“这个吗？昨天买的。挺漂亮的，不是吗？”

温德尔摇了摇这个小球。这个小球和他地板底下的那些差不多完全一样。雪片飞舞着旋转起来，落在幽冥大学的精巧模型上。

这使得他强烈地回忆起什么东西。呃，建筑模型很显然是让他回忆起了幽冥大学，但是整个东西的形状却暗示着另外一些东西，它让他开始想到……早餐？

“为什么会发生这种事？”他说，至少有一半是在自言自语，“这些该死的事情到处都在出现。”

巫师们沿着走廊奔跑。

“怎么才能杀死幽灵？”

“我怎么知道？通常根本就不会提出这个问题！”

“我认为你应该驱离[1]它们。”

“什么？叫它们跳上跳下、原地踏步跑之类的吗？”

院长早就准备好了回答这个问题：“这个词有一个‘o’，校长。另一方面，我不认为有人可以让它们执行，呃，身体方面的锻炼。”

“你不该那么想，老伙计。我们可不想让一大群健壮的幽灵到处跑。”

突然传来一声令人毛骨悚然的惨叫。叫声在黑暗的柱子和拱廊之间回荡，然后戛然而止。

校长飞快地停了下来。其他的巫师接连撞在他的身上。

“听起来像是一声令人毛骨悚然的惨叫，”他说，“跟我来！”

他奔跑着转过弯角。

传来了一阵金属的碰撞声和大量的咒骂声。

一个长着红色和黄色条纹、滴着唾液的小毒牙以及三双翅膀的小东西从弯角处飞了出来，在院长的头上掠过，并发出像是一把迷你电锯

1 驱离，原文为exorcise，与锻炼exercise音近。——译者注

一样的噪声。

“有人知道那是什么东西吗？”庶务长虚弱地说。那东西绕着巫师们飞了一圈，然后消失在屋顶上方的黑暗之中。“还有，我真希望他不要这样咒骂。”

“快来吧，”院长说，“我们最好去看看他怎么了。”

“一定得去看吗？”资深数学家说。

他们从弯角处伸出头窥视。校长正揉搓着脚踝坐起来。

“哪个白痴把这东西扔在这儿的？”他说。

“什么东西？”院长说。

“这个该死的有轮子的金属线筐。”校长说。在他身边，一个像蜘蛛一样的紫色小东西正在空气中实体化，并且朝着一道裂缝匆忙爬去。巫师们都没注意到它。

“什么有轮子的金属线筐？”巫师们异口同声地说。

瑞克雷扫视四周。

“我可以发誓——”他开口说道。

又传来一声惨叫。

瑞克雷匆忙爬了起来。

“快跟上，伙计们！”他说着，充满英雄气概地一瘸一拐朝前跑。

“为什么所有人都朝着传来一声令人毛骨悚然的尖叫的方向跑？”资深数学家喃喃道，“这根本违反理性。”

他们冲出了回廊，进入中庭。

一个圆形的黑暗形体蹲坐在古老的草坪正中央。蒸汽一小股一小股地从它身上喷出来并且发出噪声。

“那是什么东西？”

“不会是一个肥料堆坐在草坪中央吧，是不是？”

“莫多一定会非常失望。”

院长更加仔细地观察了一番：“呃……特别是因为，我确信，从那东西下面伸出来的是他的脚……”

肥料堆转动了一下，朝向巫师们，并且发出咕噜，咕噜的声音。

然后它开始移动了。

“那好吧，”瑞克雷充满期待地搓着手，“你们有谁准备好一个适合在这个时候使用的魔法了吗？”

巫师们以一种尴尬的方式拍打着自己的口袋。

“既然如此，就由我来吸引它的注意力，同时庶务长和院长试着把莫多拉出来。”瑞克雷说。

“哦，好啊。”院长虚弱地说。

“你怎么能吸引一个肥料堆的注意力呢？”资深数学家说，“我觉得它根本就没有那种东西。”

瑞克雷摘下帽子，轻手轻脚地朝前走去。

“一堆垃圾！”他咆哮道。

资深数学家呻吟一声，用手捂住眼睛。

瑞克雷将帽子扔到肥料堆前面。

“可生物降解的废料！”

“可怜的绿色废物？”近代如尼文讲师试着帮忙。

“就是这样，”校长说，“试着激怒这个浑蛋。”（在他身后，一种略微变种了的类似疯狂黄蜂的生物从空气中冲出来，并且嗡鸣着飞走了。）

肥料堆跳向那顶帽子。

“臭烘烘的堆肥！”

“哦，哎呀。”近代如尼文讲师震惊地说。

院长和庶务长朝前爬了几步，一人抓住园丁的一只脚，然后用力拉。莫多从肥料堆里滑了出来。

“它吃掉了他的衣服！”院长说。

“但他还好吗？”

“他还在呼吸。”庶务长说。

“而且如果他足够幸运的话，他已经永远地失去了嗅觉。”院长说。

肥料堆朝着瑞克雷的帽子张开大口。只听得咕噜一声，帽子的尖顶消失了。

“嘿，里面还有差不多半瓶呢！”瑞克雷怒吼道。

资深数学家抓住了他的胳膊。“快走吧，校长！”

肥料堆转过身，开始朝着庶务长冲刺。

巫师们向后退去。

“它不可能是有智慧的，不是吗？”庶务长说。

“它就只会慢慢地到处移动并且吃东西。”院长说。

“给它戴一顶尖顶帽，它就可以成为我们的一位教员了。”校长说。

肥料堆跟上了他们。

“我不会说这个移动速度是‘慢慢的’。”院长说。

他们充满期待地注视着校长。

“跑！”

尽管大多数的教员身材都很丰满，他们还是以相当的速度转过了回廊，一个挤着一个地穿过了一道门，然后再把门砰地关上并且靠在上面。不久之后，一阵潮湿沉重的撞击声从远端传了过来。

“我们终于摆脱它了。”庶务长说。

院长低头看了看。

“我想它正在穿过门，校长。”他用非常微小的声音说。

“别犯蠢了，伙计。我们都顶着门呢。”

“我不是说那样穿过门，我是说……穿过……”

校长吸了下鼻子。

“什么东西烧着了？”

“是你的靴子，校长。”院长说。

瑞克雷低下头。一摊黄绿色的液体正在门下面的地板上扩张。木头正在变得焦黑，石板正在发出嗞嗞声，而他靴子的皮革鞋跟显然也遭逢大难。他能感觉到自己正在变矮。

他忙乱地解开鞋带，然后跳到一块干燥的石板上。

“庶务长！”

“是，校长？”

“把你的靴子给我！”

“什么？”

“该死，伙计，我命令你把你该死的靴子给我！”

这一次，一个长条形的长着四对翅膀——上下各两对——以及三只眼睛的生物，在瑞克雷的脑袋上方飞跃着进入现实，并且掉在他的帽子上。

“但是——”

“我是你的校长！”

“是的，但是——”

“我觉得合页就快松开了。”近代如尼文讲师说。

瑞克雷绝望地四处张望。

“我们在大厅里重新集合，”他说，“我们要……战略撤退到之前做好准备的防御位置。”

“是谁准备的？”院长说。

“我们到了那里就开始准备，”校长咬着牙说，“庶务长！你的靴子！马上！”

当他们跑到大厅的双重门时，他们身后的那扇门半是崩塌、半是解体地倒了下去。

大厅的门要厚重结实得多。所有的门闩、横木都被拉到了合适的位置。

“把桌子上的东西都清理掉，用桌子来堵门。”瑞克雷怒斥道。

“但是它能吃掉木头。”院长说。

莫多被靠在一张椅子上的矮小身躯发出一声呻吟。他睁开了眼睛。

“快说！”瑞克雷说，“我们怎么才能杀掉一个肥料堆？”

“呃。我不认为你们能做到，瑞克雷先生。”园丁说。

“用火怎么样？我可能可以造出一个小火球。”院长说。

“不会有效果的。它太潮湿了。”瑞克雷说。

“它就在外面！它在吃门！它在吃门！”近代如尼文讲师吟诵道。

巫师们向大厅的远端撤退。

“我希望它没有吃下太多的木头，”头晕目眩的莫多话语中散发着真挚的焦虑之情，“它们会变成恶魔，原谅我的克拉奇语，如果你在其中添加了太多的碳的话。它会变得过热。”

“你知道，现在正是开展关于堆肥发酵原理的讲座的恰当时机，莫多。”院长说。

矮人并不能理解“讽刺”这个词的含义。

“呃，那好吧。原料之间的正确平衡以及正确分层，都是根据——”

“门倒了。”近代如尼文讲师朝着其他人跑过去。

家具堆成的小山开始向前移动。

校长绝望地四处打量着大厅里的物件。然后，他的目光被一个摆在碗柜上，看起来很熟悉的沉重瓶子给吸引了。

“碳，”他说，“就像木炭一样，是不是？”

“我怎么知道？我又不是炼金术士。”院长嗤笑道。

肥料堆从家具的残骸中现出身形。它身上不停地喷出蒸汽。

校长用充满渴望的眼神看着那瓶哇哦—哇哦酱。他将瓶子上的木塞取下。他深深地闻了闻它的味道。

“这里的厨师就是做不出这种味道，”他说，“我得等好几周才能从家里拿到新的。”

他将这个瓶子向着那正在前进的肥料堆投掷过去。

它消失在发出咝咝声的一大团物质之中。

“刺荨麻一直都很有用，”他身后的莫多说道，“它可以增加铁质。还有紫草，呃，紫草永远都不嫌多。那是为了矿物质，你知道。我本人一直认为，加入少量的野蓍草可以——”

巫师们躲在一张翻过来的桌子后面，从上方向前窥视。

肥料堆不再移动了。

“是我看错了吗，还是它真的变大了？”资深数学家说。

“而且看起来好像高兴起来了。”院长说。

“它的味道真难闻。”庶务长说。

“哦，好吧。那可是接近一整瓶的哇哦—哇哦酱，”校长哀伤地说，“我几乎都没打开过。”

“大自然真的很奇妙，只要你去思考一下的话就能发现，”资深数学家说，“你们用不着用那样的眼神盯着我。我只是发表一下感慨。”

“以前——”瑞克雷刚开了个头，肥料堆就爆炸了。

这并不是通常意义上砰地爆炸或是轰地爆炸。这是胃肠胀气的历史上最潮湿、最肥胖的一次爆发。暗红色的火焰，带着黑色的边缘，咆哮着冲上天花板。肥料堆的碎片喷发到大厅的另一头，湿漉漉地拍打在墙壁上。

巫师们从他们现在已经覆盖了一层厚厚茶叶的简易屏障后面望出去。

一根白菜梗轻柔地落在院长的头顶上。

他注视着石板上一小块冒着泡的地方。

他的嘴慢慢地咧开了。

“哇哦。”他说。

其他的巫师纷纷站了起来。肾上腺素的余波释放了它充满魅力的法术。所有人都咧开嘴笑着，打闹般地用拳头击打彼此的肩膀。

“吃我的热酱汁！”校长咆哮道，“撞墙去吧，发酵的垃圾！”

“我们可不是好惹的！对了，我们能踢它的屁股吗？”院长高兴得语无伦次。

“你踢不了它的屁股了。而且我本来也没法确定一个肥料堆是不是有——”资深数学家说，但是狂喜的浪潮让他无法继续说下去。

“这个肥料堆再也不能给巫师们捣乱了，”院长说，他的思绪正在飘得越来越远，“我们又聪明，又卑鄙，又——”

“莫多说外面还有三个。”庶务长说。

巫师们安静下来。

“我们可以去把我们的东西打个包，难道不行吗？”院长说。

校长用一只靴子的尖头戳了戳爆炸过后的肥料堆碎片。

“死掉的东西都在复活，”他喃喃道，“我不喜欢这个。接下来会是什么？会走路的雕像？”

巫师们抬起头看着在大厅中甚至是远处大部分的走廊之中已死的历代校长的雕像。大学已经存在了数千年之久，而每位校长在任的时间平均约为十一个月，所以这里有着足够的雕像。

“你知道吗，我真希望你没有说过这句话。”近代如尼文讲师说。

“那只是一个想法，”瑞克雷说，“走吧，我们去看看其他的肥料堆。”

“耶！”院长现在已经被一种狂野的、非常不巫师的男子气概所掌控，“我们很卑鄙！耶！我们卑鄙吗？”

校长扬起眉毛，然后转向其他的巫师。

“我们卑鄙吗？”

“呃。我感到自己相当卑鄙。”近代如尼文讲师说。

“我想我肯定非常卑鄙，”庶务长说，“特别是没有靴子让我变得更加卑鄙。”他补充道。

“如果其他人都卑鄙，那我也卑鄙。”资深数学家说。

校长再次转向院长。

“是的，”他说，“看起来我们都非常卑鄙。”

“呦！”院长说。

“呦什么？”瑞克雷说。

“不是‘呦什么’，就是‘呦’，”他身后的资深数学家说，“这是街头打招呼的常用语，与欢乐的军事团体以及男性之间的团结有关。”

“什么？什么？像是‘狩猎顺利’那样吗？”瑞克雷说。

“我想是的。”资深数学家不情愿地回答道。

瑞克雷很高兴。安卡-摩波对于狩猎向来都没有什么太好的看法。他从来没想到在自己的大学里能有这么多乐趣。

“对，”他说，“我们去抓那些肥料堆！”

“呦！”

“呦！”

“呦！”

“呦——呦。”

瑞克雷叹了口气：“庶务长？”

“是，校长？”

“试着理解一下形势行不行？”

云层在山脉的上方聚集。比尔·门在第一块土地上来来回回地大步走着，用的是一把普通的农场镰刀；最锋利的那一把镰刀被暂时存放在谷仓后面，免得被空气的流动给磨钝。一些弗莉沃斯小姐的佃户跟在他后面，把割下来的谷物捆成捆并且堆放起来。比尔·门现在知道，弗莉沃斯小姐从没有雇用过多于一个的全职工人；她会找人来临时帮工，从而节约金钱。

“从没见过有人用长柄镰刀割玉米，”其中一个佃户说，“这种活儿该用短镰刀的。”

他们停止工作，坐在篱笆下吃了午餐。

除了在工作中必要的注意之外，比尔·门从没有为记住人们的长相和名字花费太多心思。玉米伸展着铺满了整个山坡；这整片的玉米地是由一根根单独的玉米秆组成的，而在每一根玉米秆看来，另一根玉米秆都那么与众不同，再加上一些风趣独特的举止，就可以很容易地从无数的玉米秆之中区分出来。但是对于收割人来说，所有的玉米秆都只是……玉米秆而已。

而现在，他开始分辨出了那其中的细微区别。

这些人是威廉·斯皮塞、饶舌威尔斯和公爵·博顿利。在比尔·门看来，这几个人都是老头，皮肤干得跟皮革似的。村子里有些年轻的男人和女人，不过到了一个固定的岁数，他们似乎就直接变成了老人，而不会经历任何的过渡阶段。而且这个衰老的状态会维持相当长的时间。弗莉沃斯小姐说过，要是想在这附近经营一个墓园，你得先用铲子敲其他人的脑袋才行。

威廉·斯皮塞是会在干活儿的时候唱歌的那一个，他总是突然开始发出拖长的鼻音，代表着乡间小调即将遭到无耻的侵犯。饶舌威尔斯从来都一言不发，而这，据斯皮葛说，正是他被称为“饶舌”的原因。比尔·门无法理解这其中的逻辑，但在其他人看来这似乎理所当然。而公爵·博顿利的名字则由向往着阶级向上流动的父母所取，不过他们对于阶级结构的理解似乎有点简单：他的兄弟们分别叫作侍从、侯爵和国王。

这会儿，他们在篱笆底下坐成一排，尽可能地推迟着重新开始工作的时间。队伍的尽头传来一种汩汩的声音。

“这么看来这个夏天还不算太坏，”斯皮葛说，“起码收割时有个好天气。”

“啊……裙子和内裤之间有许多布片在飘动，”公爵说，“昨天夜里我看见一只蜘蛛在倒着结网。那肯定代表着要来一场恐怖的大风暴。”

“真不明白蜘蛛怎么会知道那种事情。”

饶舌威尔斯将一个很大的陶瓷容器递给比尔·门。里面有些东西在咣当咣当地响。

这是什么？

“苹果汁。”斯皮葛说。其他人笑了起来。

啊。比尔·门说。提纯过的烈酒，被以幽默的形式交给轻信的新来者，从而在其无意中喝醉的时候提供一些淳朴的娱乐效果。

“哎呀。”斯皮葛说。比尔·门喝了一大口。

“我还看见燕子飞得很低，”公爵说，“鹧鸪也忙着飞到树林里去。还有，周围出现了很多大蜗牛。还有——”

“我可不觉得这些个浑球会对气象有最基本的了解，”斯皮葛说，“我倒是觉得是你在这儿传谣。嗯，伙计们，大风暴要来了，蜘蛛先生，所以赶紧起身学习一下传说中的英雄吧。”

比尔·门又喝了一口。

村里的那个铁匠叫什么名字？

斯皮葛点了点头。“那是内德·西姆内尔，就在草地旁边。不过他眼下正忙着干些关于收割之类的事。”

我有个工作要委托他。

比尔·门站了起来，大步走向门口。

“比尔？”

他停了下来。**什么事？**

“那样的话，你可以把白兰地留下。”

村中的铁匠铺十分黑暗并且热得令人窒息。但是比尔·门的眼力非常好。

有一个东西在一堆看起来很复杂的金属之间移动着。原来它是一个人的下半身。他的上半身钻进了机器的内部，并且不时发出咕哝声。

当比尔·门靠近时，一只手猛地伸向他。

“对啦。把八分之三基普雷递给我。”

比尔·门环视四周。熔炉的周围摆放着多种多样的工具。

“快点，快点。”机器里的声音说道。

比尔·门随便选了一块有形状的金属，把它放到那只手里。手抽了回去。机器里发出金属的噪声和咕哝声。

“我要的是基普雷。这根本不是——”机器里传来金属被分开时发出的吱吱嘎嘎的声音——“我的拇指，我的拇指，你弄得我——”当啷一声——“啊！这次是我的头。你瞧瞧你把我搞成什么样了。现在棘轮弹簧又从耳轴电枢上掉下来了，你明白吗？”

不。我很抱歉。

那个声音停了下来。

“是你吗，小艾格伯特？”

不。是我。老比尔·门。

那个人的上半身从机器里面脱离出来，同时发出了一连串的碰撞声。原来这是一个年轻人，长着一头黑色的卷发，脸是黑的，衬衫是黑的，围裙也是黑的。他用一块布擦了擦脸，露出一块粉色的皮肤，然后眨了几下眼睛挤出流进去的汗。

“你是哪位啊？”

老好人比尔·门，给弗莉沃斯小姐打工的那个。

“哦，对了。火中救人的那位？我听说你成了时代的英雄。把它放这儿。”

他伸出一只黑乎乎的手。比尔·门茫然地盯着它。

抱歉。我还是不知道八分之三基普雷是什么。

“我是要和你握手，门先生。”

比尔·门犹豫了一下，然后把自己的手放在年轻人的掌心里。边缘上布满油污的眼睛短暂地变得呆滞，随后大脑便推翻了手上传来的触感，年轻的铁匠微笑起来。

“我是西姆内尔。你怎么看，嗯？”

这名字不错。

“不，我问的是这台机器。很有创意，是不是？”

比尔·门以一种礼貌的不解态度注视着机器。第一眼看上去，它像个被巨型昆虫袭击了的便携式风车，而第二眼看上去，它像个转动着的拷问室，用于拷问该如何把头伸出去享受一点新鲜空气。许多个难以理解的摇杆以不同的角度伸出来。还有皮带以及长弹簧。整个东西架在带刺的金属轮子上。

“当然，你现在看到的不是它的最佳状态。等它站起来的时候才叫够劲，”西姆内尔说，“要用一匹马才拉得动它。至少目前是这样。我在这方面有一两个相当激进的想法。”他补充道，仿佛出了神。

这是某种设备吗？

西姆内尔看起来像是受了些许的冒犯。

“我更乐意用‘机器’这个词，”他说，“它将给种植业带来革命性的变化，将它们踢打着、尖叫着拖入果蝠世纪。我的前辈们拥有这个铁匠铺已经有三百年了，但是我可以告诉你，内德·西姆内尔不打算把他的余生都用于给马蹄上的弯曲铁块钉钉子。”

比尔·门茫然地看着他。随后他弯下腰，向机器底下瞥了一眼。十二把镰刀被用螺栓固定在一个巨大的水平轮上。精密的链接从车轮上汲取能量，通过一组组的滑轮使得机械臂旋转。

他开始感觉到面前这个东西很可怕，但他还是问了出来。

“好吧，整个机器的心脏就是这个凸轮轴，”西姆内尔对他表现出的兴趣十分满意，“能量从这个滑轮传递过来，凸轮则带动这些一次成型的机械臂——就是这些东西——还有联合门，由往复式机构操纵，它会在这个抓握式遮板掉到这个凹槽时关闭，当然，与此同时这两个黄铜球体就会在里面转圈，这块平板会把秸秆运走，而谷物就会在引力的帮助下掉到滚动螺丝上，最终进入料斗。简单得很。”

那八分之三基普雷是什么？

“这倒提醒我了，干得不错。”西姆内尔在地上一团杂乱的物件之中搜索了一番，找到了一个有凸边的小东西，把它旋进机器上一个突出的部位。“非常重要的工作。它能阻止椭圆形凸轮沿着轴心向上滑动的趋势。一旦椭圆形凸轮打到法兰边扣上，毫无疑问你可以想象那会造成什么样的严重后果。”

西姆内尔退后一步，用一块布擦拭着双手，但后果只不过是让双手变得更加油腻。

“我把它称为联合收割机。”他说。

比尔·门感到自己非常老。实际上他也确实非常老，但他从没有这么深刻地感受到这种感觉。即使铁匠没有如此详加解释，在他灵魂阴影中的某处，他感觉自己完全清楚联合收割机是用来做什么的。

哦。

“我们今天下午准备到老皮布里的大农场上来个试运行。我必须指出，它的前景非常广阔。你现在正在注视着的，门先生，就是未来。”

是的。

比尔·门用手抚摸着机器的框架。

那收获本身呢？

“嗯？怎么了？”

它会怎么看这个机器？它会知道吗？

西姆内尔皱起鼻子。“知道？知道？它不会知道任何东西。玉米就是玉米。”

而六便士就是六便士。

“正是如此。”西姆内尔犹豫了一下，“你来这里是要干什么？”

高大的身影用一根闷闷不乐的手指抚过油腻的机械结构。

“门先生？”

抱歉？哦。对。我有些活儿要给你干。

他大步走出铁匠铺，几乎是立即就回来了，手中拿着一样被丝绸包裹起来的东西。他小心地解开包裹。

他为这把镰刀做了一个新的刀柄——不是直的那种，像他们在山里用的那样，而是在平原上使用的有两个弯的沉重刀柄。

“你想把它打平？来一根新的榫钉？换个零件？”

比尔·门摇了摇头。

我想要杀死它。

“杀死？”

是的。彻底杀死。完全彻底地摧毁，让它能够绝对地死去。

“不错的镰刀，”西姆内尔说，“感觉挺没必要的。你把它的锋刃保养得挺好——”

别碰它！

西姆内尔吮吸着手指。

“有意思，”他说，“我可以发誓我根本没碰到它。我的手离它还有好几英寸呢。好吧，不管怎么说，它挺锋利的。”

他把它在空中挥舞了一下。“是的。

非/　/利，应/

/常锋/　/该说。”

他停了下来，把小拇指伸进耳朵里转动了几下。

“你确定要拿它怎么办吗？”他说。

比尔·门严肃地重复了他的要求。

西姆内尔耸耸肩。“好吧。我想我可以把它熔化掉，再把它的柄给烧了。”他说。

好的。

“好吧，好吧。这是你的镰刀。当然，基本上你也没错。这种东西已经过时了，多余了。”

恐怕你可能是对的。

西姆内尔伸出一根脏兮兮的大拇指指向那台联合收割机。比尔·门知道这台机器只是用金属和帆布制成的，因此不可能潜藏。但它真的就在潜藏。而且它的潜藏还带有一种金属般令人战栗的扬扬自得感。

“你应该说服弗莉沃斯小姐给你买一台这种机器，门先生。它最适合的就是那种一人生产的农场。我现在仿佛就能看见你，在那山坡上的清风之中，皮带咔咔作响，机械臂来回摆动——”

不。

“去吧，她能付得起钱。大家都说她有些留存下来的装满宝物的盒子。”

不！

“呃——”西姆内尔犹豫了。第二个“不”包含着的威胁意味比一条深水河面上薄弱冰层上的裂缝还要明确。继续推销可能会是西姆内尔一生中最为有勇无谋的事情了。

“当然，你自己的想法你最清楚。”他嘟囔道。

是的。

“那就，哦，一把镰刀要收一法新[1]，”西姆内尔含糊不清地说，“这可真是对不住了，但是这要用掉许多的煤，你知道，而且那些矮人一直在涨价——”

给。今晚之前务必做好。

西姆内尔没有争辩。争辩就意味着比尔·门会继续留在他的铁匠铺里，而他开始越来越迫切地认识到不该这么做。

“好的，好的。”

你明白了吗？

“对，对。”

再见。比尔·门严肃地说，然后离开了。

西姆内尔在他身后关上了门，然后靠在门上。哎哟。这家伙是个好人，毫无疑问，大伙儿都这么说，只不过当他出现几分钟之后，你就有一种如坐针毡的感觉，就好像有人在你的坟墓上面走，尽管你的坟墓可能还没挖出来。

他漫步走过油腻的地板，倒满茶壶，把它放在熔炉的一个角落

1　法新，1961年以前的英国铜币，等于四分之一便士。——编者注

上。他捡起一个扳手，给联合收割机做了下最终的调试，并瞥到正靠在墙上的那把镰刀。

他蹑手蹑脚地朝它走过去，并且意识到这么做实在是愚蠢得令人惊讶。它又不是活的，它根本听不见，它只是看起来很锋利而已。

他举起扳手，并且对此感到内疚。根据门先生的说法——好吧，门先生说的话非常古怪，用的是那种不该对一个仅仅是一种工具的玩意儿用的词。但他却很难表示反对。

西姆内尔用力挥动扳手。

没有任何阻力。他可以再一次发誓，这个扳手就这么裂成了两半，就好像它是用面包做的似的，而它离镰刀的锋刃起码还有好几英寸。

他不知道是否有任何东西可以锋利到这种程度，它不再只有一个锋利的锋刃，而拥有着锋利的精髓，一种事实上超出了最后一个金属原子并继续向外延伸的绝对锋利力场。

“真/　/死！”

/是该/

随后他记起，这种思想对于一个懂得使用八分之三基普雷的人来说非常荒谬以及迷信。你知道往复式连锁是怎么一回事。它要不然就能工作，要不然就不能。这其中根本没有给神秘力量留下任何空间。

他自豪地看着联合收割机。当然，你需要一匹马来拉它。这让事情显得不是那么完美。马是一种属于过去的事物。未来则属于联合收割机以及它的后裔，它们将把这个世界变得更干净、更美好。接下来就只剩下把马移出等式的问题了。他曾试过使用发条，但是动力不够。也许如果他尝试着转动一个——

在他身后，茶壶里的水沸腾着溢了出来，把火浇灭了。

西姆内尔在蒸汽中挣扎着。每一次都会遇到这些可恶的麻烦事情。

只要人一开始试着认真思考，就总会遭遇到不得不分心的无谓之事。

蛋糕夫人拉开了帘子。

“一人桶究竟是什么人？”温德尔说。

她点燃两支蜡烛，坐了下来。

“他曾是霍万达兰那些异教部落之中的一员。”她简略地说。

“很奇怪的名字，一人桶。”温德尔说。

“那不是他的全名。”蛋糕夫人说，“现在我们要把手握起来。”她看着他，似乎在思索着什么，“我们还需要一个人。”

“我可以叫施莱佩尔过来。”温德尔说。

“我可不打算让一个吓人怪躲在我的桌子底下试着窥探我的内裤，”蛋糕夫人说。“柳德米拉！”她喊道。

过了一小会儿，通往厨房的珠帘被掀到一边，最初为温德尔开门的那位年轻女性走了进来。

“是，母亲？”

“坐下，姑娘。我们需要你来参加降神会。”

“遵命，母亲。”

女孩向温德尔微笑了一下。

“这位是柳德米拉。”蛋糕夫人简略地说。

“肯定是一位迷人的女孩。”温德尔说。

柳德米拉朝着他露出那种如同水晶般明朗的笑容，那是只有早已学会了不能让自己的真实感受流露出来的人才能日臻完美的笑容。

“我们已经见过面了。”温德尔说。满月之后已经过了至少一天，他想道。几乎所有的迹象都已经消失了。几乎。嗳，嗳，嗳……

“这孩子真让我羞愧。”蛋糕夫人说。

“母亲，开始吧。”柳德米拉说，声音中没有一丝怨恨。

“握住我的手。”蛋糕夫人说。

他们一同坐在昏暗之中。随后，温德尔感觉到蛋糕夫人的手抽了出去。

“我忘了玻璃的事了。”她说。

“我想，蛋糕夫人，你没有拿着显灵板之类的东西——”温德尔开口说道。

橱柜旁边传来咕嘟咕嘟的声音。蛋糕夫人把一个装满了的玻璃杯放在桌布上，重新坐下来。

“我不用。”她说。

房间里再一次安静下来。温德尔不安地轻咳着。

最终，蛋糕夫人说：“好啦，一人桶，我知道你在这儿。”

玻璃杯动了起来。里面的琥珀色液体轻轻地晃动着。

一个无形的声音抖动着说道，欢迎，白脸人，从欢乐的狩猎场来到此处——

“别扯那些没用的，”蛋糕夫人说，“大家都知道你在糖蜜街被一辆车轧了，因为你喝醉了，一人桶。”

那不是我的错。不是我的错。我的曾曾曾祖父搬到这儿来是我的错吗？我天生应该被一头狮子或是一头猛犸象什么的扑咬而死。我的死亡权被否决了。

“这里的胡桐先生想问你一个问题，一人桶。”蛋糕夫人说。

她在这儿很开心，并且等着你来和她一起。一人桶说。

“谁？”温德尔说。

这个问题好像把一人桶难住了。这只是一句套话，用来满足绝大多数顾客的需求并且阻止他们提出更多问题。

你希望是谁？他小心翼翼地问道，我可以喝那杯酒了吗？

“还不行，一人桶。”蛋糕夫人说。

哎，我真的很需要它。这里简直挤死了。

“什么？”温德尔快速地说，“你是说幽灵吗？”

这儿有好几百个。一人桶的声音回答道。

温德尔有些失望。

“只有几百个？”他说，“我觉得不算很多。”

“会变成幽灵的人并不太多，”蛋糕夫人说，“要成为一个幽灵你得有，比如说，未完成的重要事业，又或者血腥复仇，再不然就是成了一盘大棋上的一个小卒。”

特别想喝酒也算。一人桶说。

“你瞧瞧他。”蛋糕夫人说。

我想要留在烈酒[1]的世界。或者葡萄酒和啤酒也行。哼，哼，哼。

“所以说，如果什么东西不再活着了，它们的生命力会怎样？”温德尔说，“现在的这些麻烦是因为这个吗？”

“告诉他。”蛋糕夫人说，因为一人桶似乎不太想回答。

你说的麻烦是什么？

“螺丝不停地自己旋开，衣服开始自己在路上奔跑，所有人都感觉更有活力，这一类的事。”

这些呀？这些算什么麻烦。你瞧，生命力会回流到任何它可以流到的地方。用不着担心它。

温德尔用手盖住杯子。

“但还是有些事需要担心，不是吗，”他直截了当地说，“和那些玻璃做的小纪念品有关系。”

不想说。

“必须告诉他。”

---

1 烈酒，原文spirit，也有灵魂的意思。——译者注

这是柳德米拉的声音——它显得很低沉，但不知为何充满了吸引力。鲁潘正满眼热切地望着她。温德尔露出微笑。死了就是有这么个好处，你能看见活着的人忽略掉的东西。

一人桶的声音听起来尖厉而又暴躁。

那我要是告诉了他的话，他打算怎么办？这种事会让我陷入成堆的麻烦里。

“好吧，你能不能告诉我我猜得对不对？”温德尔说。

那——行吧。也许。

“你什么都不用说，”蛋糕夫人说，“要是对了就敲两下，错了就敲一下，咱们以前用过这招。”

哦，好吧。

“继续，胡桐先生。”柳德米拉说。她的声音让温德尔想要去抚摸。

他清了清喉咙。

“我认为，”他开口道，“我是说，我认为它们是某种蛋。我想……为什么它们让我联想到早餐？随后我就想到了……蛋……”

铛。

“哦。好吧，这确实是个相当愚蠢的想法……”

抱歉，是敲一次代表对，还是敲两次代表对？

“两次！”灵媒怒斥道。

铛，铛。

“啊，”温德尔舒了一口气，“然后它们会孵化成一种有轮子的东西？”

敲两次代表对，是吗？

“是！”

铛，铛。

“我就知道是这样。我就知道是这样！我在我的地板下面找到了一个试图孵化的蛋，但那里没有足够的空间！”温德尔欢呼起来。但随后他又皱起了眉头。

“但它们孵化之后，会变成什么呢？”

马斯特朗·瑞克雷大步走进他的书房，从火炉上方的架子上取下他的巫师法杖。他舔了舔手指，小心地触碰法杖的顶端。它释放出一道第八色的火花以及一股油腻锡罐的味道。

他大步走回到房门处。

然后，他慢慢地转了个圈，因为他的脑子直到现在才刚刚有时间去分析书房中堆放得杂七杂八的物品并注意到其中的古怪之处。

“那东西在这里做什么？”他说。

他用法杖的尖端捅了捅它。它发出一种叮叮当当的声音并且稍微滚开了一小段距离。

它看起来有点像那种女佣们会用它装着拖把、新鲜的亚麻布以及各种各样女佣们会推着来回走的东西的玩意，但又不是非常像。瑞克雷在精神中留下一个便条提醒自己要向管家反映这个情况。然后他就把这事忘了。

“该死的有轮子金属线筐，到处都是。”他喃喃自语道。

就在他说“该死的”那个时候，一个戴着像猫那么大的假牙的巨大蓝色瓶子从空气中跳了出来，拼命地扑腾着，就像被周遭的环境给吓了一大跳一样，随后就飞翔着跟在毫无所觉的校长身后。

巫师们的语言是有魔力的。而诅咒的语言同样是有魔力的。由于生命能量已经多到快要在空气里结晶了，它必须找到一个出口向外流动，无论是怎样的出口。

城市。一人桶说，我认为它们是城市的蛋。

高级巫师们再一次在大厅中聚集起来。就连资深数学家也感受到些许的兴奋。对巫师同袍们使用魔法被视为恶劣行径，而要是对平民使用魔法，又显得不够光明正大。偶尔有机会可以大义凛然地使用魔法对健康有益。

校长一个个地看着他们。

“院长，你的脸上为什么涂了彩色的条纹？”他质问道。

“这是迷彩，校长。”

“迷彩，嗯？”

“呦，校长。”

“哦，好吧。只要你觉得这能让你开心就行。”

他们匍匐着爬向曾经是莫多的小小私人领地的那块土地。至少大多数人是爬过去的。院长以一种旋转与跳跃相结合的方式前进，偶尔还会把自己贴在墙上，嘴里低声念叨着：“嘿！嘿！嘿！”

当他看到其他的肥料堆仍然待在莫多原来堆放它们的地方，立即就变得垂头丧气。一直跟在巫师们身后的园丁比院长还要失望差不多一倍。他走上去在肥料堆上摸索了一阵子。

“它们只是在假装一动不动，”院长说，“我提议炸掉这些该死的——”

“它们根本还没热乎起来呢，”莫多说，“刚才那个一定是最古老的了。”

“你是说没有什么东西可以让我们战斗？”校长说。

他们脚下的土地开始晃动。然后，从回廊的方向传来一阵微弱的叮当声。

瑞克雷皱起了眉头。

"又有人在这附近推那些该死的像是金属线筐一样的东西了。"他说，"今晚我的书房里就有一个。"

"哈，"资深数学家说，"我的卧室里也有一个。我打开衣柜，发现它就在那里头。"

"你的衣柜里？你干吗要把它放到你的衣柜里？"瑞克雷说。

"我告诉过你了，不是我放的。很可能是学生们干的好事，他们的幽默感有点古怪。有一回，他们往我的被子里放了一个梳子。"

"之前我被一个那东西绊倒过，"校长说，"可当我想去找它的时候，有人已经把它拿走了。"

叮当叮当的噪声越来越近了。

"好啊，所谓的聪明小伙先生。"瑞克雷说着，以一种意味深长的方式用手拍了法杖顶端一两下。

巫师们后退并且靠在墙上。

推着手推车的幻影几乎要撞在他们身上了。

瑞克雷咆哮着从藏身处跳出来。

"啊哈，我的好小伙子——天杀的！"

"别开玩笑了，"蛋糕夫人说，"城市又不是活的。我知道人们常那么说，但他们并不真的是那个意思。"

温德尔·胡桐将一颗雪球在手掌里转了一圈。

"它一定生产了至少几千颗蛋，"他说，"但是它们肯定没法全都存活。否则我们现在就得在城市堆儿里了，不是吗？"

"你是说，这些小球孵出来之后会变成巨大的地方？"柳德米拉说。

不是马上。首先是某种能自由移动的形态。

"一种有轮子的东西。"温德尔说。

没错。我就知道你早知道了。

“我觉得我是知道，”温德尔·胡桐说，“但是我不明白。在移动形态结束之后，会发生什么？”

不知道。

温德尔站了起来。

“那么，现在该去找到这个答案了。”他说。

他瞥了一眼柳德米拉和鲁潘。啊。没错。为什么不呢？如果你能在这段时期帮助某些人，温德尔想道，那么你的生命——或者无论什么——都不是完全绝望的。

他假装一个趔趄，并让自己的声音变得有点粗哑。

“但我最近腿有点不好使，”他用颤抖的声音说，“如果有人能扶着我的话，我将非常感激。你能把我送到大学那里去吗，年轻的女士？”

“柳德米拉近段时间不怎么出门，因为她的身体——”蛋糕夫人飞快地说。

“好得很，”柳德米拉说，“母亲，你知道已经过了一整天了，自从满——”

“柳德米拉！”

“可是，事实如此嘛。”

“现在这个时候，一个年轻女人走在路上是很不安全的。”蛋糕夫人说。

“但是胡桐先生有一条很棒的狗，他可以吓走最为危险的罪犯。”柳德米拉说。

鲁潘抓住时机发出乐意帮忙以及乞求的吠声。蛋糕夫人以挑剔的眼神注视着他。

“他确实是一个非常顺从的动物。”她不情愿地承认道。

“那就这样决定了，”柳德米拉说，“我去拿我的披巾。”

鲁潘摇着尾巴跟了过去。温德尔用一只脚轻轻推了推他。

“好好表现。”他说。

一人桶意味深长地轻咳一声。

“好吧，好吧。”蛋糕夫人说。她从梳妆台的抽屉里拿出一捆火柴，心不在焉地在指甲上擦燃一支，把它扔到酒杯里。它燃烧起来，放出蓝色的火焰，而与此同时，在灵魂世界的某处，一杯双份威士忌的灵体存在的时间也恰到好处。

在温德尔·胡桐离开这所房子的同时，他觉得自己听到一个像幽灵一样的声音开始唱歌。

手推车停了下来。它转了一圈，似乎正在观察巫师们。随后它飞快地来了个三点式转弯，以极高的速度滑开了。

“抓住它！”校长怒吼道。

他用他的法杖瞄准，释放出一个火球，将一小片鹅卵石烧成了冒着泡的黄色东西。加速中的手推车疯狂地摇摆，但还是带着一个发出噼啪声和吱嘎声的轮子继续前进。

“它来自地堡空间！”院长说，“打败这个筐子！”

校长用手按住他的肩膀示意他冷静：“别蠢了。地堡的怪物有着更多的触手什么的。它们看起来绝对不像是人造物品。”

另一辆手推车的声音响了起来，他们纷纷转过身。它沿着一条侧走廊无忧无虑地行进着，不停发出咔嗒咔嗒的声音，但当它看到——或者无论以什么方式发现了——巫师们的时候，就立刻像一个看起来完全就像是被人遗弃在这里的手推车那样停了下来并不再移动了。

庶务长蹑手蹑脚地走向它。

“装成这样是没有用的，”他说，“我们知道你会走。”

“我们都看见了。”院长说。

手推车继续保持低调。

“它肯定没在思考，”近代如尼文讲师说，“这里没有大脑存在的空间。”

“谁说它在思考了？”校长说，“它就只是在移动而已。谁需要一个大脑才能移动？虾都会移动。”

他用手指抚摸着那些金属线。

“实际上，虾是相当有智——”资深数学家开始说。

“闭嘴，”瑞克雷说，“嗯。不过，这东西是人造的吗？”

“这是金属线，”资深数学家说，“金属线必然是一种人造的物品，还有这些轮子，没有哪个天然生成的东西是有轮子的。”

“靠近点看，它有点像——”

“——它像是同一个东西。”近代如尼文讲师说，他正痛苦地跪在地上以便仔细观察，“就像是一个整体。用同一个金属块打造的。就像一台自然生长出来的机器。但那太荒谬了。”

“也许吧。锤顶山那里不是有一种杜鹃会造一台钟当作自己的巢吗？”庶务长说。

“是的，但那只是一种求偶行为，”近代如尼文讲师快活地说，“顺便说一句，它们把时间弄得很脏乱。”

手推车突然跳向巫师们之间的一个空隙，而且差一点就成功了，如果那个空隙不是被庶务长给占据了的话。不仅如此，他还尖叫着冲进了筐子。手推车并没有停下来，而是咔嗒咔嗒地冲向学校大门。

院长举起法杖，但是校长阻止了他。

“你可能会伤到庶务长的。”他说。

“就放一个小火球行不行？”

“想法很诱人，但是不行。走吧。追上它。”

“呦！”

“如果你喜欢的话。”

巫师们动作笨重地追了上去。在他们身后，正如同直到目前仍尚未被他们注意到的那样，一整群校长的骂人话正嗡嗡地来回翻飞着。而温德尔·胡桐则率领着一个小小的代表团前往图书馆。

幽冥大学的图书管理员双手撑地，行色匆匆地走向大门，因为他的门被敲得像打雷一样响。

“我知道你在里面，”温德尔·胡桐的声音传来，“你必须让我们进去。这非常重要。”

“对——头。”

“你不会打开门，是吗？”

“对——头！”

“那我就没有别的选择了……”

古老的砖石砌块缓缓移开。砂浆碎裂。随后，墙的一部分向内坍塌下去，露出站在温德尔·胡桐形状的洞里的温德尔·胡桐。他在灰尘中咳嗽了几声。

“不得不这样做真是让我感到不快，”他说，“我不禁觉得它正在迎合普遍的偏见。”

图书管理员高高跃起，落在他的肩膀上。令这只大猩猩惊讶的是，这对温德尔·胡桐的行动并没有什么影响。一只三百磅重的大猩猩通常会对一个人的前进速率产生值得注意的效应，但温德尔·胡桐却仿佛只是戴上了一条假领。

“我想我们需要的是古代历史，”他说，“请问，你能否停止试图扭掉我的脑袋呢？”

图书管理员疯狂地环顾四周。这个技巧通常从不会失败。

随后，他的鼻孔张大了。

图书管理员并非一直都是一只大猩猩。一座有魔力的图书馆对于管理者来说是一个危险的地方，而一次魔法爆炸的不幸后果把他变成了大猩猩。很多人现在已经习惯了他的新形象，因此极少有人记得他曾经是个人畜无害的人类。但随着这一变化，他解锁了一整套感官以及种族的记忆。而这一切之中最深刻、最基本、最与生俱来的一条记忆正是与外形有关的。它甚至早于智慧曙光的诞生。那种有着突出鼻端、尖牙利齿以及四条腿的外形，在进化中的猿猴的思维里，很显然是归档在“坏消息”这一分类之中的。

一条非常大的狼如同闲庭信步一般穿过了墙上的洞，后面跟着一个相当漂亮的年轻女人。图书管理员的信号输入暂时短路了。

“同时，”温德尔说，“你的两条胳膊也可能会被我扭到你的身后去。”

“对对对——头！”

“他可不是一只普通的狼。你最好相信我的话。”

“对——头？”

温德尔压低声音。“而她实际上也可能不是一个女人。”他补充道。

图书管理员看着柳德米拉。他的鼻孔再一次张大。他的额头皱了起来。

“对——头？”

“好吧，我的表达方式可能有问题。请一定要放开手，做个好人。”

图书管理员非常谨慎地松开了手并且落在地上，确保温德尔挡在自己和鲁潘之间。

温德尔从法师袍的残留物上擦去泥灰。

“我们需要找出，”他说，“关于城市的生命的资料。具体来说，我需要知道——”

一阵微弱却刺耳的声音传来。

一个金属线筐趾高气扬地在最近的一排堆得高高的书柜周围绕着圈。它里面装满了书。当它发现自己被看到了的一瞬间，它立即停了下来并且假装自己从来就没有移动过。

“移动形态。”温德尔·胡桐喘息着说。

金属线筐试图在看起来没有移动的前提下极为缓慢地后退。

鲁潘咆哮起来。

“那就是一人桶所说的吗？”柳德米拉说。

手推车不见了。图书管理员咕哝着追了上去。

“哦，是的。某种会让自己显得有用的东西，”温德尔突然间变得兴奋起来，几乎可以说是迷醉了，“只有这样才会有效果。首先它必须是一种你想要保留下来并且放在某个地方的东西。会有成千上万个个体无法得到适宜的条件，但那不重要，因为会有成千上万个个体。接下来第二种形态会是一种看起来很方便，而且可以放在任何地方都不会让人想到它是自个儿到这儿来的。但这一切都是在错误的时间发生的！”

“但一座城市怎么会是活的呢？组成它的部分都是死的！”柳德米拉说。

“人也是一样，相信我。我知道。但我想你说得没错。这是不应该发生的。这都是因为那些额外的生命力。这……这打破了平衡。这是将某种不是真实存在的事情变成了真实。而且它发生得太早了，也发生得太快了……”

图书管理员发出一声尖叫。手推车突然从另一排书架后面冲了出来，轮子转动得飞快，几乎看不清了。它冲向墙上的那个洞，而图书管理员则用一只手紧紧地抓着它，被它拖行在后面。

狼——鲁潘——跳了起来。

“鲁潘！”温德尔喊道。

但自从穴居人开始将一条圆木沿着山坡滚到山下的那个时候开始，犬科动物也已经发展出了一种强烈的种族冲动，那就是追逐任何有轮子的东西。鲁潘已经开始张口咬向手推车了。

他的牙齿咬住了一个轮子。接下来是一声长嚎，一声来自图书管理员的尖叫，然后人猿、狼和金属线筐便全都在墙边摔成一堆。

“哦，真是可怜！快看看他！”

柳德米拉冲了过去，在惨遭重击的狼身边单膝跪下。

“它刚巧轧过了他的爪子，快看！”

“而且他很可能丢失了两颗牙齿。”温德尔说。他把图书管理员扶了起来。人猿的双眼中有一种红色的光。它试图偷走他的书。这很可能是巫师们有关手推车是否有脑的争论所需要的最佳证据。

他弯下腰，把手推车的轮子一个个地扭了下来。

“欧啦。”温德尔说。

“对——头？”

“不，不是‘用牛奶’。”温德尔说。

鲁潘的头正枕在柳德米拉的大腿上。他有一颗牙齿崩掉了，而且他的皮毛也被弄得一团糟。当柳德米拉轻抚他的耳朵时，他睁开一只黄色的眼睛，以一种共谋者的眼神注视着温德尔。这家伙真是幸运，温德尔想道，他马上就会得寸进尺地抬起一只爪子发出哀鸣了。

“好了，”温德尔说，“现在，图书管理员……我想你准备帮助我们了。”

“可怜的、勇敢的狗。”柳德米拉说。

鲁潘可怜兮兮地抬起一只爪子，并且发出哀鸣。

由于正发出尖叫声的庶务长的压迫，另一个金属线筐无法达到它已离去的同伴的那种高速。另外，有一个轮子也无用地拖在后面。它鲁莽地倾斜前进，在飞快地穿过学校大门的时候差点朝一边歪倒。

“我可以清晰看到目标！我可以清晰看到目标！”院长尖叫着。

“别发射！你可能会击中庶务长的！”瑞克雷咆哮道，“你可能会损坏学校的财产！”

但尚未对睾丸酮的冲击感到习惯的院长根本无法听到校长的咆哮声。一颗灼热的绿色火球击中了倾斜的手推车。空气中充满了飞舞的轮子。

瑞克雷深吸一口气。

“你这个蠢猪！”他尖叫道。

对于那些没有像他这样在乡村成长的健全经验并因此对畜牧业的细节一无所知的巫师来说，他说出的这个词语并不会让他们感到熟悉。但它扑腾着出现在离他的脸几英寸的地方：它很胖，圆圆的身体是黑色的并且很有光泽，还长着可怕的眉毛。它朝他吹出一颗不育的覆盆子，并且飞了起来，加入那一小群咒骂语之中。

“那他娘的到底是什么？”

一个更小些的东西在他的耳朵旁边出现。

瑞克雷捏住他的帽子。

“该死！”——咒骂语中又增加了一个新的成员——“有东西刚才叮了我一口！”

一小批新孵化出来的诅咒语对自由展开了勇敢的竞标。他用力拍打它们，但是毫无效果。

“快滚开，你们这些——”他开始说道。

“别说话！”资深数学家说，“闭嘴！”

从来没有人让校长闭嘴。闭嘴是一种发生在其他人身上的事。他在震惊中闭上了嘴。

“我的意思是，每一次你骂人的时候，骂人话就会活过来，”资深数学家匆忙地说，“像幽灵一样有翅膀的小东西会从空气中出现。”

“天杀的地狱之火啊！”校长说。

扑通。扑通。

庶务长头晕目眩地从纠结成一团的手推车遗骸中爬出来。他找到自己的尖顶帽，拍掉上面的灰尘，试着戴到头上去，然后皱起眉头，从帽子里取出了一个轮子。他的同僚们似乎没怎么注意到他。

他听到校长在说：“但我一直都是这么做的！一句好的骂人话没什么不好的，它会让你的血液保持流动。小心，院长，一个混——”

“你就不能说点别的吗？”资深数学家高喊道，声音盖过了聚集成群的咒骂语发出的嗡鸣声。

“比如说呢？”

“比如说……哦……比如说……不得了。”

“不得了？”

“是的，或者也许可以说‘讨厌鬼’。”

“什么？你想让我说‘讨厌鬼’？”

庶务长爬回同伴们中间。在时空遭遇危机时争论细枝末节的问题是一种对于巫师而言十分熟悉的传统。

“女管家惠特罗夫人每次把东西掉在地上的时候都会说‘我勒个去’。”他提议道。

校长转向他。

“她说的可能是‘我勒个去’，”他咆哮道，“但她实际想要说的是‘我——’”

巫师们飞快地蹲下来躲避。瑞克雷设法阻止了自己。

“哦，不得了。”他可悲地说道。骂人话们在他的帽子上亲近地停留下来。

“它们喜欢你。”院长说。

“你就是他们的老爹。”近代如尼文讲师说。

瑞克雷皱起眉头。“你们这些混——小伙子别再嘲笑你们校长的不幸了，赶快搞清楚现在正在发生什么样的该——事情。”他说。

巫师们期待地望着空中。没有任何东西出现。

“你做得真棒，”近代如尼文讲师说，“坚持下去。”

“不得了不得了不得了，”校长说，“我勒个去去去去。讨厌鬼讨厌鬼讨厌鬼。”他摇摇头，“这一点用都没有，根本无法抒发我的感情。”

“至少这净化了空气。”庶务长说。

他们第一次注意到了他的存在。

他们将注意力转向那辆已经完全损坏的手推车。

“这些东西在四处游荡，”瑞克雷说，“它们变成活的了。”

他们抬起头来，向传来突然变得熟悉的吱吱嘎嘎声音的方向望去。又有两个有轮金属线筐在校门外的广场上走动。其中一个里面装满了水果。另一个里面装了一半的水果和一个尖叫的小孩。

巫师们张大了嘴注视着。一群人正在手推车后面追击。其中略微领先其他人的是一个绝望而坚定的女人，她挥舞着手肘，重重地冲过大学门前。

校长抓住一个正在人群后部笨重而又不屈地行进的魁梧男子的手臂。

“发生什么事了？”

“我正在把一些桃子装进那个筐子里，结果它突然站起来跑掉了！”

“那孩子又是怎么回事？”

“我也不知道。那个女的有一个那种筐子，她向我买了一些桃子，然后——”

他们全都转过身。一个筐子吱吱嘎嘎地从一条小巷里走出来，看到了他们，灵巧地转身并向广场的另一端飞驰。

“但是，为什么呢？”瑞克雷说。

“往这些筐子里放东西是很方便的，不是吗？”那个男人说，“我用它们来装桃子。你知道桃子是很容易给挤烂的。”

“它们都在去往同一个方向，”近代如尼文讲师说，“还有人注意到这个吗？”

“追上它们！”院长尖叫道。其他的巫师已经迷惑到顾不上争论，只是笨重地跟了上去。

“不——”瑞克雷说，随后就意识到这是没有希望的。而且他正在失去先机。他精心地策划了一个最为温文尔雅的战斗口号。

“让它们见他喵的上帝去吧！”他喊道，并且跟上了院长。

比尔·门在漫长的下午辛劳地工作，身后跟着一排捆好并且堆起来的玉米。

直到一声叫喊传来，于是人们奔向篱墙。

伊阿古·皮布里的大农场就在篱墙的另外一端。他农场的工人们正推动着联合收割机进入农场大门。

比尔与其他人一起靠在篱墙上。远处，西姆内尔的身影隐约可见，他正在指导工人们进行操作。一匹受惊的马被拴到螺杆上。铁匠爬到机器内部那个小小的金属座椅上，拿起了缰绳。

那匹马向前走去。机械臂向外伸展。帆布开始旋转，或许滚动螺丝也开始滚动，但那无关紧要，因为某个地方发出“咣”的一声，所有东西都停下来了。

篱墙后面的人群喊了起来——“出来给它喂点奶！”“我们曾经有

一个，但是屁股掉了！”“再来两便士就超过一头驴了！”以及另外一些经受住了时间考验的俏皮话。

西姆内尔跳了下来，与皮布里和他的手下们低声交谈了几句，然后又钻进机器里待了一会儿。

“它飞不起来！”

“明天的小牛肉肯定降价！”

这一次，联合收割机前进了几英尺，随后一张旋转帆布就被撕裂并且折了起来。

这时候篱墙这边的一些老头发出了双倍的笑声。

“收废铁，六便士一担！”

“拿另一个来，这一个坏了！”

西姆内尔再次跳下来。他解下撕裂的帆布，换上另一张新的，无视远处传来的嘘声。

比尔·门的眼睛始终注视着对面的那块田地，而他的手则从口袋里掏出一块磨刀石，慢慢地打磨起他的镰刀。

除了遥远的铁匠工具不时发出的敲击声，沉闷的空气中便只有磨刀石与金属摩擦发出的沙沙声音。

西姆内尔再次爬上联合收割机，朝牵着马的工人点了点头。

“我们再次出发啦！”

“还要继续胡闹吗？”

“安静一点……”

呼喊声减弱、消失了。

六双眼睛跟随着联合收割机沿着田埂前进，当它在田地尽头处转过弯时，所有人都目瞪口呆地看着它再次返回。

它嘀嗒作响地走了过去，不停地往复、摇摆。

在田地的另一端，它漂亮地转了个身。

它再一次嗡嗡叫着经过他们面前。

过了一会儿，一个旁观者阴沉地说："它永远不会流行，记住我的话。"

"没错。谁想要这样的一个玩意儿？"另一个说。

"很显然这东西只不过像一台大钟。没什么别的用处，除了在田里走来走去——"

"——非常快——"

"——像那样割断庄稼再把谷粒脱出——"

"它已经收割完三行了。"

"真是见鬼！"

"你简直看不见它的部件是怎么移动的！你怎么看，比尔？比尔？"

他们转过头看去。

他正在他第二排的中间，但仍在加速。

弗莉沃斯小姐把门打开了一条小缝。

"什么事？"她怀疑地说。

"是比尔·门，弗莉沃斯小姐。我们把他带回家来了。"

她把门开大了一点。

"他怎么了？"

两个男人笨拙地挤了进来，试图扶住一个比他们高整整一英尺的身躯。那具身躯抬起头来，无精打采地朝弗莉沃斯小姐眨着眼睛。

"不知道是中了什么邪了。"公爵·博顿利说。

"他干起活儿来简直像个魔鬼，"威廉·斯皮塞说，"你付给他的工资真是值了，弗莉沃斯小姐。"

"那恐怕是我在这片儿的头一遭。"她讽刺地说。

“他在田里像发了疯一样拼命地割，试着超过内德·西姆内尔造的那台机器。我们四个人给他打捆都赶不上他。他差点就超过那机器了。”

“把他放在沙发上。”

“他说他是在太阳下面工作得太久了——”公爵伸长脖子扫视着厨房，要是有些金银珠宝放在敞开着的碗柜里就可以大饱眼福了。

弗莉沃斯小姐挡住了他的视线。

“可真谢谢你们。我觉得你们现在肯定急着要回家了。”

“如果有什么我们能帮上忙的——”

“我知道你住在哪里。而且你已经有五年没交过房租了。再见，斯皮葛先生。”

她把他们赶出门外，当着他们的面把门关上，然后转过身。

“你这是在干什么，用假名的比尔先生？”

我累了，它却不肯停下来。

比尔·门抓住自己的头颅。

还有，斯皮葛给了我一些很好笑的用苹果汁发酵制成的饮料，他说能解暑，但我现在感到很难受。

“我一点都不吃惊。他在林子里头酿的。那里面苹果根本连一半都占不到。”

我以前从没感觉到难受，或是劳累。

“那都是活着的一部分。”

人类怎么能忍受这些？

“好吧，发酵的苹果汁会帮上点忙。”

比尔·门坐在那里，阴郁地盯着地面。

但是我们收割完了那片田地，他带着一点自豪说，**所有的谷物都堆好了。或者说所有的谷物堆都堆起来了。**

他再次抓住自己的头颅。

啊啊啊。

弗莉沃斯小姐钻进了洗碗槽。水泵的吱嘎声响了起来。她带着一片润湿了的法兰绒和一杯水回来了。

水里有一条蝾螈!

“这说明水很干净。[1]”弗莉沃斯小姐说。她把那只两栖动物抓起来放在石板地面上，它飞快地找到一条裂缝钻了进去。

比尔·门试着站起来。

现在我差不多明白为什么有些人想死了，他说，**我曾听说过痛苦还有悲哀，但在此之前，我从没有完全理解它们的意义。**

弗莉沃斯小姐从脏兮兮的窗子向外眺望。整个下午都在一直积聚的乌云现在像高塔一样矗立在山丘上方，带着一丝充满恶意的金边。炎热像一把钳子一样压下来。

“一场大风暴快要来了。”

风暴会毁掉我的收获吗?

“不会，过不了多久就会干的。”

那孩子怎么样?

比尔·门张开他的手掌。弗莉沃斯小姐惊讶地扬起眉毛。那只金色的计时器就在他的手中，上面的半球已经几乎空了。但它又沉入他的手心，看不见了。

“你怎么会拿到它的?它在楼上!她紧紧地抓着它，就像——”她语塞了，“就像一个人把一个东西抓得非常紧。”

她仍然还在抓着它。但它同时也在这里。或者任意地方。毕竟它

1 数百年来，人们一直相信水中有蝾螈表示水是干净的，所以可以饮用，但他们从来都没有问过自己一个问题：蝾螈会不会离开水去上厕所。

只是一个象征。

“她抓着的那个看起来挺真实的。”

某种东西是一个象征，并不代表它不可以是真实的。

弗莉沃斯小姐注意到他声音中有一个微弱的回音，就像这句话是被两个人同时说出来的，但是又不完全同步。

“你还有多少时间？”

几个小时。

“镰刀呢？”

我给村中的铁匠下达了严格的指示。

她皱起眉头：“我不是说年轻的西姆内尔是个坏小子，但你确定他会那么做吗？对于一个像他那样的人来说，要毁坏那样的一件东西太难了。”

我没有别的选择。这里的小熔炉温度不够高。

“那把镰刀简直锋利得可怕。”

我恐怕它还是不够锋利。

“没有人试着对你这么做过？”

有句俗话说：生不带来，死不带去，对吗？

“是的。”

有多少人真的相信这句话？

“我记得我曾经在书里读到过，”弗莉沃斯小姐说，“在沙漠里有一些异教徒国王建立了宏伟的金字塔，在其中放入了各种各样的东西。甚至还有船，甚至还有穿着透明裤子、眼睛像平底锅盖那么大的女孩。你不能说这是对的。”

我从来都不是很确定什么是对的，比尔·门说，**我不确定有没有对这种事，或者是错，只是立场不同。**

“不，对就是对，错就是错，”弗莉沃斯小姐说，“我从小受到的教育让我能区分其中的不同。”

是由一个走私者教育的。

“一个什么？”

一个走私货的贩运者。

“走私根本就不是错的！”

我只是指出有些人可能不这么想。

“他们不算数！”

但是——

闪电击中了山上的某个地方。雷声震动了房子，有几块砖头从烟囱中掉进了壁炉。然后，窗子猛烈地敲击起来。

比尔·门大步走向房间另一端，猛地推开了门。

足有鸡蛋那么大的冰雹在地上弹起，跳进厨房。

哦。多么富有戏剧性的场景。

“哦，该死！”

弗莉沃斯小姐从他的胳膊下面钻了出去。

“这风是从哪儿吹来的？”

天上？比尔·门说，为突然而来的兴奋而感到惊讶。

“快来！”她飞快地返回厨房，从碗柜里拿出一只里面有蜡烛的提灯，以及一些火柴。

但你说过它们会干的。

“在普通的风暴之后，它们是会干。但这么大的风暴？它们会全都毁掉的！我们明天早上就会看到它们被冲得整个山坡上全是了！”

她摸索着点燃蜡烛，再次跑回去。

比尔·门看着门外的风暴。茅草在狂风中抖动着飞远。

毁掉？我的收获？他挺直身体，**别想。**

铁匠铺屋顶上的稻草翻滚着。

内德·西姆内尔向熔炉里鼓风，直到煤炭的核心呈现略带一点点黄色的白色。

今天是个好日子。联合收割机干得比他期待的还要好得多；老皮布里坚持要求让这台机器明天再给他收割另一块田地，因此它被留在了外面，上面盖了一块柏油帆布，结结实实地拴在地上。明天他可以教会一名工人操作它，然后就开始设计一台改进了的新的原型机。他已经确实地成功了。未来近在眼前。

接下来就是镰刀的问题了。他走向挂着这把镰刀的墙。这东西可真是有些神秘。它是他见过的同类工具中最为卓越的一个。你甚至根本没法把它变钝。它的锋利远远超出了它真实的锋刃。而他却必须毁掉它。这有什么意义？内德·西姆内尔是个特别喜欢追寻意义的人，尤其是某种专门范畴的意义。

也许比尔·门只是想把它扔掉，而那也是能够理解的，因为即使是现在，被以最为无害的方式挂在墙上的镰刀似乎仍然在散发着锋利的气场。刀刃的周围有一道浅浅的紫色光环，那正是由于房间中的气流将不幸的空气分子送到刀刃边，让它们因为被切断而死。

内德·西姆内尔极为谨慎地将镰刀拿了起来。

古怪的家伙，比尔·门。他说他要确保它绝对地死去。就好像你能杀死一样物品似的。

无论如何，真的有人能毁掉它吗？哦，它的柄会被烧掉，金属部分也可以煅烧一下，而且如果他足够努力的话，最终它除了一小堆灰烬之外什么也剩不下来。顾客想要的正是这个效果。

另一方面，你也可以只是把刀刃从柄上取下来就算是毁掉了它……毕竟如果你那样做了的话，它就不能再称为一把镰刀了。它只会是，呃……零件。当然，你仍然可以用它们来组合成一把镰刀，但你同样可以用被烧掉之后的一小堆灰烬制成一把镰刀，如果你知道方法的话。

内德·西姆内尔对于自己脑子里的这场争论感到满意。而且，说到底，比尔·门甚至根本没有要求看到这把镰刀被，呃，杀死的证据。

他仔细地瞄准了一下，然后用镰刀切下了铁砧的末端。简直离奇。

极度的锋利。

他放弃了。这不公平。你不能叫一个像他这样的人毁掉一个这样的东西。这完全是一件艺术品。

不，不只是艺术品。根本就是技艺的结晶。

他走到房间的另一头，那里堆着一堆木柴，他把镰刀抛到木柴堆的后面。

一声短暂的吱吱声响起，很快就被切断了。

总之，这应该也没什么关系。他明早就把比尔的那个法新还回去。

鼠之死神出现在铁匠铺的木柴堆后面，步履艰难地走向地上一小堆悲哀的毛皮，那曾是一只挡在镰刀路上的老鼠。

那只老鼠的鬼魂站在皮毛旁边，看起来有些忧伤。它似乎不怎么高兴看到它。

“吱吱？吱吱？”

吱吱。鼠之死神解释道。

“吱吱？”

吱吱。鼠之死神确认道。

“[理了理胡须][吸了吸鼻子]？”

鼠之死神摇了摇头。

吱吱。

老鼠显得垂头丧气。鼠之死神将一只虽然尽为白骨却并非完全无情的爪子搭在它的肩上。

吱吱。

老鼠哀伤地点了点头。铁匠铺里的日子很不错。内德的家务水平基本相当于不存在，而且他很可能是把没吃完的三明治到处乱丢的世界冠军。它耸耸肩，跟上了穿着袍子的渺小身影。反正它也没什么别的选择。

人们在街道上蜂拥奔跑。其中大多数都在追赶手推车。而大多数的手推车里则装满了人们觉得用手推车来装会很方便的东西——柴火、小孩、购买的物品等等。

而且它们不再躲避了，只是盲目地移动，全部都朝着一个方向。

你可以将一辆手推车推倒从而阻止它继续移动，如果你这样做了，它的轮子就会在空中疯狂而又无用地旋转。巫师们看到一些情绪高涨的人试图毁掉手推车，但它们事实上是无法摧毁的——它们会折弯，但不会断裂，而且哪怕只剩下一个轮子，它们仍会英勇地尝试继续前进。

“瞧瞧那个！”校长说，“那里面装着我的换洗衣服！真的是我的换洗衣服！我勒个大去的乖乖！”

他从拥挤的人群中推开一条路，将他的法杖捅到那辆手推车的轮子之间，把它推翻了过来。

“这里的平民太多，没有清晰的射界。”院长抱怨道。

“这里足有几百辆手推车！”近代如尼文讲师说，“它们就像伏麦因！[1]从我身边滚开，你这个——你这个篮子！”

1　伏麦因是一种有黑白花纹的小型啮齿动物，生活在锤顶山脉里。它们是旅鼠的祖先，也就是那种因为定期跳崖或是进入湖水淹死而为人所熟知的小动物。从前伏麦因也是这样做的。然而关键在于，死掉的动物是无法繁殖的，随着数百万年时光的流逝，越来越多的现代伏麦因是那种面对悬崖时，发出对于啮齿动物来说相当于“去他的送死游戏”的吱吱叫声的伏麦因留下的后裔。现代的伏麦因使用绳索滑下悬崖，建造小船用于渡过湖泊。而当它们的原始冲动将它们引到海边时，它们会坐成一圈，避免看到其他伏麦因的眼神，过了一会儿就赶在冲动来临之前早早回家。

他用他的法杖把一辆重载的手推车推倒了。

有轮金属线筐的洪流正在涌出城市。竭尽全力的人们慢慢地开始掉队，或是跌倒在滚动的车轮旁。只有巫师们还能跟得上，他们不停地互相呼喊，并且用他们的法杖攻击手推车组成的银色浪潮。并不是说魔法没有效果。效果相当好。只要掌握好时机，一个法术就可以把一辆手推车变成一千个错综复杂的谜题。但那又有什么好处呢？马上又会有两辆新的手推车从它们倒下的同胞旁边绕开继续前进。

在院长周围，手推车不断地变成泼洒的金属液滴。

“他真的找到了窍门，不是吗？”资深数学家说。他刚刚和庶务长一起把另外一辆手推车翻倒过来。

“他真的在说很多个‘呦’。”庶务长说。

至于院长本人则根本不知道自己什么时候曾经如此快活过。六十年以来，他一直自觉遵守巫师应当遵守的规则，而现在，他突然得到了属于他自己的时间。他从来没有想到过自己真正想要做的事情是毁掉所有的东西。

火焰从他法杖的尖端跃起。把手、金属线的碎片以及可悲地旋转着的轮子在他身边叮当作响。更棒的是，目标几乎是没有止境地涌来。第二波手推车挤进一个更为狭小的空间，它们正尝试着要从那些还与地面直接接触着的同胞头上翻过。这并没有什么效果，但它们仍然在尝试。而且是竭尽全力地尝试，因为第三波手推车已经开始涌到它们的上方了。但也许你不应该使用“尝试”这个词儿。它暗示着一种有意识的努力，一种“不尝试”的状态存在的可能性。在这场无情的运动之中，那种彼此互相挤碎的方式恰巧表明，这些金属线筐拥有的选择正如同从山上奔涌而下的山洪一样多。

“呦！”院长喊道。生猛的魔力轰入纠缠在一起的金属之中。轮子像雨点一样从天上落下。

“吃热巫术吧，你们这些——”院长开口道。

“别说骂人话！别说骂人话！”校长的叫喊声压过了周围的噪声，他试着赶走一只正绕着他的帽子飞舞的“弱智浑蛋”，“谁也不知道它们会变成什么东西！”

“聒噪！”院长尖叫道。

“没用的。这跟试图阻挡大海没什么区别，”资深数学家说，“我提议我们返回学校，带上一些真正厉害的法术。”

“好主意。”瑞克雷说。他抬头望着逐渐推进的扭曲金属线的高墙。“有想到我们该怎么回去吗？”他说。

“呦！坏蛋们！”院长说。他再次抬起他的法杖瞄准。它发出一声小小的悲哀噪声，如果用一个字来形容的话，只能是“噗”。微弱的火花从法杖尖端释放出来，无力地落在鹅卵石地面上。

温德尔·胡桐“砰”的一声合上了另一本书。图书管理员惊得哆嗦了一下。

“什么都没有！火山、潮汐、愤怒的神灵、乱搞事情的巫师……我不想知道其他的城市是怎么被杀死的，我想知道它们是怎么终结的……”

图书管理员又把一大堆书搬到阅读桌上。温德尔发现，死亡的另一个好处就是大大增进了语言能力。他可以透过书上的词语看到实际的场景，而无须去理解词语的意思。看来死掉不像是陷入沉眠，倒像是刚刚苏醒。

他瞥向图书馆的另一边，在那里，鲁潘受伤的爪子正在得到包扎。

“图书管理员？”他柔声说。

“对——头？”

“在你的生命中，你曾经改变过物种……如果，我们假设这么一个场景，你发现两个人，他们……呃，假设有一条狼会在满月时变成狼人，而一个女人会在满月时变成女狼人……你懂的，从相反的方向接近相同的形态，你会怎么做？而且他们已经见面了。你会告诉他们什么？你会让他们自己解决这个问题吗？”

“对——头。”图书管理员立即回答道。

“这很诱人。”

“对——头。”

“但是蛋糕夫人不会喜欢的。”

“对对对——头，对——头。”

“你说得对。你可以不用说得那么详细，但是你说得对。每个人都必须自己解决自己的问题。”

他叹了口气，然后翻开书本。他的眼睛瞪大了。

“卡恩·李城，”他说，“听说过吗？这是什么书？《脱衣舞娘的信不信由你魔法书》，这里说……‘小手推车……没人知道是从哪儿来的……非常有用，人们被雇用，负责把它们带到城市里……突然间，就像一群生物一样……男人们跟随它们并且看到，在墙外有一座新城，一座由商人的摊位组成的城市，手推车在其中奔跑……’”

他翻了一页。

“书上似乎在说……”

我还是没有正确地理解这个问题，他对自己说。一人桶认为我们正在讨论的是城市的繁殖。但似乎有什么地方出了问题。

一座城市是活的。假设你是一种行动缓慢的巨大生物，例如计数松，你俯瞰着一座城市。你会看到建筑在逐渐生长；你会看到攻击者被赶走；你会看到火灾被扑灭。你会将城市看作一个生物，但你不会看到人类，因为他们移动的速度太快了。一座城市的生命，驱动它的东西并不是某种神秘的力量。一座城市的生命正是居住在其中的人类。

他心不在焉地翻过一页，并没有真的在阅读……

如此，我们就有了城市——庞大而久坐不动的生物，从一个点开始成长，而且数千年都几乎不会移动。它们繁殖的方式是派出人类占据新的土地，而它们本身则一直留在原地。它们是活的，但它们的生命就和水母没有太大的区别，或者是一种颜色相当明亮的蔬菜。毕竟我们一直都把安卡-摩波称为“大瓦胡尼”……

而凡是有巨大的、缓慢的生物存在的地方，就会有小型的、快速的生物捕食它们……

温德尔·胡桐感觉到自己的脑细胞在燃烧。一个个的神经链接被建立。思维在新的通道中冲刺。在他还活着的时候他究竟有没有以正确的方式思考过？他对此表示怀疑。从前的他只是在一大群神经末梢上做出了相当多的复杂反应，从对于下一顿饭内容的无聊猜测到令人分心的随机记忆，应有尽有，而这一切阻止了他接近真正的思考。

它会在城市内部生长，因为那里是温暖而受到保护的。随后它会爆发，在城市之外建立起……某种东西，不是真实的城市，一座虚假的城市……它会把人类，也就是城市的生命，从它原来的宿主那里拉出来……

在这里我们应该用的词语是“捕食者”。

院长不敢置信地注视着他的法杖。他摇了摇，然后又举起来瞄准。

这一次的声音听起来像是“扑哧”。

他抬起头。一拨儿冰冷的手推车正在屋顶那么高的地方准备好了要落到他的头上。

“哦……倒霉。”他双臂交叉挡住了头。

当手推车们掉落下来的时候，有人抓住他法师袍的后襟把他拉到一边。

“快跑，”瑞克雷说，“如果我们跑起来的话，它们是追不上的。”

“我的法力耗尽了！我的法力耗尽了！”院长哀叹道。

“如果你不赶快走的话，你的其他许多东西也会耗尽。”校长说。

巫师们跌跌撞撞地走在手推车前面，由于试图聚集在一起而不停地彼此撞击。大量的手推车从城中涌出，穿过郊外的田野。

“知道这让我想起什么了吗？”在他们竭力前进的同时，瑞克雷说。

“你一定得说说。”资深数学家喃喃道。

“鲑鱼洄游。”校长说。

“啥？”

“当然，不是在安卡河，”瑞克雷说，“我不认为任何一条鲑鱼能够在我们的河里洄游——”

“除非它是用走的。”资深数学家说。

“——但我曾经看到过河里充满了鲑鱼，河水简直浓厚得像牛奶，”瑞克雷说，“它们都争抢着洄游。整条河看起来完全是银色的。”

“不错，不错，”资深数学家说，“它们干吗要那样呢？”

“呃……这与繁殖有着莫大的关系。”

“真恶心。特别是想到我们都必须得喝水。”资深数学家说。

“好吧，我们现在已经到了郊外，我想我们可以从侧翼包抄它们，”瑞克雷说，“我们只需要找到一块开阔的空地，然后——”

“我不这么认为。”近代如尼文讲师说。

手推车组成的高墙从所有的方向涌过来，它们互相推挤、磨削。

“它们来抓我们了！它们来抓我们了！”庶务长哀号道。

院长一把夺过他的法杖。

“嘿，那是我的！”

院长把他推开，将一辆领头的手推车的轮子全部炸飞。

“那是我的法杖！”

巫师们背靠背地站在一道不断缩小的金属圆环之中。

“它们不适合这座城市。”近代如尼文讲师说。

“我明白你的意思，”瑞克雷说，“它们是异种。”

“我猜今天没有人带了一个飞行魔法？”资深数学家询问道。

院长再次瞄准并且熔化掉了一辆手推车。

“你在用的是我的法杖，知道吗？”

“闭嘴，庶务长，”校长说，“还有你，院长，这样一个一个地打肯定不会有作用的。明白了吗，伙计们？我们需要做的是给它们造成尽可能大的伤害。记住——狂野的、不受控制的爆发……”

手推车们向前推进。

嗷呜。嗷呜。

弗莉沃斯小姐深一脚浅一脚地穿越潮湿而又喧嚣的暮色。冰雹在她脚下吱吱作响。雷霆在天空中肆虐。

“它们扎得慌，不是吗？”她说。

它们回响。

比尔·门抓住一束被风吹过来的谷物，将它和其他的谷物堆放在一起。弗莉沃斯小姐迅速从他身边经过，腰被一担玉米压得弯弯的。[1]在暴风雨的利齿之下，两人一步一个脚印地反复穿越农田，赶在风暴和冰雹盗走所有的谷物之前把它们全都堆放在一起。闪电划过整个天空，这

1　身材瘦小的老太太搬动重物的能力堪称现象级。研究表明，一只蚂蚁可以抬起重量达到其本身体重一百倍的重物，但是对于一个普通的八十岁小个子西班牙农民老妇来说，没有证据表明她们抬起重物的重量有任何限制。

不是一场普通的风暴，这是战争。

“马上就要下起大雨了！”弗莉沃斯小姐的喊声压过了风声和雷声，“我们没法把它们运到下面的谷仓里！去找一块防水油布什么的！先顶过今晚！”

比尔·门点点头，立即奔跑着穿过沉闷的黑暗，跑向农场房屋。雷电击中了田地附近许多次，以至于空气本身都在吱吱作响。一道电光在树篱的顶端跳着舞。

而且死神就在那里。

他看到它的身影隐约出现在前方，一个蹲着的骨头架子，似乎随时都可能弹起来；它的长袍在风中飘飞于身后，发出啪啦啪啦的声音。

紧张感攫住了他，让他在想要拔腿逃跑的同时却又定在原地。它侵入他的脑海，冻结所有的思维，只除了内心最深处的一个渺小的声音。这个声音相当冷静地说道：**所以，这种感觉就是恐惧。**

然后，随着电光消失，死神不见了。当一道新的电弧打在旁边的另一座小山上时，它又重新出现。

然后，他内心深处的那个声音补充道：**但为什么它不动呢？**

比尔·门微微前进了几英寸。那个弯腰驼背的东西没有任何反应。

这时他突然意识到，树篱另一边的那个东西，如果从某个角度来看的话，它确实是某种穿着长袍的肋骨、股骨和椎骨的组合，但是如果从稍微不同的另一个角度来看，它其实也可以是一种机械臂、往复式杠杆以及覆盖在其上、正在被风吹开的防水油布的复杂组合。

联合收割机正蹲坐在他面前。

比尔·门露出一个可怖的微笑。不属于比尔·门的想法在他脑海中升起。他向前走去。

手推车之墙包围了巫师们。

某根法杖的最后一次闪光在墙上熔出一个洞，但这个洞迅速被更多的手推车所填补。

瑞克雷转向他的巫师同僚。他们的脸涨成红色，他们的袍子破烂不堪，几次热心过头的射击导致了一部分的胡子和帽子被烧坏。

“难道没有人还有法术了吗？”他说。

大家疯狂地思索着。

“我想我还记得一个法术。”庶务长犹犹豫豫地说。

“那就干吧，伙计。这会儿什么东西都值得一试。”

庶务长伸出一只手。他闭上眼睛，轻声念出几个音节。一道第八色的光芒闪过，然后——

“哦，”校长说，“就这样吗？”

“‘厄里尼亚斯的惊奇花束’，”庶务长说，他的眼睛很亮，手抽搐着，“我不知道为什么，但我一直都可以放出这个法术。只是个小窍门，我想。”

瑞克雷注视着庶务长手里抓着的巨大花束。

“但是，我不得不指出，在眼下的情况下可以说是毫无用处。”他补充道。

庶务长看了看正在接近的手推车之墙，脸上的笑容消失了。

“我想是这样。”他说。

“还有其他人有什么办法吗？”瑞克雷说。

没有人回答。

“不过，还真是些不错的玫瑰。”院长说。

“很快。”当比尔·门拉着一张防水油布返回谷物堆旁边时，弗莉沃斯小姐说。

是的，不是吗？他心不在焉地咕哝道，同时，弗莉沃斯小姐则帮助他将防水油布覆盖在谷物堆上，并用石头把防水油布压住。风抓住了它，并试图把它从他手中带走；它可以去尝试一下吹走一座山，结果肯定是一样。

雨滴横扫田野，在一片薄雾中，蓝色的电光闪烁。

“从没有见过这样的一个夜晚。”弗莉沃斯小姐说。

又一道霹雳响起。片状的闪电在地平线周围飘动。

弗莉沃斯小姐紧紧抓住比尔·门的胳膊。

“山上是不是有……一个人影？”她说，“我想我看到了……什么东西。”

不，那只是一种机械设备。

又一道闪光。

“机械设备也会骑马吗？”弗莉沃斯小姐说。

第三道电光撕裂了夜空。这一次，再没有任何疑问了。最接近的小山顶上有一个骑着马的人影。它戴着兜帽。手中举着一把镰刀，那自豪的模样仿佛它拿的是一支骑枪。

故作姿态。比尔·门转向弗莉沃斯小姐，**故作姿态。我从来没做过这样的事。为什么要这么做？这种事情有什么作用？**

他展开手掌。那个金色计时器出现了。

“我们还有多少时间？”

可能一小时。也可能几分钟。

“那就快一点！”

比尔·门待在原地，注视着那个计时器。

“我说，快一点！”

没有用的。我曾经以为会有用，肯定是错的。肯定不会有用。有些东西是你无法逃避的。你不能永远活下去。

“为什么不能？”

比尔·门看起来很吃惊。**你是什么意思？**

“为什么你不能永远活下去？”

我不知道。宇宙的智慧？

“宇宙的智慧知道什么？现在，你要赶快过来吗？”

山顶上的那个身影没有移动。

雨水将尘土变成了一片泥泞。他们沿着斜坡滑下，匆匆穿过院子进入农场房屋。

我应该再多做些准备的。我制订了计划——

“但是收获在那里。”

是的。

“我们能不能用什么东西堵住门之类的？”

你知道你在说什么吗？

“好，那赶快想办法！难道没有任何东西曾经对你有作用吗？”

没有。比尔·门带着一点小小的自豪说。

弗莉沃斯小姐从窗口向外窥视，然后戏剧性地飞快转身靠在窗边的墙上。

“他不见了！”

是“它”，比尔·门说，它现在还不是“他”。

“它不见了。它可能在任何地方。”

它可以穿过墙壁。

她向前一个箭步，然后怒视着他。

好吧，带上那孩子。我想我们应该离开这里。他突然想到了什么，变得有点乐观起来，**我们确实还有些时间。现在几点了？**

“我不知道。你把时钟给停下来了。”

但现在还没有到午夜，对吗？

“我想现在最多也就十一点一刻。”

那么我们就还有四分之三个小时的时间。

“你怎么能确定？”

因为戏剧性，弗莉沃斯小姐。假设有一个死神会在山顶上故作姿态，让闪电在天空中映出他的轮廓，比尔·门用不赞同的语气说，**那么只要他能在午夜出现，他就绝不会在十一点二十五分出现。**

她点点头，脸色苍白地走到楼上。一两分钟之后，她回来了，带着包在一张毯子里的莎儿。

“还是睡得很熟。”她说。

那不是在睡。

雨已经停了，但是狂风仍旧在山丘周围狂奔。吱吱作响的空气仍然充满了热量。

比尔·门率先走过鸡棚旁边，在那里，西里尔和他衰老的配偶们蹲伏在黑暗里，试着共同占据仅有几英寸的空间。

农场房屋的烟囱周围，有一道浅绿色的闪光在盘旋。

“我们管那个叫卡蕾老妈的炉火，”弗莉沃斯小姐说，“那是一个预兆。”

是什么的预兆？

“什么？哦，别问我。我想那就只是个预兆。基本的预兆性。我们要去哪儿？”

到镇上去。

“离你的镰刀近一点？”

是的。

他进了谷仓。过了一小会儿之后，他牵着备好了鞍和马具的冰冰出来了。他骑上马，然后弯下身子，把她和睡着的孩子一起拉上来坐到他的前面。

如果我错了，他补充说，**这匹马会带你到你想去的任何地方。**

“我哪儿也不想去，除了回家！”

任何地方。

当他们转进通往小镇的路时，冰冰小跑起来。风将树上的叶子吹落，而那些树则不断地落到他们身后。闪电仍然不时嘶叫着穿过天空。

弗莉沃斯小姐注视着农场后面的山丘。

“比尔——”

我知道。

“——它又在那里了——”

我知道。

“为什么它不来追我们？”

直到沙子流完之前，我们都是安全的。

“而到了沙子流完的时候，你就会死？”

不。沙子流完的时候就是我应该要死的时候。那时我就会在生命和死后生命之间的那个空间。

“比尔，它看起来好像骑着一匹……我觉得那是一匹马，只是非常瘦，但是……”

是骷髅战马。看起来威风但不实用。我以前有一匹，后来它的头掉了。

“我想那有点像是在鞭打死马。”

哈。哈。真好笑，弗莉沃斯小姐。

“我想在这种时候，你应该可以不用再叫我‘弗莉沃斯小姐’了。”弗莉沃斯小姐说。

蕾娜塔?

她看起来有点吃惊。“你怎么会知道我的名字？哦。你肯定是看到它写在什么地方，对吗？”

是刻下来的。

"在某个计时器上面？"

是的。

"里面有不停地流淌的时间？"

是的。

"每个人都有一个？"

是的。

"所以你知道我还有多长——"

是的。

"那感觉一定很奇怪，知道……你知道的那种事……"

别问。

"那不公平。如果我们知道我们什么时候会死，人们就能活得更好。"

如果人们知道他们什么时候会死，我想他们可能根本就不愿意活。

"哦，真是精辟。关于这个你知道些什么，比尔·门？"

一切。

冰冰小跑着穿过小镇上少数几条街道中小得可怜的一条，来到了铺满鹅卵石的广场上。周围一个人也没有。在像安卡-摩波这样的城市，午夜只不过是稍晚的傍晚，因为这座城市并没有夜间，只是从傍晚直接过渡到黎明。但是在这里，人们通过日落和发音错误的公鸡来调节生活。午夜这个词和它字面的意思一样。

尽管风暴仍然在山丘之间潜伏，广场本身却十分安静。钟楼中的那座大钟发出嘀嗒嘀嗒的响声，这声音在白天几乎是听不到的，但现在它却仿佛是在建筑之间回响。

当他们接近时，大钟由齿轮组成的内部有什么东西转动起来。分针发出隆隆的声音前进了一小格，然后在数字9处颤抖着停了下来。钟面上的一个翻板门打开了，两个机械小人自负地走出来，看起来十分用力地敲打着一个铃铛。

丁——丁——零。

小人们排成队，摇摇摆摆地走进钟的内部。

“我还是个小女孩的时候它们就在这儿了。是西姆内尔先生的曾曾曾曾祖父做的，”弗莉沃斯小姐说，“我总是在想它们没在敲铃铛的时候到底在做什么。我曾以为它们在那里面有一座小房子什么的。”

我不这么认为。它们只是一种物件。它们不是活的。

“嗯哼。好吧，它们在这里已经有好几百年了。也许生命是一种你能够获得的东西？”

是的。

他们在沉默中等待着，只有当分针移动时，才会有“砰”的一声。

“有你在这里真好，比尔·门。”

他没有回答。

“帮助我收获，还有所有事情。”

那很……有趣。

“耽误你的时间是我的错，那只是一大堆玉米而已。”

不。收获很重要。

比尔·门张开他的手掌。金色计时器又出现了。

“我还是搞不懂你怎么能做到这件事。”

这并不难。

沙子流动的声音慢慢充满了广场。

“你有什么遗言吗？”

有。我不想死。

“好吧。不管怎么说，还挺简洁的。”

比尔·门惊奇地发现她正试着握住他的手。

在他上方，午夜的双手握在了一起。大钟里传出一阵搅动的声音。翻板门打开，两个机械小人走了出来。他们在代表小时的铃铛两边分别停了下来，互相鞠了个躬，然后举起它们手中的锤子。

咚。

就在此时，一匹马奔跑的声音传了过来。

弗莉沃斯小姐发现自己的视野边缘充满了紫色和蓝色的斑点，就像注视闪光之后的余像。如果她迅速转过头，从她眼睛的余光朝外看，她会看到镀成灰色的小东西在墙边飞舞。

收入调查员，她想道。他们来确保一切按照计划发生。

“比尔？”她说。

他的手握住了那个金色计时器。

现在它要开始了。

马蹄声愈加响亮，并且在他们身后的建筑之间回响。

记住：你没有危险。

比尔·门向后退入昏暗里。

然后他又暂时出现。

有可能是这样。他补充道，然后再次退回黑暗中。

弗莉沃斯坐在钟楼前的台阶上，横抱着那个女孩，让她躺在她的双膝上。

“比尔？”她试探着说。

一个骑着马的身影走进了广场之中。当那匹马向前迈进的时候，它浑身的骨骼上冒出蓝色的火焰；弗莉沃斯小姐发现自己正在思索一个问题：这究竟是某种神秘的力量让一匹真马的骨架活动起来，还是它本身就是一种纯粹是骨头架子的生物。当然，此时去思考这个问题已经足够荒谬了，但总比细思那个向她走来的幽灵般的身影好些。

它的骨头是用力擦洗过，还是只是抛了个光？

骷髅马背上的人影跳了下来。它比比尔·门高得多，但是纯粹黑暗的长袍遮住了所有的细节。他手上拿的武器，准确地说，并不能称为镰刀，但镰刀一定是它的其中一位祖先，正如同即使是最为精巧的手术器具也一定会在过去的某个时间段有一个把柄一样。它与任何一种曾经接触过禾秆的农具都有着极大的差别。

那个身影把镰刀扛在肩膀上，走向弗莉沃斯小姐，然后停了下来。

他在哪里？

“不知道你在说谁，”弗莉沃斯小姐说，“而且如果我是你的话，小伙子，我会把我的马好好喂一喂。”

那个身影好像很难理解这句话的含义，但最终，它似乎得出了一个结论。它解下它的镰刀，俯视着那个孩子。

我会找到他，它说，但首先——

它僵住了。

它身后有一个声音说：

把镰刀放在地上，慢慢转过身。

城市里的某种东西，温德尔想道。城市里到处都是人，但它们也同样充满了贸易、商店、宗教以及……

这太蠢了，他告诉自己。它们只是东西。它们不是活的。

也许生命正是某种你能够获得的东西。

寄生虫和捕食者，但不是危害动物和蔬菜的那一种。它们是一种更大、更缓慢的象征性的生命形式，依靠城市而生存。但是它们在城市中孵化，就像那些，什么东西来着？那些黏糊糊的像黄蜂一样的东西。他现在还记得——正如他记得所有其他事情一样——他在做学生时读到一本书，书上说有些生物会在其他动物的身体里面产卵。在那之后他好几个月都拒绝食用煎蛋卷和鱼子酱，以防万一。

而它们的卵……从某种角度来看会很像那座城市，如此一来，市民就会把它们带回家里。就像杜鹃的卵。

我想知道过去有多少城市死去了？被寄生虫环绕，就像被海星包围的珊瑚礁。它们就这样变得空空荡荡，失去了它们原有的灵魂。

他站了起来。

“其他人都去了哪里，图书管理员？”

“对——头，对——头。”

“和他们一样，以前的我也一定会那么做的。什么都不思考就冲出去。希望诸神能帮助他们，如果诸神能从他们无止境的家族纷争中挤出时间的话。”

然后他想道：好吧，现在怎么办？我已经思考过了，我该去做什么呢?

当然是冲出去。但是要慢慢地冲出去。

手推车堆成的小山的中心部位已经无法看到了。有什么事情正在发生。一种淡蓝色的光笼罩在扭曲金属构成的巨大金字塔上，而在小山的深处偶尔会发出闪电的光。手推车们接连不断地撞上去，正如陨石击打在新生行星的地核周围，但是少数的到访者做出了另外的选择。它们进入了这个构筑物之中开出的隧道，然后消失在闪光的核心之中。

随后，在山丘的顶部发生了某种运动，一个东西冲开破损的金属直升上顶端。那是一支闪闪发光的尖刺，其上支撑着一个直径大约两米的球体。有一两分钟时间，没有什么特别的变化，而当风把那个球体吹干的时候，它裂开并且破碎了。

白色的物体从其中散落出来，被风吹到安卡-摩波的各个角落，送到注视着这一切的人群面前。

其中一个打着旋儿从屋顶上飘过来，落到正蹲伏在图书馆门外的温德尔·胡桐脚下。

它仍然是潮湿的，并且上面有一些字迹。至少是一些尝试写字的痕迹。它看起来与雪片小球上面铭刻的奇怪字迹很相似——是一些一看就知道对文字根本不熟悉的人写出来的字。

促销！促销！！促销！！！

明天开始！！！

温德尔来到学校的大门口。人们正蜂拥着经过这里。

温德尔了解这些市民。他们会去围观任何事情。凡是有着多于一个的感叹号的事情都会让他们如饥似渴地开始吸吮。

他感觉到有人在看他，于是转过身。一条巷子里有一辆手推车正在注视着他；它向后退去并且嗖的一下离开了。

“发生了什么事，胡桐先生？”柳德米拉说。

路人的表情有些不太真实。那是一种无法预料的期待。

你不需要是一个巫师也能知道有什么事情不对劲。而温德尔的感官像是一台发电机一样发出哀鸣。

鲁潘跳向一张飘浮着的纸片，把它带到他的面前。

惊人的折扣！！！！！

温德尔哀伤地摇着头。五个感叹号，显然是疯狂的表现。

然后，他听到了那种音乐。

鲁潘一屁股坐在地上开始嚎叫。

在蛋糕夫人住宅下面的地窖里，吓人怪施莱佩尔在追逐他的第三只老鼠的途中停了下来，仔细聆听着。

然后他吃完他的餐点，拿起了他的那扇门。

阿瑟·温金思，诺法罗特伯爵，正在他的墓室里头忙活着。

从他个人来说，他并不需要一间墓室就可以过他的生活，或是复活后的生活，或是作为亡灵生物的生活，或是随便什么东西。但是你必须得有一间墓室。多琳对于墓室这个问题的意见非常明确。这会让整个地方有“割调”，她是这么说的。你必须得有一间墓室和一座藏宝库，要不然吸血鬼社会的其他成员会从牙缝里看你的。

在你刚开始做吸血鬼的时候，他们从来没告诉过你这种事情。他们从来没有告诉过你，你可以从巨怪查乐里的建筑材料批发店购买便宜的木材用于建造你的墓室。阿瑟突然意识到大多数吸血鬼用不着亲自做这种事。至少“正常”的吸血鬼不会。比如说，现实中的扎古拉脖爵。当然，像他那样的有钱人肯定会有人替他做事。当村民们赶来打算烧掉他的房子时，你绝不会发现伯爵本人出现在城墙上拉起吊桥。哦，当然不会。他只会说，“伊戈”——随便取个名字——“伊戈，去解决这个份[1]题，快点。”

哼。好吧，他们几个月前在基布尔先生的工作介绍所里发了一条广告。免费住宿、一日三餐，必要时还可以提供驼峰。几个月下来连个打听的人都没有。人们还总说现在工作岗位不足。真让人忍不住要发火。

他捡起另外一块木头开始测量，当他展开折尺时，不禁皱起了眉头。

阿瑟的背部因为挖掘护城河而十分疼痛。这是另外一件有钱的吸血鬼不必担心的事。随着护城河而来的自然就是工作，这种事情历来如此。而且他们的护城河必须绕着他家院子挖上一整圈，因为其他的吸血鬼门前不会正对着大街，左邻不会是不停抱怨的老皮维夫人，也不会有

---

1 原文故意的错误拼写，模仿伊戈的口音。——编者注

一个多琳从不与其交谈的巨怪家庭作为右舍，所以对于他来说，仅仅在院子后面挖一道护城河是行不通的。阿瑟总是会掉到河沟里去。

接下来就是咬年轻女人脖子的问题了。或者说其实没有这么个问题。阿瑟总是准备好了听取其他人的观点，但在他看来，不论多琳怎么说，年轻女人在吸血鬼的生活中充当着重要的角色。她们穿着半透明的浴袍。阿瑟不太确定什么叫“半透明的浴袍”，但他在书中读到过，而且他十分确定自己乐意在死前——或者无论什么时候——看到这么一件。

还有，其他的吸血鬼不会发现他们的妻子突然用“v”来代替“w”。因为天生的吸血鬼本来就是那么说话的。

阿瑟叹了口气。

他本来只是个搞果蔬批发的下层中产阶级，突然得到了这么高尚的社会地位——这根本不算是什么生活，或是半生活，或是死后的生活，或是随便什么。

就在此时，音乐声从他为了安装铁窗而在墙上打的洞里传了进来。

“哎哟，”他说，紧紧抓住自己的下巴，“多琳？”

瑞格·舒敲打着他的便携式讲台。

“——而且，让我看看，我们不能这样仰面躺着，任由青草从我们的头顶上长出来，”他吼道，“所以，你们对于争取与生者平等权利的七点计划是什么，让我听听你们的呼喊。”

风吹过墓地里的干草。显然目前唯一对瑞格有所关注的生物是一只独居的乌鸦。

瑞格·舒耸耸肩，降低了音量。“你们最起码应该表现出一点点努力，”他对整个死后的世界说道，“我手指上的骨头都磨露出来了”——他挥了挥手用以证明他的话——“而我听到过哪怕一句感谢吗？”

他停顿了一下，以防万一。

那只乌鸦——它是一只特别肥大的乌鸦，就像在大学的屋顶上筑巢的那一种——将头偏向一边，饶有兴味地看着瑞格·舒。

“你知道，”瑞格说，“有些时候我真的想过要放弃——”

乌鸦清了清喉咙。

瑞格·舒飞快地转过身。

“你说一个字，”他说，“我只需要一个字……”

就在此时，他也听到了那种音乐。

柳德米拉冒着危险把手从耳朵上移开。

“这太恐怖了！这是什么东西，胡桐先生？”

温德尔试图用他帽子的残骸盖住耳朵。

“不知道，”他说，“可能是音乐。如果你从来没听过音乐的话。”

这些根本就不是音符。它们可能本来希望自己是音符，但实际上只是捆绑在一起的噪音，就像一个人想要画一张他根本没有去过的地方的地图。

哼拟噗。茵拟噗。哼喂哟嗨噗。

“这是从城外传来的，”柳德米拉说，“就是人们正在……去往……的地方。他们不会喜欢这个吧？”

“我想不出来他们为什么会喜欢。”温德尔说。

“我觉得这有点……你还记得去年的鼠患吧？那个人说他会用长笛演奏一种只有老鼠能听到的音乐？”

“是的，但那其实不是真的，那是一个骗局，是‘奇迹的莫里斯先生和他的智慧啮齿动物’诈骗团伙——”

“但假如那有可能是真的呢？”

温德尔摇摇头。

“用音乐来吸引人类？你想说的就是这个吗？但那不可能是真的。它没有在吸引我们。我可以向你保证事实恰巧相反。”

“是的，但你不是人类……不完全是，”柳德米拉说，“而且——”她停了下来，脸涨红了。

温德尔拍了拍她的肩膀。

“说得对。说得对。”这会儿他只能想到这句话。

“你知道的，难道不是吗？”她低着头说道。

“是的。而且我不觉得这有什么值得羞愧的，如果这么说能有所帮助的话。”

“母亲说要是被别人发现了就会发生很可怕的事！”

“那可能得看是被谁发现。”温德尔说，同时瞥了鲁潘一眼。

“为什么你的狗这样盯着我看？”柳德米拉说。

“因为他非常聪明。”温德尔说。

温德尔摸索着自己的口袋，掏出两把泥土，在泥土下面找到了自己的日记本。还有二十天才到满月。尽管如此，那也是一件十分值得期待的事。

小山中的金属残骸开始崩塌。手推车们在它周围转着圈，一大群安卡-摩波的市民围成一个巨大的环，试图向内窥视。不像音乐的音乐声充满了空气。

“那是迪布勒先生。”柳德米拉说。他们正在从丝毫不懂得抗拒的人群之间穿过。

“他现在在卖什么？”

“我不认为他正尝试着要卖出任何东西，胡桐先生。”

“情况有那么糟吗？看来我们遇到大麻烦了。”

小山的一个洞口中散发出蓝光。损坏的手推车零件在地上闪出光芒，就像金属的叶子。

温德尔僵硬地弯下腰，从地上捡起一顶尖顶帽。它现在显得十分破旧，而且曾经被大量的手推车碾压过，但仍然看得出来这是一个应该戴在某人脑袋上面的东西。

“这里有巫师。”他说。

银色的光从金属中闪耀出来。它像一团油污一样移动。温德尔伸出手，一簇肥大的火花跳了出来，落在他的手指上休息。

“嗯哼，”他说，“还有着巨大的潜力——”

这时他听到了吸血鬼们的呼唤声。

“诶！胡桐先生！”

他转过身。诺法罗特伯爵和夫人正朝他扑过来。

“我们——我时说，我们本来可以早一点到的，但是——”

“——我找不到这个该死的领扣了。”阿瑟咕哝道。他看起来又热又慌张。他戴着一顶折叠式大礼帽，这顶帽子在折叠这方面干得挺不错，但在帽子这方面却遗憾地有所欠缺，因此阿瑟看起来像是头顶着一架六角风琴在看世界。

“哦，你们好。”温德尔说。温金思一家对于吸血鬼风俗的准确性着迷得令人害怕。

“这费连清的侣士又是谁？”多琳朝着柳德米拉露出热情的微笑。

“抱歉？”温德尔说。

“森么？”

“多琳——我是说，伯爵夫人是在问她是谁。”阿瑟疲倦地解释道。

“我知道我在说什么。”多琳怒斥道，用的是安卡–摩波土生土长的正常腔调，而不是某种模仿塞维安要塞的口音，“说实话，要是由着你的性子来，咱们可就变得什么规矩都没有了——”

“我叫柳德米拉。”柳德米拉说。

“多么魅力四射啊，”诺法罗特伯爵夫人优雅地伸出一只手，如果这只手不是粗壮而又红扑扑的，或许还真称得上纤细苍白，“能见到新人肿是让人开心。如果你闲逛时突然想来一块狗饼干的话，我们家的大门永远对你敞开。”

柳德米拉转向温德尔·胡桐。

“我的脑门上没写着字吧？”她说。

“这些是属于一种特殊种类的人。”温德尔柔和地说。

“我想也是这么回事，”柳德米拉平淡地说，“我从来不知道有什么人会一直穿着一件夜礼服斗篷。”

“你必须得穿夜礼服斗篷，”阿瑟伯爵说，“是因为翅膀。你瞧，像这样——”

他戏剧性地张开斗篷。只听得嘭啪一声，一只小而肥胖的蝙蝠便悬挂在空中。它朝下看了一眼，发出愤怒的吱吱叫声，然后一头扎进了土地里。多琳拎着它的脚把它提了起来，拍掉它身上的泥土。

“我最反对的就是每天夜里都得开着窗睡觉，”她似有所指地说，“我想让他们别再放那音乐了！我的头开始疼了。”

又是嘭啪一声。阿瑟重新出现，这一次是头先着地。

“是下落距离的原因，”多琳说，“这就像是助跑。如果他没有至少一层楼的下落距离，他就没法达到适当的空速。”

“我没法达到适当的空速。”阿瑟挣扎着爬起来并且说道。

“抱歉，”温德尔说，“这个音乐难道对你们没有影响吗？”

“它让我的牙齿疼得厉害，”阿瑟说，“这对于一个吸血鬼来说肯定不是好事，你们可能已经知道了。”

“胡桐先生说这音乐对人们产生了一些作用。”柳德米拉说。

“让所有人都开始牙疼？”阿瑟说。

温德尔看着人群。似乎没有人对新开始俱乐部的成员们有任何关注。

“他们看起来像是在等待着什么，”多琳说，“我是说，等待着森么。”

“这太吓人了。”柳德米拉说。

“吓人没什么不对的，”多琳说，“我们就很吓人。”

“胡桐先生想要到小山的里面去看看。”柳德米拉说。

“好主意。让他们把那该死的音乐关掉。”阿瑟说。

“但你们可能会被杀死的！”柳德米拉说。

温德尔将双手握在一起并且开始搓着手，仿佛在思考什么。

“啊，”他说，“那正是我们在这个游戏中领先的原因。”

他迈步走入光芒之中。

他从未见过如此明亮的光。这光似乎从每一处散发出来，追捕每一道阴影并且无情地将其消灭。它比白昼更明亮，但尽管如此，它却一点也不像白昼——倒像是一把蓝色的刀刃将视野切开。

“你还好吗，伯爵？”他说。

“很好，很好。”阿瑟说。

鲁潘发出吼叫。

柳德米拉拽了一下一团纠缠在一起的金属。

“这下面有一些东西。它看起来像是……大理石。橘色的大理石。”她用手抚摸着它，“但摸起来温温的。大理石不应该有温度，难道不是吗？”

“这不可能是大理石。整个世界……时界都不可能有这么多大理石，”多琳说，“我们想要购买大理石建造藏宝库，”她仔细体会了一下这个词儿的读法，然后点了点头，“藏宝库，是的。那些矮人全都应该枪毙，竟然收那么多钱。简直是耻辱。”

“我不认为这里是矮人建造的。”温德尔说。他笨拙地跪下来检查地面。

“我也不这么认为。那些矮小的懒鬼，他们要收差不多七十块来建造我们的藏宝库。难道不是吗，阿瑟？”

“差不多七十块。”阿瑟说。

“我不认为这里是任何人建造的。”温德尔低声说。缝隙。这里应该有缝隙，他想道。当一块石板与另一块石板相接触的时候总会有一个接缝处。它不应该是一个整体。而且还有点黏糊糊的。

“所以阿瑟自己把它建了起来。”

“我自己把它建了起来。”

啊。这里有一个接缝处。好吧，不完全是。这一部分的大理石变成了透明的，像一扇窗子，透过它可以看到另一个非常亮堂的区域。那里面有些东西，看起来模糊不清，好像融化了一样，但是没有办法靠近它们去看看。

当他趴在地板上往前爬的时候，温金思一家的闲聊从他身旁飘过。

“——更像是个小型藏宝库。但他还建了一座地牢，尽管你必须得走到外面的走廊上才能把门给关好——”

上流阶层意味着各种各样的东西，温德尔想道。对于有些人来说，成为一个吸血鬼并不算是其中的一种。对于另外一些人来说，上流阶层就是墙上用泥灰雕刻出来的一整套蝙蝠雕像。

他用手指抚过那块透明的物质。这里的所有东西全都是长方形的。有一些呈直角的墙角，而走廊的两边都是那种透明的板块。而且那种不是音乐的音乐一直都在播放。

这不可能是活的，可能吗？生物一般会更……圆润。

“鲁潘，你怎么看？”他说。

鲁潘叫了几声。

“嗯。不太有启发。”

柳德米拉跪了下来，把手放在温德尔的肩膀上。

“你说的是什么意思，这里不是任何人建造的？”她说。

温德尔挠了挠头。

“我不太确定……但我认为也许它是……分泌出来的。”

“分泌出来的？从哪里分泌出来的？谁分泌出来的？”

他们抬起头来。一辆手推车从一条侧向的走廊中旋转着走出来，滑向通道的对面，消失在另一条侧向的走廊中。

“它们？”柳德米拉说。

“我觉得不是它们。我想它们更像是仆人，像是蚂蚁，又或者蜂巢中的蜜蜂。可能。”

“那蜂蜜是什么？”

“不确定。但它还没有成熟。我认为这还没有完全完成。大家都不要碰任何东西。”

他们继续朝前走。通道的尽头是一处开阔、明亮的区域，并且有一个穹顶。有一些楼梯通往上方或下方的楼层，区域的中央有一道喷泉，摆放着一些盆栽植物，它们看起来健康到不像是真的。

“这很漂亮，不是吗？”多琳说。

“你一直都在想这里应该有人，”柳德米拉说，“很多的人。”

“至少应该有些巫师，”温德尔·胡桐喃喃道，“半打巫师不该就这么消失了。”

他们五个靠得更近了。他们刚刚走过的那条通道，宽度足够供两头大象并排行走。

“你们是否认为回头出去可能是一个好主意？”多琳说。

“那会对我们有什么好处？”温德尔说。

“呃，那会让我们离开这里。”

温德尔转了一圈，心中默数着。五条通道等距离地通向这个有穹顶的区域。

“而且可以预期，上面和下面的楼层也都是一样的。”他把自己的想法说了出来。

“这里很干净，”多琳紧张地说，“这里是不是很干净，阿瑟？”

“是很干净。”

“那是什么声音？”柳德米拉说。

“哪有声音？”

“就是那个声音。像是有人在吸吮着什么。”

阿瑟怀着相当的兴趣扫视着周围。

“不是我。”

“是那些楼梯。”温德尔说。

“别傻了，胡桐先生。楼梯才不会吸吮。”

温德尔低下头。

“这些楼梯就会。”

它们是黑色的，像一条倾斜的河流。当黑色的物质从地板下面冒出时，它将自己弯成一个角度，变成类似台阶的东西，这些台阶沿着斜坡上升，直到它们在某个较高的地方再次消失在地板底下。当台阶出现时，它们会产生一种缓慢的、有节奏的沙沙噪声，就像有人在清理龋齿中一个特别恼人的空腔。

“你们知道吗，”柳德米拉说，“这可能是我见过的最让人不快的东西了。”

“我见过更糟糕的，”温德尔说，“但这已经够糟了。我们应该上楼还是下楼？”

“你想站在这种东西上面？”

“不想。但是巫师们不在这一层，所以要么他们走了楼梯，要么就是沿着楼梯扶手滑下去了。你们有没有仔细看过那个扶手？”

他们看着那个扶手。

“我想，”多琳紧张地说，“还是下楼更适合我们。”

他们在沉默中走了下去。阿瑟在活动台阶被吸入地板的那个地方摔了一跤。

“我有一种可怕的感觉，它好像想把我拽到下面去。”他用惭愧的语气说，然后开始环视周围。

“这里很大，”他得出结论，“很宽敞。我想我可以用一些石头效果的壁纸在这里创造奇迹。”

柳德米拉随意走到最近的一堵墙壁前面。

“你知道，”她说，“这里的玻璃比我以前见过的都要多，但这些清晰的部分看起来有点像商店。是不是有点那个意思？一个满是商店的大商店？”

“而且还没有成熟。”温德尔说。

“抱歉？”

“只是把想法说出来。你能看到那些商品是什么吗？”

柳德米拉遮住眼睛。

“看起来像是很多的颜色还有闪光。”

“如果你看到一个巫师，告诉我。”

有人发出一声尖叫。

“或者听到，像现在这样。”温德尔补充道。鲁潘沿着一条通道上蹿下跳地跑过去。温德尔迅速跟上他。

某人正仰面躺着，极力试图与两辆手推车搏斗。这些手推车比温德尔以前见到的更大，而且有金色的光泽。

“嘿！”他喊道。

手推车们不再试图撕碎地上的人，而是一个三点式转身朝向了他。

“哦。”当它们加速冲过来时，他说。

第一辆手推车躲过了鲁潘的撕咬，全速撞击温德尔的膝盖，把他撞翻在地。当第二辆手推车从他身上一跃而过时，他狂野地向上伸出一只手，随便抓向一截金属，然后用力一推。一个轮子飞了出去，那辆手推车则一个侧翻撞在了墙上。

他匆忙爬了起来，刚巧看到阿瑟被野蛮地挂在另一辆手推车的把手上，他们两个正互相飞快地绕着圈，就像在跳一曲疯狂的华尔兹。

“放手！放手！”多琳尖叫道。

“我做不到！我做不到！”

“好吧，那就做些什么！”

空气涌向阿瑟占据的地方，发出“噗”的一声。手推车突然发现自己正在拉扯着的不再是一个身躯沉重的中年蔬果批发商，而只是一只吓坏了的小蝙蝠。它像一支火箭一样撞到了一根大理石柱子上面又弹开了，四脚朝天，轮子疯狂旋转。

“轮子！”柳德米拉喊道，“把它的轮子揪下来！”

“这个我来干，”温德尔说，“你去帮助瑞格。”

“那边那个是瑞格吗？”多琳说。

温德尔伸出他的拇指，指向远处的一堵墙壁。上面的字迹“迟到总比不到女”后面拖出了一道长长的、绝望的油漆痕迹。

“给他一堵墙和一桶油漆，他就不知道自己在哪儿了。”多琳说。

“他只能二选一，”温德尔说着，把手推车的轮子扔到另一边，“鲁潘，注意警戒，可能还有更多的会来。”

那些轮子都很锋利，就像冰刀。他很显然地感觉到腿部受到了严重的打击。现在，恢复的过程是如何进行的呢？

瑞格·舒在人们的帮助之下坐了起来。

“发生了什么事？”他说，“没人想要进来，所以我就走到这下面打算看看那音乐是从哪儿传来的，接下来我就看到了这些轮子——”

阿瑟伯爵又变回了人形，颇为骄傲地四处张望，但当他意识到没有人在注意他的时候，立刻就变得垂头丧气。

“它们看起来比其他的那些要厉害得多，”柳德米拉说，“更大、更暴躁，浑身的棱角都很锋利。”

“士兵，”温德尔说，“我们已经见过工人了。现在是士兵。就和蚂蚁一样。”

“我小的时候曾经有一个蚂蚁农场。”阿瑟说。他曾经重重地摔在地上，因此他现在还有点没法理解现实的情况。

“等一下，”柳德米拉说，“我了解蚂蚁。我们家后院里就有。如果你看到了工蚁和兵蚁，那么你就一定能发现一个——”

“我知道。我知道。”温德尔说。

“——提醒一下，他们叫它蚂蚁农场，但我可从没见它们做过农活儿——”

柳德米拉靠在一堵墙上。

“它一定就在附近。”她说。

“我想是这样。”温德尔说。

“它会是什么样的，你觉得？”

“——你要做的就是，拿出两块玻璃以及一些蚂蚁——”

“我不知道。我怎么会知道呢？但是巫师们一定就在离它很近的地方。”

“我想不通你干吗要为他们担心，”多琳说，“他们把你给活埋了，就因为你死了。”

温德尔听到轮子的声音，抬头望去。十几个士兵型手推车出现在转角处，并摆出一个阵形。

“他们以为那样做是最好的方法，”温德尔说，“人们经常会这么想。很多看起来是个好主意的事情最后都会有出人意料的结果。”

新的死神站直身子。

不然怎样？

啊。

呃。

比尔·门向后退了一步，转过身，开始逃跑。

正如他完全明确地知道的那样，这只不过是在推迟那无可逃避的一刻的到来。但生命不就是这么回事吗？

从来没有人在死后试图从他身边逃离。许多人在死前曾经尝试过，不少人的法子还相当富有创造性。但在突然被从一个世界拉到下一个世界的那一瞬间，一个灵体的通常反应是充满期待地逗留在原地。说到底，为什么要跑呢？这又不像是你知道该往哪儿跑。

比尔·门的灵体知道该往哪儿跑。

内德·西姆内尔的铁匠铺在夜间是锁着的，不过这并不能成为一个问题。处于非生又非死的灵体状态的比尔·门轻易地穿过了墙壁。

熔炉里的火光静静地放射出来，几乎暗淡得看不见了。铁匠铺里充斥着温暖而又黑暗的空气。

但它里面并没有一把灵体的镰刀。

比尔·门绝望地四处张望着。

吱吱？

一个穿着黑袍子的小小身影正坐在他头上的一根横梁上。它狂乱地朝着一个角落打着手势。

他看到一根黑色的木柄从木柴堆后面伸出来。他试着用他那现在和阴影一样实在的手指抓起它。

他说过他会给我毁了它的！

鼠之死神同情地耸了耸肩。

新的死神穿过墙壁走了进来，双手拿着镰刀。

它走向比尔·门。

一阵沙沙声响起。灰袍子们涌进了铁匠铺。

新的死神停了下来，借助熔炉中的微光摆了个姿势。

它舞动镰刀。

它差点失去了平衡。

你不应该躲闪的！

比尔·门再次穿过墙壁，低着头大步奔跑着穿过广场，灵体的脚没在石子路上发出半点声音。他回到了钟楼底下那一小群人身边。

骑上马！快走！

“发生了什么？发生了什么！”

计划失败了！

弗莉沃斯小姐恐慌地看了他一眼，但还是把失去意识的孩子放在冰冰的背上并且坐到她后面。然后比尔·门在马的侧腹上拍了一巴掌。至少他还能碰得到它——冰冰存在于所有的世界。

快走！

他没有回头去看，而是直接沿着通往农场的那条路开始冲刺。

一把武器！

一种他能够拿在手里的东西！

死亡的世界里唯一的武器现在在新的死神手中。

在比尔·门奔跑的同时，他听到一个虽然微弱但调子很高的嘀嗒声。他低头看去。鼠之死神正与他保持着相同的速度。

它对他发出鼓励的吱吱叫声。

他穿过农场大门，猛地转身靠在墙上。

远方传来风暴的隆隆声。除此之外便万籁俱静。

他略微放松了一点，沿着墙壁小心翼翼地向着农场房屋的方向移动。

他瞥见了某个带有金属光泽的东西。当村民们把他送回这里时，他们就将它随手斜靠在墙边：那是他的镰刀。不是他曾经用心地准备过的那一把，而是他用来收割庄稼的那一把。它的刀刃只经历过磨刀石和植物茎秆的抚摩，但它有着他熟悉的形状。他尝试着抓起它。他的手穿过了它。

你跑得越远，就越接近。

新的死神不慌不忙地从阴影中走了出来。

你应该知道的。它补充道。

比尔·门站直身体。

我们会享受这个的。

享受?

新的死神向前迈步。比尔·门向后退却。

是的。消灭一个死神等同于收取数十亿的下等生命。

下等生命？这不是一场游戏!

新的死神犹豫了一下。什么是游戏?

比尔·门感觉到火花般微弱的希望。

我可以告诉你——

镰刀手柄的末端撞在他的下巴底下，将他推到墙上。他滑倒在墙边。

我们检测到一个花招。我们不听。收割人不会去听收获的想法。

比尔·门试着爬起来。

镰刀手柄再次击中了他。

我们不会犯同样的错误。

比尔·门抬起头。新的死神正拿着那个金色计时器，上半边已经空了。他们周围的景色开始变得发红，蒙上了从另一边看向真实世界时的那种虚幻的外观……

你没有时间了，比尔·门先生。

新的死神摘去它的兜帽。

那下面没有脸。那下面甚至没有一个骷髅。

无形的烟雾卷曲在长袍和一顶金色的皇冠之间。

比尔·门用手肘撑起自己的身体。

皇冠？他的声音因愤怒而颤抖，**我从来没有戴过皇冠！**

你从来都不想要统治。

死神将镰刀向后甩去。

就在此时，旧的死神和新的死神同时发现，事实上，时间流逝的嗞嗞声并没有停止。

新的死神犹豫了一下，然后拿出了那个金色计时器。

它把它摇了摇。

比尔·门注视着皇冠下面那张不存在的脸。那里显然有一种迷惑的表情，即便没有任何的实体能够表达出它；那个表情就那么自己挂在空中。

他看到皇冠转了半圈。

弗莉沃斯小姐站在那里，抬起双手，闭着眼睛。在她的两手之间，在她面前的空气里，一个计时器的轮廓淡淡地显现出来，那里面的时之沙像洪水一样流淌。

两个死神刚好能够辨认出来那镌刻在玻璃上、如同蛛网一样的字迹：蕾娜塔·弗莉沃斯。

新的死神那没有实体的表情显现出极度的困惑。它转向比尔·门。

为了你？

但是比尔·门已经站了起来，像是诸王的愤怒一样展开了身体。他咆哮着朝身后伸出手，活在借来的时间里，他的手握住了那把收割用的镰刀。

戴皇冠的死神看到那把镰刀劈下来，并且举起自己的武器抵挡，但这个世界上恐怕没有任何东西能够挡住那在空中咆哮着的磨损了的刀刃，愤怒和仇恨让它超过锋利的任何定义。它穿过了金属，速度一丝一毫都没有减缓。

没有皇冠，比尔·门直视着那团烟雾说，**没有皇冠。只有收获。**

长袍在他刀刃的周围折叠起来。一声稀薄的哀号在听觉的极限之上升起。一条黑色的柱子，就像闪电的反面那样，从地面上升了起来，消失在天空的云层之中。

死神等待了一会儿，然后小心翼翼地用脚戳了一下那件长袍。那顶皇冠，表面略微变形，从长袍里滚出了一段距离，随后蒸发在空气中。

哦，他不屑一顾地说，**戏剧感。**

他走向弗莉沃斯小姐，轻轻地把她的双手合了起来。

生命计时器的形象消失了。

随着坚实的现实回流，视野边缘的蓝紫色雾气消退了。

镇上的时钟刚好敲完了代表午夜的最后一下。

老妇人正在发抖。死神在她面前打了个响指。

弗莉沃斯小姐？蕾娜塔？

“我——我不知道该怎么办，而你又说过那不是很难，所以——”

死神走进谷仓。当他出来时，他已经换上了他的黑色长袍。

她仍然站在那里。

“我不知道该怎么办，”她重复道，或许不是在对他说话，“发生了什么？一切都结束了吗？”

死神环视四周。灰色的身影正在涌入小院。

大概没有。他说。

更多的手推车出现在列队的士兵手推车后方。它们看起来就像是小型的银色工人，其中散布着一些来自士兵的淡金色闪光。

“我们应该退回楼梯。”多琳说。

“我想那正是它们想让我们去的地方。”温德尔说。

“好吧，我不介意。反正我不认为那些轮子能上台阶，对不对？”

“而且你也不能真的战斗到至死方休。”柳德米拉说。鲁潘紧紧地跟着她，黄色的眼睛一刻不离那些缓缓向前推进的轮子。

“碰碰运气也不错。”温德尔说。他们来到活动楼梯旁边。他抬头看去。向上移动的楼梯顶端有一群手推车紧紧地簇拥在一起，但是下面的楼梯出口看起来没有任何遮挡。

“也许我们可以找到另一条上去的路？”柳德米拉充满期待地问。

他们慢慢挪动到活动楼梯上。在他们身后，手推车们聚集起来，挡住他们返回的路线。

巫师们就在下面的那一层。他们一动不动地站在喷泉和盆栽植物之间，以至于温德尔差点把他们当成某种雕像或是高深莫测的家具并且直接从他们身边走过。

校长被戴上了一个假的红鼻子，手里拿着一些气球。在他身边，庶务长正在抛彩球，但他的眼神十分空洞，没有在看任何东西，就像一台机器一样。

资深数学家的位置离他们稍有点距离，身子前后各挂着一块板子。板子上的字迹还没有完全长成，但是温德尔愿意押上他的死后生活去打赌，那最终会变成类似“促销！！！！”的字样。

其他的巫师被摆放在一起，像是还没有上过发条的玩具娃娃。每个人的长袍上都挂着一个巨大的长方形徽章。上面有着现在已经逐渐变得熟悉的潦草字体，它们正在逐渐成长为看起来像这样的一个词儿：

不过为什么会如此仍然是个未解之谜。巫师们看起来完全保卫不了任何人的安全。

温德尔在院长苍白无神的双眼前面打了个响指。没有任何反应。

“他没有死。”瑞格说。

“只是在休息，”温德尔说，“开关被关掉了。”

瑞格推了院长一把。巫师向前跌跌撞撞地走了两步，然后摇晃着停了下来，似乎马上就要摔倒的样子。

“这样的话我们可永远都没法把他们带到外面去，”阿瑟说，“你不能叫醒他们吗？”

“在他们的鼻子底下点燃一根羽毛。”多琳提出建议。

“我不认为那会有效果。”温德尔说。眼下，瑞格·舒离巫师们的鼻子非常近。如果某人的鼻腔连舒先生的气味都辨认不出来，那么他肯定不可能对一根燃烧着的羽毛做出反应。或者一个沉重的物体从很高的高度掉到他面前也是一样，如果有这个必要的话。

“胡桐先生。”柳德米拉说。

“我以前认识一个长得和他差不多的魔像，”瑞格·舒说，“就很像他。高大又魁梧的家伙，是用黏土制成的。普通的魔像差不多就是那样。你只需要在他们身上写一个特别的神圣词语就可以让他们启动了。”

“什么，像是‘保安’吗？”

“有可能。”

温德尔瞥了院长一眼。“不可能，”他最终说道，“没人拿得出这么多黏土。”他看了看周围，“我们应该去找出那该死的音乐是从哪里传出来的。”

"你是说，去找出那支乐队藏在哪里？"

"我不认为这里有什么乐队。"

"你肯定得有乐队，老兄，"瑞格说，"那就是为什么这叫作音乐。"

"首先，这和我以前听过的任何音乐都不相同；其次，我总是认为你必须得有油灯或者蜡烛才能照亮，这里却没有，但这里还是到处都很亮堂。"温德尔说。

"胡桐先生？"柳德米拉再次说道，并且用手戳了戳他。

"嗯？"

"又有些手推车来了。"

它们挡住了全部五条通向中央广场的通道。

"没有往下的楼梯了。"温德尔说。

"也许它——她——在某个玻璃块里，"柳德米拉说，"某个商店里？"

"我不这么认为。它们看起来都还没完工。无论如何，这感觉不对劲——"

鲁潘咆哮起来。领头的手推车身上长满尖刺，还闪着光，但它们并不急于进攻。

"它们一定看到我们是怎么对付刚才那些手推车的了。"阿瑟说。

"是的。但它们是怎么看到的？那是在楼上。"温德尔说。

"呃，也许它们会互相交谈。"

"它们怎么能交谈？它们怎么能思考？在那一堆金属线之中不可能藏着什么脑子。"柳德米拉说。

"蚂蚁和蜜蜂都不思考，如果要是这么说的话，"温德尔说，"它们只是被操控着——"

他抬头望去。

他们抬头望去。

“音乐是从天花板上传来的，”他说，“我们得马上找到它！”

“那里只有一些发光的板子。”柳德米拉说。

“还有别的！快点找出所有可能会传出音乐的东西！”

“音乐从四面八方传来！”

“不管你们在计划着什么，”多琳拿起一株盆栽植物，那模样就好像她拿的是一根棍子一样，“我希望你们快点行动。”

“上面那个黑色的圆形东西是什么玩意儿？”阿瑟说。

“哪儿呢？”

“那儿。”阿瑟指了一下。

“好，瑞格和我会帮你上去，快一点儿！”

“我？但我有恐高症！”

“你不是能变成蝙蝠吗？”

“是的，但那是一只非常神经质的蝙蝠！”

“别抱怨了。就这样——你一只脚踩在这儿，然后把手放在这儿，现在你的脚踩上瑞格的肩膀——”

“注意别把我的胸腔给踩破了。”瑞格说。

“我不喜欢这个！”当他们把阿瑟给抬起来时，后者发出哀叹。

原本怒视着手推车们的多琳转过头来。

“阿社！注意你的贵竹轰度！”

“什么意思？那是某种吸血鬼之间的暗号吗？”瑞格低声道。

“那意思差不多相当于：一个伯爵就得做一个伯爵该做的事。”温德尔说。

“伯爵！”阿瑟怒斥道，他的身体危险地摇晃着，“我就不该听那个律师的！我就知道从一个棕色的长信封里掏出来的东西总不会带来好事！而且我反正也够不到那个该死的玩意儿！”

“你不能跳一下吗？”温德尔说。

“你不能摔死吗？”

“不能。”

“所以我也不能跳！”

“那就飞。变成一只蝙蝠然后飞。”

“我达不到足够的空速！”

“你们可以把他往上扔，”柳德米拉说，“你懂的，就像扔纸飞镖。”

“见鬼去吧！我可是个伯爵！”

“你刚才还在说你不想当个伯爵。”温德尔柔声说。

“在地面上的时候我不想当，但如果要把我像个飞盘似的到处乱扔——”

“阿瑟！按照胡桐先生说的做！”

“我看不出为什么——”

“阿瑟！”

对于一只蝙蝠来说，阿瑟重得令人吃惊。温德尔拎着他的两只耳朵，就好像他是一个畸形的保龄球，并且尝试着进行瞄准。

“记住——我可是濒危物种！”当温德尔将手臂往回收准备投掷时，伯爵尖叫道。

这一投很准。阿瑟扑扇着翅膀飞向天花板上的那个圆形东西，然后用爪子抓住了它。

“你能移动它吗？”

“不！”

“那就吊在它下面然后变回来。”

“不！”

“我们会接住你的。”

“不！”

“阿瑟！”多琳尖叫着，用她手中临时凑合的棍棒捅开一辆正在前进的手推车。

“哦，好吧。”

阿瑟·温金思绝望地悬挂在天花板上的景象短暂地出现，然后他掉在温德尔和瑞格身上，那个圆盘被他紧紧地扣在胸口。

音乐突兀地停止了。粉色的管状物从他们头上的那个洞里泼洒出来，蜷曲着落在阿瑟的身上，让他看起来像是一个装满了非常便宜的肉丸意大利面的盘子。喷泉似乎短暂地开启了反向操作，很快其中的水就干了。

手推车们停止了行动。后面的手推车撞在前面的身上，它们同时发出恐慌的撞击噪声。

管状物仍然在从洞里向外泼洒。温德尔捡起其中的一小段。它呈现出让人感觉不爽的粉红色，而且还黏糊糊的。

“你认为这是什么东西？”柳德米拉说。

“我认为，”温德尔说，“我们现在应该马上离开这里。”

地板开始抖动。喷泉里喷出蒸汽。

“如果不能更快的话。”温德尔补充道。

校长发出一声呻吟。院长向前摔倒。其他的巫师仍旧站立着，但也十分勉强。

“他们正在苏醒，”柳德米拉说，“但我觉得他们对付不了活动楼梯。”

“我不认为任何人有理由去思索怎么对付活动楼梯，”温德尔说，“看看那些楼梯吧。”

活动楼梯不再活动了。黑色的台阶在不留任何阴影的光线中闪着光。

“我明白你的意思了，”柳德米拉说，“我宁愿到流沙上去走一走。”

“那很可能更安全。”温德尔说。

“也许这附近会有一条坡道？肯定有某种能让手推车到处移动的方法。”

“好主意。”

柳德米拉看着那些手推车。它们正在漫无目的地绕着圈子。“我想我还有一个更好的主意……”她说，并且抓住了一辆手推车的扶手。

这辆手推车稍微抵抗了一下，然后，由于没有与之相反的指示，它便呆滞下来。

“能走的人就自己走，不能走的人就由我们来推着。上来吧，老爷子。”后面这一句是对庶务长说的，后者被说服着横躺在手推车上。他用微弱的声音说了一声“呦”，然后再次闭上了眼睛。

院长被粗暴地叠在他身上。[1]

“现在上哪儿去？”多琳说。

两块地板砖突然飞上了天。一阵深灰色的烟雾开始从地下冒了出来。

“在走廊的尽头一定有些什么，”柳德米拉说，“快走吧。”

阿瑟低下头，注视着在他脚边盘旋的雾气。

“我真想知道怎么才能弄成这样？”他说，“找到这样的物质可真是困难到你们难以想象呢。我们尝试着，你懂的，把我们的地穴弄得更……更像地穴，但烟充满了整个地方而且还点燃了窗帘——”

“快点，阿社。我们要走了。”

“我们应该没有造成太大的破坏吧，你们觉得呢？也许我们应该留下一张字条——”

“是啊，如果你喜欢的话，我可以在墙上写一些东西。”瑞格说。

1　当你推动一辆手推车时，要把最为脆弱的物件放在手推车的底部，这是一种传统。

他抓住一辆挣扎着的工人手推车的把手，颇为满意地将它反复砸向一根柱子，直到它的轮子全都掉了下来。

温德尔注视着新开始俱乐部的成员们走向最近的一条通道，手上推着一帮子降价大甩卖的巫师。

“好，好，好，”他说，“就是这么简单。我们要做的就是这些。根本没啥戏剧性的东西。”

他也开始向前走，然后又停了下来。

粉色的管状物从地板下面挤了出来，并且已经紧紧地缠住了他的腿。

更多的地板砖冲向天空。楼梯碎裂，露出其下驱动着它的、黑色锯齿状的活物。墙壁向内塌陷，大理石不断地裂开并显露出其后那些紫色和粉色的东西。

当然，温德尔脑海中某一小块保持着冷静的部分想道，这一切全都不是真的。建筑并没有生命。这只不过是一个比喻，问题仅仅是，眼下，一个比喻就好比烟花工厂里的一支蜡烛。

话虽如此，女王又是一种什么样的生物？像一只蜂后，但它同时也是蜂巢本身。像一只石蛾，如果我没记错的话，它会用石头和其他东西做出一个外壳，用来伪装。又或者像一只鹦鹉螺，它会在自身成长的同时让螺壳也不断长大。并且，根据目前地板被撕裂的状况来看，它更像是一只怒气冲天的海星。

我想知道，城市会如何防御这类东西？生物通常会进化出某种防御掠食者的工具。毒液、叮咬、尖刺什么的。

此时此地，恐怕就只能是我了。浑身是刺的老温德尔·胡桐。

至少我可以试着让其他人安全脱离。让我自己的存在显得……

他俯身向下伸出手，抓住两大把跳动着的管状物，然后用力拔。

女王愤怒的尖叫声一直传到了大学。

风暴云加速冲向山坡。它们堆积起来，形成快速扩张的一团巨大的云。在它核心的某处，闪电亮了起来。

这周围的生命力太丰富了，死神说，**这可不能怪我。那孩子在哪儿？**

“我把她放在床上。她现在睡着了。就是普通的那种睡。”

闪电打在小山上，就像一道雷电之矢。紧随其后的是一种噼里啪啦的刺耳噪声，从不远不近的距离传来。

死神叹了口气。

啊。更多的戏剧感。

他绕过谷仓，从而可以更好地看到黑暗的田野。弗莉沃斯小姐紧紧地跟在他后面，她似乎把他当成一张盾牌，挡住可能会出现的任何恐怖之物。

一道蓝色的闪光在远处的一条栅栏之后爆开。它在移动。

“那是什么？”

那曾经是联合收割机。

“曾经是？那它现在是什么？”

死神瞥了一眼正聚集起来的观望者们。

一个可怜的失败者。

收割机撕开透湿的田野，它蒙着帆布的机械臂呼呼地转着，在晕开的蓝色电光之中，杠杆飞快地转动。给马匹准备的连杆无用地在空中挥舞。

“它怎么能自己移动？昨天它还套着一匹马！”

它不需要马。

他环视着那些灰色的观望者。现在它们已经有许多排了。

“冰冰还在院子里。快走！”

不。

联合收割机加速冲向他们。它的刃旋转时发出的淅淅声变得宛如哀鸣。

“它是不是在发火？因为你偷走了它的防水油布？”

我偷走的不只是那个。

死神朝观望者们咧嘴一笑。他捡起他的镰刀，在手里把它转了一圈，随后，当他确定它们的目光都注视着镰刀时，他便把它丢在地上。

然后，他双手抱胸。

弗莉沃斯小姐抓住了他。

“你这是在做什么？”

戏剧感。

收割机到达了通往院子的大门，随着一阵锯末飞舞，它进了院子。

“你确定我们会没事？”

死神点点头。

“好吧。那就没事了。”

收割机的轮子转得飞快，根本无法看清。

很可能。

就在那时……机械结构的内部发出“轰”的一声。

在那之后，收割机仍在继续移动，不同的是它已经裂成了碎片。它的轮轴处迸发出如同喷泉一般的火花。一小部分的机械臂设法与它们的轴连接在一起，它们疯狂地抖动着，从旋转着、逐渐减速的一团混乱中脱离出来。利刃的圆环撕裂开来，击穿了机器的上部，然后飞掠过农田。

随后是一阵叮叮当当，一阵噼里啪啦，以及最后一声孤单的乓，听起来跟那双著名的冒烟靴子一模一样。

再然后，便没有了任何的声音。

一个看起来很复杂的纺锤状零件朝着死神的脚边滚来。他弯下腰，镇静地将其捡起。它已经被弯折成了直角形状。

弗莉沃斯小姐从他身后向外窥视。

“发生了什么？”

我想是椭圆形凸轮沿着轴心向上滑动，并且打到了法兰边扣，造成了灾难性的后果。

死神挑战般地注视着灰色的观望者们。它们一个接一个地消失了。

他捡起镰刀。

现在我必须走了。他说。

弗莉沃斯小姐看起来像是被吓坏了：“什么？你就这么走了吗？”

是的。就是这样。我有很多工作要做。

“而我不会再见到你了？我是说——”

哦。会的。很快。他搜索着准确的用词，最终放弃了，**这是一个承诺。**

死神将他的袍子拉紧，伸手摸向比尔·门的工装口袋，他现在仍然把它穿在袍子里面。

早上西姆内尔先生到这里来收集零件的时候，他很可能会需要找到这个东西。他说着，将一个小小的锥形部件放在她的手心里。

“这是什么？”

一个八分之三基普雷。

死神走向他的马，然后好像又记起了什么。

还有，他还欠我一个法新。

瑞克雷睁开一只眼睛。很多人在他身边绕着圈儿乱跑。周围很亮，充斥着一种兴奋感。很多人在同时开口说话。

他好像坐在一个非常不舒服的婴儿车里，还有些古怪的昆虫在他周围嗡嗡地叫。

他能听到院长在抱怨，还有那种只有庶务长能发出的呻吟声，还有一个年轻女子说话的声音。看来人们都挺满足的，就是没人注意到他。好吧，如果有什么东西能让大伙儿满足，他也一定得满足满足才行。

他大声咳嗽了两下。

“你们可以试试，”他对着这个残忍的世界说道，“往我的嘴唇中间塞一瓶白兰地。”

一个幻影提着一盏油灯出现在他上方。它看起来就像是一张五号的脸套着一份十三号的皮肤；它用关切的语气说：“对——头？”

“哦，是你。”瑞克雷说。他试着尽快坐起来，以防图书管理员想给他来个人工呼吸。

混乱的记忆在他的脑子里蠕动。他可以记起一堵发出叮当声的金属墙，然后是一片粉红，再然后是……音乐。无尽的音乐，它设计的意图就是把任何生物的脑子给打成奶油。

他转过身。他身后有一座建筑，人们里三层外三层地围着它。它以一种类似动物的古怪方式蹲坐着，紧紧地抓着地面，就好像这座建筑随时可能抬起它的一翼并且发出吸盘脱离时的噗噗声。光线从建筑里流淌出来，而蒸汽则不时从门缝里喷出。

“瑞克雷醒啦！”

更多的脸庞出现了。瑞克雷想道：今天不是灵魂蛋糕节，所以这些人应该没有戴着面具。哦，见鬼了。

从这些人身后传来院长的声音：“我提议我们使用赫伯蒂的地震重整器，把它从门那儿扔到里面去，啥问题都解决了。”

“不行！我们离城墙太近了！我们只需要把孔杜姆的引力点放在一个合适的位置——”

“要不然来个油坑跳跃者的火焰惊喜？”这是庶务长的声音，“把它烧掉，这是最好的方法——”

“是吗？是吗？你什么时候又懂得军事战术了？你连‘呦’都说不好！”

瑞克雷抓住手推车的两边。

“有没有人愿意告诉我，”他说，“这是在讨论什么该——鬼东西？”

柳德米拉从新开始俱乐部的会员们身后挤了进来。

“你得阻止他们，校长先生！”她说，“他们正在谈论该怎么毁掉那座大商店！”

更多肮脏的回忆定居在瑞克雷的脑子里。

“好主意。”他说。

“但是胡桐先生还在里面！”

瑞克雷试图将注意力集中在那座发着光的建筑上。

“什么，死了的温德尔·胡桐？”

“当我们发现他没有和我们在一起时，阿瑟飞了回去，他说温德尔正和一些从墙里钻出来的东西战斗！我们看到很多手推车，但是它们根本不理我们！他让我们逃了出来！”

“什么，死了的温德尔·胡桐？”

“你们的一位巫师同僚还在那里面，你们不能就这么把它用魔法炸掉！”

“什么，死了的温德尔·胡桐？”

“是的！”

“但他死了，”瑞克雷说，“难道不是吗？是他自己说的。”

“哈！”一个人说，瑞克雷希望此人身上能有更多一点的皮肤，“多么典型。这就是赤裸裸的活人主义。我敢打赌要是里面的人刚巧还活着的话，他们一定会想方设法去营救的。”

“但他想要……他并不热衷于……他……”瑞克雷赌博般地说。

这其中很大部分都超过了他的理解能力，但对于像瑞克雷这样的人来说，这种事不会困扰他太久。瑞克雷是个思想单纯的人，这和愚蠢不一样。这只是表明如果他不把复杂的边角和枝丫切掉，他就没法恰当地思考。

他集中注意力，思考着一个简单的主要事实。一位从技术上说仍然是个巫师的人陷入了麻烦。他可以理解这个。这拨动了他的某根心弦。至于这位巫师究竟是死是活，这个问题可以放到以后去考虑。

但还有一个小细节在啃咬着他的心。

“……阿瑟？……飞？……”

“哈喽。”

瑞克雷转过头。他慢慢地眨了眨眼睛。

“你这副牙口真是不错。”他说。

“谢谢夸奖。”阿瑟·温金思说。

“都是你自己的，不是吗？”

“哦，正是如此。”

“真是令人惊奇。当然，我希望你有按时刷牙。”

“什么？”

“保持卫生。这十分重要。”

“所以你打算怎么做？”柳德米拉说。

“呃，我们打算进去把他带出来。”瑞克雷说。这姑娘是怎么回事？他感觉自己有一种奇特的冲动，想要拍拍她的头：“我们打算准备一些魔法，然后救出他。是的。院长！”

“呦！”

“我们准备进去，把温德尔带出来。”

“呦！”

“什么？”资深数学家说，“你一定是疯了！”

瑞克雷试图在现有的情况下摆出最为威严的表情。

“记住，我是你的校长。”他怒斥道。

“那你一定是疯了，校长！”资深数学家说。他压低声音：“说到底，他是一个不死者。我不知道你要怎么营救一个不死者。这根本自相矛盾。”

“二歧法[1]。”庶务长热心地建议道。

“哦，我不认为这跟生物学有什么关系。”

“话说回来，我们不是把他埋了吗？”近代如尼文讲师说。

“现在我们得再把他挖出来，”校长说，“这很可能是一个自然存在的奇迹。”

“就像腌菜头。”庶务长欢快地说。

就连新开始俱乐部的会员们也都目瞪口呆。

“在霍万达兰的一些地方，人们就会这样做，”庶务长说，“他们制作了很大很大的罐子，把特制的腌菜头放到罐子里，再把罐子埋到地底下让腌菜头发酵，几个月之后拿出来就会有一种让人感到爽快的辛辣味——”

“告诉我，”柳德米拉在瑞克雷耳边低声说，“巫师们平常就是这么聊天的吗？”

“资深数学家是一个特别好的范例，”瑞克雷说，“紧要关头把握现实的能力就跟用硬纸板剪出来的图样差不多。很荣幸能有他作为我们的一员。”他搓了搓手，“好了，小伙子们，有人自愿前往吗？”

“呦！嘿！”院长说，他现在正沉浸于另一个完全不同的世界。

“我决不会丢弃拯救一位兄弟的责任。”瑞格·舒说。

“对——头。”

1　植物学的分类方法之一。——译者注

“你？我们不能带你去，”院长气冲冲地盯着图书管理员，“你对游击战[1]根本一窍不通。”

“对——头！”图书管理员说，并且令人惊奇地做出了一个完全可以理解的手势，表明他对于大猩猩战争所有不了解的地方都可以写在一小堆被揍扁的残骸上，举个例子，那可以是院长的残骸。

“我们四个应该足够了。”校长说。

“我从来没听到过他说‘呦’。”院长嘟嘟囔囔地说。

他摘下自己的帽子——一位巫师通常不会做出这样的动作，除非他想从帽子里拿出什么东西——并把它递给庶务长。然后他从他袍子的下摆处撕下一块狭窄的布条，并且戏剧化地把它在自己的额头上绑了一圈。

“这是某种精神特质的一部分，”他说，作为对他们尚未出口的尖锐提问的回答，“衡重大陆的战士们在投入战斗之前就会这么做。而且你需要喊——”他试着回忆起一些久已遗忘的读物，“——呃，盆栽。对。盆栽！[2]”

“我觉得盆栽是把树给砍得小小的然后种在盆子里的意思。”资深数学家说。

院长犹豫起来。较起真来的话他自己也并不是十分确定。但是一位好巫师绝不会让疑虑挡住他的去路。

“不，肯定是盆栽没错。”他说。他又思索了一会儿，然后再度面露喜色：“这都是‘梧是道’的一部分。就像……小树。梧——是——道。[3]对啦。非常有道理，仔细想想你就能理解了。”

---

1 游击战，原文guerrilla warfare，guerrilla与gorilla“大猩猩”音同。——译者注

2 盆栽，原文bonsai，来自日文，同时也是“万岁”的意思。——译者注

3 梧是道，即“武士道”的谐音，原文Bushido，在这里被拆成了Bush-i-do，bush就是灌木的意思，所以被理解成小树。——译者注

“但是你不能在这里喊‘盆栽’！”近代如尼文讲师说，“这里的文化背景完全不相符。这样是不会有用的。大家都不知道你在说什么。”

“我会努力让他们明白。”院长说。

他注意到柳德米拉站在那里，一副合不拢嘴的模样。

“这是巫师的说话方式。”他说。

“就是这么回事，是不是，”柳德米拉说，“我真是永远都猜不到。”

校长这会儿已经从手推车里爬了出来，正在来来回回地试着推动手推车。通常来讲，一个新鲜的主意要过上非常长的时间才能完全进入瑞克雷的脑子里，但他下意识地觉得一个有着四个轮子的金属线筐具有各种各样的用处。

“咱们是现在就出发，还是花上整个晚上的时间包扎咱们的脑袋？”他说。

“呦！”院长怒气冲冲地说。

“呦？”瑞格·舒说。

“对——头！”

“那是一个‘呦’吗？”院长怀疑地问。

“对——头。”

“呃……那好吧。”

死神坐在一座山顶上。这座山并不特别高，也不特别荒芜或是险峻。没有哪个女巫在这里举行午夜裸体拜魔集会；整体上说，碟形世界的女巫除非出于手头工作的绝对必要，并不会额外地脱下哪怕一件衣服。没有哪个幽灵在这里萦绕。没有什么坐在山顶上分发智慧的裸体小人，因为一个真正具有智慧的人第一时间就会发现，坐在山顶上不仅会给你带来痔疮，还会给你带来冻伤了的痔疮。

偶尔，会有人爬到山顶，为这里的石堆纪念碑增添上一两块石头，就好像是为了证明没有什么事是愚蠢到连人类都不会去做的。

死神坐在石堆纪念碑上面，用一块石头缓慢而又一丝不苟地摩擦着镰刀的刀刃。

空气一阵流动。三个灰色的仆人跃入现实世界。

一个存在说，你觉得你赢了？

一个存在说，你觉得你胜利了？

死神将手中的石头转了一下，找到一个没有用过的表面，并用它慢慢地擦过狭长的利刃。

一个存在说，我们会通知阿兹瑞尔。

一个存在说，毕竟，你只是一个渺小的死神。

死神举起镰刀，让月光映在刀刃上，反复翻动，从而注意到光线在刀刃上一层层的波纹之间玩出的花样。

然后他飞快地站了起来。仆人们匆忙向后躲避。

他以蛇一样的速度伸出手，抓住一件袍子，将它那空无一物的兜帽拉到自己的眼睛前面。

你知道为什么塔中的囚犯会注视着飞翔的鸟儿吗？他说。

它说，快给我放手……哎哟……

蓝色的火光一闪即逝。

死神垂下手，注视着另外两个仆人。

一个存在说，这事还没完。

它们消失了。

死神拂去自己长袍上的一点灰烬，然后坚定地站在山顶上，就像要把脚扎根在这里似的。他用双手将镰刀举过头顶，开始召唤所有在他缺席期间产生的次级死神。

一小会儿之后，它们像一道淡黑色的浪潮一样从山脚下冲了上来。

它们聚集在一起，犹如黑色的水银。

这一切持续了很久方才停止。

死神放下镰刀，体会了一下自己的感觉。没错，都在这里。他再一次成了死神，掌管这个世界所有的死亡。只除了——

他犹豫了一小会儿。在某处还有一个狭小的区域是空虚的，他灵魂的一个碎片依旧行踪不明，那代表着……

他无法确定那究竟是哪一个碎片。

他耸耸肩。毫无疑问，他以后会找出来的。与此同时，还有许多的工作要去完成……

他骑上马离开了。

在遥远的那座谷仓下面的巢穴里，鼠之死神松开了它死死抓住一根横梁的双爪。

温德尔·胡桐用双脚重重地踩在一根刚从地板砖下面游动出来的触手上，然后跌跌撞撞地冲进蒸汽里。一块大理石砸了下来，碎块撒了他一身。然后他狂野地用脚踢着墙。

他意识到现在很可能已经没有可以出去的路了，而且就算有的话他也无法找到。不管怎么说，他现在已经完全在这东西的内部。它为了抓到他甚至不惜破坏它自己的墙。至少他可以让它陷入一个极为糟糕的消化不良状态。

他走向一个曾是通往宽阔走廊的入口的小孔，然后在它彻底关闭之前钻了过去。银色的火焰在墙壁上噼啪作响。这里有那么多无处包容的生命力。

还有一些手推车仍在这里，在抖动的地板上疯狂地滑行，跟温德尔一样茫然失措。

他沿着另一条路走，这里看起来倒像是条走廊，只不过过去一百三十年里他走过的大多数走廊并不会如此剧烈地搏动并且滴下液体。

另一只触手飞快地从墙里伸出来并且将他绊倒。

当然，它杀不死他。但它可以让他失去自己的躯体。就像老朋友一人桶。那很可能是一种比死更糟糕的命运。

他爬了起来。天花板弹跳着砸在他身上，又一次把他打倒在地。

他无声地默数着，竭力向前爬。蒸汽喷涌着笼罩了他的全身。

他再次滑倒，并且向前伸出手。

他开始感觉到自己失去了对身体的控制。需要操纵的东西太多了。就算不管脾脏，只是维持心肺的运转就要花费大量的精力……

“绿色雕塑！”[1]

“你他喵的什么意思？”

“绿色雕塑！明白了吗？呦！”

“对——头！”

温德尔抬起模糊的眼睛朝前看。

啊。显然他的脑子也已经失控了。

一辆手推车连同扒在其侧面的模糊阴影从蒸汽的一侧跑了出来。一只长满了毛发的手臂以及一只几乎称不上是手臂的手臂向下伸出，将他的身体抬了起来，塞进手推车的篮子里。随着四只小小的轮子在地板上滑行，手推车撞上一堵墙壁并且反弹，然后它调整好了方向并且吱吱嘎嘎地驶离了。

温德尔·胡桐只能模糊地听到一些说话声。

“开始吧，院长。我知道你一直在期待着呢。”这是校长在说话。

“呦！”

---

1 与前文的“盆栽”呼应。——译者注

“你准备把它彻底杀死吗？我觉得我们最终不想让它加入新开始俱乐部。我觉得它不符合我们的入会标准。”这是瑞格·舒。

“对——头！”这是图书管理员。

“别担心，温德尔。院长很显然正打算实行一项军事行动。”瑞克雷说。

“呦！嘿！”

“哦，老天。”

温德尔看到院长的手从他面前飘过，手里面还有点闪光的东西。

“你打算使个什么法术？”当手推车高速冲过蒸汽时，瑞克雷说，“地震重整器？还是引力点？又或者是火焰惊喜？”

“呦。”院长说，声音里带着种满足的情绪。

“什么，三个一起放？”

“呦！”

“那有点过分了，不是吗？与此同时，如果你再跟我说一个‘呦’字，院长，我会亲自把你扔出大学，用血魔法能够召唤出的最强大恶魔追杀你到世界边缘，把你撕成碎片、磨成酱，做成鞑靼牛排的怀旧混合物，然后倒进一只狗食碗里。”

“咦——”院长注意到瑞克雷的眼神，“要得。要得。哦，别这样，校长。如果你不能炸掉任何东西，那么精通宇宙的平衡、了解命运的神秘又有什么好处呢？求你了，我已经全都准备好了。你知道当你把库存全都准备好却不使用的时候它们会有多么失望——”

手推车呼啸着冲下一道抖动的斜坡，用两个轮子转了个弯。

“哦，好吧，”瑞克雷说，“如果这对你真的那么重要的话。”

“咦——抱歉。”

院长开始快速低声念诵咒语，然后他惨叫起来。

“我瞎啦！”

“你的盆栽绑带滑下来遮住了你的眼睛，院长。”

温德尔呻吟一声。

“你感觉怎么样，胡桐兄弟？”瑞格·舒饱受摧残的面容占据了温德尔的视野。

“哦，你懂的，”温德尔说，“不算太好，也不算太糟。”

手推车在一堵墙上反弹起来并冲向另一个方向。

“那些法术施放得怎么样了，院长？”瑞克雷紧咬着牙关说，“我现在几乎控制不了这个玩意儿了。”

院长又低声念诵了几个词，然后戏剧性地挥了下手。第八色的火光从他的指尖喷出，沉入茫茫的雾气里。

“咿哈！”他高叫道。

“院长？”

“是，校长？”

“我刚才所说的关于y开头的那个词……”

“怎么了？怎么了？”

“你绝对可以把‘咿哈’也算上。”

院长垂下了头。

“哦。遵命，校长。”

“另外，为什么所有东西都还没有爆炸呢？”

“我给它们加了个小小的延迟，校长。我想也许我们应该在事情发生之前先出去。”

“真是个好想法。”

“很快你就能出去了，温德尔，”瑞格·舒说，“我们的信条是不抛弃、不放弃。这不正是——”

然后，他们前面的地板飞上了天。

紧接着是他们后面的地板。

从破碎的地板砖下面出现的东西没有形状，或者说同时有很多形状。它恼怒地扭动着，用它的粉色管状物向他们抽打。

手推车一个急刹停了下来。

“还有别的法术吗，院长？”

“呃……没有了，校长。”

“而你刚才说的会延迟发动的法术……？”

“随时都可能发动，校长。”

“所以……无论会发生什么事……它都会同样地作用在我们身上？”

“是的，校长。”

瑞克雷拍了拍温德尔的头。

“对此我很抱歉。”他说。

温德尔笨拙地转过头，沿着走廊望向前方。

女王后面有一样东西。它看起来就像是一扇极为普通的门，正在挪动着极小的步子向前移动，就好像有什么东西小心地躲在它后面并且推着它朝前走似的。

“那是什么？”瑞格说。

温德尔尽全力支撑起自己的身体。

“施莱佩尔！”

“哦，得了吧。”瑞格说。

“那是施莱佩尔！”温德尔喊道，“施莱佩尔！是我们！你能帮助我们出去吗？”

那扇门停了下来。然后它猛地转动了一下，像是被人大力推开那样。

施莱佩尔的身躯舒展开来，展现出他真正的高度。

“哈喽，胡桐先生。哈喽，瑞格。”他说。

他们目瞪口呆地注视着这个几乎塞满了整条走廊、长满长毛的躯体。

“呃，施莱佩尔……呃……你能帮我们清空道路吗？”温德尔用颤抖的声音说。

“没问题，胡桐先生。为朋友干什么都行。”

一只尺寸相当于独轮手推车的大手划过空中，穿过蒸汽，带着难以描述的轻松之感轻易撕开了道路上的障碍物。

“嘿，瞧瞧我！”施莱佩尔说，“你说得没错。一个吓人怪根本不需要一扇门，就像鱼不需要自行车！我现在就要大声说出来，我是——”

“现在，你可以让一让吗？你挡住路了。”

“当然。当然。哇哦！”施莱佩尔又给女王来了一下狠的。

手推车急速朝前冲去。

“还有，你最好跟我们一起走！”温德尔喊道，而与此同时，施莱佩尔则消失在雾气之中。

“不，他不应该跟我们一起走，”手推车继续加速，校长则如此说道，“相信我。那是什么东西？”

“他是个吓人怪。”温德尔说。

“我以为你只会在柜子什么的里面找到吓人怪，不是吗？”瑞克雷喊道。

“他出柜了，”瑞格·舒骄傲地说，“他找到了他真实的自我。”

“这样我们就可以失去他了。”

“我们不能就这样把他留在——”

“我们能！我们能！”瑞克雷呵斥道。

他们身后传来一种像是沼泽里的气体在喷发的声音。绿色的光从他们身边流过。

“那些法术就快要发动了！”院长喊道，“快一点！”

手推车飞速驶出了建筑的出口，冲入凉爽的夜色里，它的轮子发出尖啸。

“呦！”当他们面前的人群四散开来时，瑞克雷吼道。

“那是否表示我也可以说‘呦’呢？”院长说。

“好吧。只能一次。所有人都只能说一次。”

“呦！”

“呦！”瑞格·舒重复道。

“对——头！”

“呦！”温德尔·胡桐说。

“呦！”施莱佩尔说。

（在黑暗中某个人群最为稀疏的地方，伊克索莱特先生——世界上仅存的最后一个报丧妖——那模糊的身影出现了。他溜向那座抖动的建筑，羞怯地将一张纸片塞在门缝下面。这张纸上面写着：哦——咦——哦——咦——哦——咦——。）

手推车一个急刹停了下来，它的轮子在地上犁出深深的印记。没有人转身。瑞格缓慢地开口说道：“你在我们后面，对吗？”

“没错，舒先生。”施莱佩尔欢快地说。

“如果他在我们前面的话我们才应该担心，不是吗？”瑞克雷说，“或者说是否因为我们知道他在我们后面所以就更糟糕？”

“哈！这个吓人怪再也不需要什么柜子或者地窖了。”施莱佩尔说。

“那太遗憾了，因为大学里有一些真的非常大的地窖。”温德尔·胡桐迅速说道。

施莱佩尔沉默了一小会儿。随后，他以一种探询的语气说道：“有多大？”

“巨大。”

“真的？有老鼠吗？”

“老鼠算不上什么。那里面有各种各样逃走的魔鬼什么的。它们可猖獗得很呢。”

“你在干吗？”瑞克雷嘶声道，“你说的那是我们的酒窖！”

“你觉得你更喜欢让他待在你的床底下？”温德尔低声说，“又或者在你身边到处游荡？”

瑞克雷飞快地点了点头。

“哇哦，没错，地下的那些老鼠真是有点失控了，”他大声说，“其中有些差不多有——哦，两英尺长。难道不是吗，院长？”

“三英尺，”院长答，“那还是最小的。”

“而且还肥得流油。”温德尔说。

施莱佩尔仔细思索了一番。“呃，好吧，”他不情不愿地说，“也许我会溜进去瞧瞧。”

那座大商店同时向外爆炸以及向内坍缩，这是一种几乎不可能出现的事情，除非你有极为庞大的特效预算，又或者有三个效果互相牵扯的法术。有一大团云雾向外扩散出来，但是同时它又以很快的速度飘离，因此整体效果就像是一个正在缩小的点。墙壁弯曲并被向内吸入。土壤从受尽蹂躏的田地里向上涌动，并旋转着落入旋涡。不像音乐的音乐在一阵猛烈的爆发之后彻底归于平静。

随后就再也没有了任何东西，除了一片泥泞的田野。

从清晨的天空中落下一些类似雪片的白色东西。它们静静地在空气中滑翔，轻轻地落在人群身上。

“它不会是在播种吧？”瑞格·舒说。

温德尔抓住一片雪花。它大致接近长方形，但是边缘并不平整，还坑坑洼洼的。它只是有这么一种可能性，在加入了相当程度的想象以及猜测之后，能够辨认出上面有这么一些字样：

亨业青仓大甩卖

一件不留！

“不，”温德尔说，“应该不是。”

他向后躺下，露出微笑。享受生命从来都不嫌太晚。

而当没有人注意到的时候，整个碟形世界最后一辆存活的手推车一边发出吱嘎声，一边黯然走进黑暗的夜里，那样茫然以及孤单。[1]

“啵——哒——啰！”

弗莉沃斯小姐坐在她的厨房里。

她能听到外头传来叮叮当当的响声，那是内德·西姆内尔和他的学徒在联合收割机纠结成团的残骸里捡拾能用的零件。还有几个人理论上说是在帮忙，实际上只不过是想借此机会好好打探周围。她煮了一些茶让他们自己随意。

现在她坐在椅子上，双手托腮，目光茫然地盯着前方。

开着的门被敲响了。斯皮葛通红的脸从门口伸了进来。

“你得来看看，弗莉沃斯小姐——”

“嗯？”

“你得来看看，弗莉沃斯小姐，谷仓里有一匹马的骨头架子在四处走动！它在吃干草！”

“怎么吃？”

---

1 通常认为，在那些商场生命形式已经生根发芽的世界，人们会把金属线筐带走，并把它们留在古怪而又与世隔绝的地点，因此商场必须雇用成群结队的年轻人去把它们收集起来并推回原位。事实与此完全相反。实际上这些年轻人都是猎手，他们会跟踪那些发出吱嘎声的猎物穿越荒野，捕获它们，消磨它们的意志，驯服它们，并将它们驱赶向一种被奴役的生活。很有可能。

“全都漏出来了！”

“真的？那我们就把它留下来养着吧。至少喂它不用花什么钱。”

斯皮葛两只手扭着自己的帽子，似乎有点难以启齿。

“你还好吧，弗莉沃斯小姐？”

“你还好吧，胡桐先生？”

温德尔的眼睛茫然地盯着前方。

“温德尔？”瑞格·舒说。

“嗯？”

“校长先生刚才在问你想喝点什么。”

“他想要一杯蒸馏水。”蛋糕夫人说。

“什么，只要水？”瑞克雷说。

“他就想要那个。”蛋糕夫人说。

“我想要一杯蒸馏水，谢谢。”温德尔说。

蛋糕夫人看起来相当自鸣得意。至少她身体能被看到的那部分，也就是帽子和手包之间的部分是如此，而她的手包则能与帽子完全配套，大得离谱。当她坐着把它放在她的大腿上的时候，她得举起胳膊才能握住提手。她听说她女儿受邀来到大学做客，便也跟来了。蛋糕夫人总是认为柳德米拉收到的邀请函自然而然地也就邀请了柳德米拉的母亲。母亲们都希望自己无处不在，而这显然是没有什么法子可以阻止的。

巫师们正在悉心招待新开始俱乐部的会员们，而后者则努力试着摆出一副享受的样子。这正是那么一种不和谐的场合，长时间的沉默夹杂着偶尔的咳嗽声，人们说着一些像是“嗯，还不错吧”这类不着边际的话。

“你看起来有点失魂落魄啊，温德尔，刚才那会儿。”瑞克雷说。

“我只是有点累，校长。”

“我以为你们僵尸都从不睡觉的。”

“但我还是累。”温德尔说。

“你确定你不打算让我们再给你办一次葬礼什么的？我们这次肯定搞得漂漂亮亮的。”

“谢谢，但还是不了。我想我还是天生就不适合做一个不死者。”温德尔看向瑞格·舒，“对此我很抱歉。我不知道你是怎么适应过来的。”他略带歉意地咧嘴笑着。

“你想活就活，想死就死。选择的权利在你手上。”瑞格庄重地说。

“一人桶说人们又开始正常地死去了，”蛋糕夫人说，“所以你可能很快就会收到预约。”

温德尔环视四周。

“她带着你的狗出去遛弯了。”蛋糕夫人说。

“柳德米拉在哪儿？”他说。

温德尔露出尴尬的微笑。蛋糕夫人的预知能力有时会让人非常疲倦。

“能有人照料鲁潘就再好不过了，如果我……离开了的话，”他说，“我想知道你是否愿意收留他呢？”

“这个嘛……”蛋糕夫人犹豫着。

“但他是——”瑞格·舒开口说道，但随后他就注意到了温德尔的表情。

“我必须承认在我们家里养条狗能够让人更加安心，”蛋糕夫人说，“我总是在为柳德米拉担忧。附近有很多古怪的人出没。”

“但你的女——”瑞格再一次开口。

“闭嘴，瑞格。”多琳说。

“那就这么定了，”温德尔说，“还有，你有裤子吗？”

“什么？”

“我是说，你家里有裤子吗？”

“呃，我想家里还有已故的蛋糕先生留下的几条裤子，但为什么——”

“抱歉，”温德尔说，“我只是在胡思乱想。很多时候我根本不知道自己在说什么。”

“啊，”瑞格轻快地说，“我明白你的意思。你是说，在他——”

多琳猛地推了下他。

“哦，”瑞格说，“抱歉。不用理会我。要不是我的头缝在脖子上我准会忘了带走它。”

温德尔靠回椅背，闭上眼睛。他能听到不时传来的话语声。他能听到阿瑟·温金思在询问校长，这里的装修是谁做的，以及大学的蔬菜从哪边进货。他听到庶务长在悲叹灭杀所有的骂人话要花多少钱——这些家伙不知怎么的在最近的变动之中幸存下来，并在屋顶的暗处做了巢。如果他发挥他那绝佳的听力，他甚至可以听到施莱佩尔在遥远的酒窖里发出的欢呼声。

他们不再需要他了。终于。这个世界不再需要温德尔·胡桐了。

他静静地站了起来，悄然走向门口。

“我要到外边去走走，”他说，“可能要多待一些时候。”

瑞克雷心不在焉地朝他点了下头，然后继续集中精神听取阿瑟关于大厅装修的意见，后者表示一些松木条纹效果的墙纸能让整个大厅来个大变样。

温德尔关上门，靠在门外厚重而又凉爽的墙壁上。

哦，对了。还有另外一件事。

“你在吗，一人桶？”他柔声说。

你怎么知道的？

"你一般都在。"

呵呵，你可真是惹下了一个大麻烦！你知道到了下个满月时会发生什么吗？

"是的，我知道。而且不知道为什么，我觉得他们也知道。"

但他会变成一个狼人。

"是的。而她会变成一个女狼人。"

好吧，但每四个星期只有一个星期能够正常接触的两个人会发展出怎样的一段关系呢？

"这段关系至少有着很大的机会，能够和绝大多数人同样幸福。生命从来不是完美的，一人桶。"

这还用你说？

"现在，我能问你一个问题吗？"温德尔说，"我只是觉得我一定得知道……"

哈。

"毕竟，你现在又独自拥有一个星界位面了。"

哦，好吧。

"你的名字为什么叫一——"

就这个？我还以为你能自己想出来，你可是个聪明家伙。按照我部落的传统，人们的名字是要以母亲生产之后，从帐篷里朝外看到的第一件事物来确定的。一人桶是一个简称，全称是"一个人拿着一桶水倒在两条狗身上"。

"那可真不幸。"温德尔说。

也没那么糟了，一人桶说。我的双胞胎哥哥才叫倒霉。在给我取名字之前的十秒，我母亲朝帐篷外看了一眼，就给他取好了名字。

温德尔仔细思索了一番。

"别告诉我，让我猜猜，"他说，"两狗斗？"

两狗斗？两狗斗？一人桶说，哇哦，他要是能叫两狗斗的话，叫他把他的右手砍掉都没问题。

在这之后不久，温德尔·胡桐的故事真正走到了尽头，假如“故事”这个词代表的是所有他本人做的、导致的、引发的事件的总称的话。举例来说，在能跳出真正的莫里斯舞的那个锤顶山脉小村庄，人们认为只有当一个人在世界中激起的涟漪真正归于平静时，一个人才算是真正死了——直到他上过发条的那座钟停下来，直到她酿的那批葡萄酒完成了发酵，直到他们播下的那些庄稼被收割。他们说，某人的生命本身只不过是他们在这个世界的存在的核心部分。

当温德尔走在弥漫着雾气的城市中，等候着那个他自从出生以来就一直在等候的预约时，他觉得自己能够预言那个真正的结束会是在什么时候。

那会是在几周之后，月亮再次变为满月的时候。某种或多或少的补遗或是附录将会被加进温德尔·胡桐——生于三虱世纪的大三角之年（他总是更倾向于使用给每一年都取一个名字的旧式纪年法，而非现在这种时髦的数字纪年法），死于果蝠世纪的抽象蛇之年——的生命记录之中。

那时将会有两个身影，奔跑在月光下的高沼地上。他们不完全是狼，也不完全是人。稍微走点运的话，他们将可以真正地享受到两个世界。不仅仅是感受……而是确实地知道。

同时拥有两个世界一直都是最好的事。

死神坐在他黑暗的书房里的一张椅子上，他的双手竖立在脸前，十指的指尖相触。

偶尔他会让他的椅子前后摇摆。

阿尔伯特给他送来了一杯茶，并且颇为老练地无声退出。

死神的书桌上只有一个生命计时器。他盯着它。

摆动，摆动。摆动，摆动。

在书房外的大厅里，那只巨大的钟嘀嘀嗒嗒地响着，不停地消灭着时间。

死神的白骨手指有节奏地敲打着伤痕累累的木制桌面。一些书本堆在他面前，许多即兴制作的书签夹在书页之间。这些是碟形世界所有知名追求者的生命记录[1]，但他们高度雷同的经历并没有带来什么启发。

他站起来，走向一扇窗子，望向外面黑暗深邃的他的领域，背在背后的双手不断地握紧又松开。

然后他抓起生命计时器，大步走出了房间。

冰冰正在温暖而又沉闷的马厩里等候着。死神迅速骑在他背上，让他慢慢地走出马厩，随后又骑着他飞升到空中，飞向远方那遥远的闪光宝石——碟形世界。

日落时分，他静静地落在农场院子里。

他穿过一堵墙。

他来到一道楼梯下方。

他举起计时器，注视着其中流逝的时间。

随后他停了下来。还有一件他必须知道的事。比尔·门对一切都非常好奇，而他能够记起自己作为比尔·门时发生的一切。他可以像是观察那些被用大头针固定在玻璃罩下的蝴蝶那样，去观察各种各样的情绪。

比尔·门死了。或者说至少他短暂的存在已经结束了。但——那

1　其中最热情的一位就是个子矮小却坚持不懈并因而大获成功的矮人卡萨南德，但凡是四脚活梯的拥有者聚集在一起的时候，都会尊重而又敬畏地提起他的名字。

句话是怎么说的？——某个人的生命周期只不过是他们真正存在的核心，不是吗？比尔·门离去了，但他的回声仍在。比尔·门的记忆仍然有一些等待补全的东西。

死神一直都不太明白为什么人们会把花放在坟墓上。在他看来这毫无意义。无论如何，死者显然是不可能闻到玫瑰香气的。但现在……也并不是说他觉得自己明白了，但至少他感觉到这其中有一些在他理解范围之内的东西。

在被窗帘裹得严严实实因此全然黑暗的弗莉沃斯小姐的会客室里，一个更为黑暗的阴影移动着，走向碗柜上方的那三个箱子。

死神打开一个较小的箱子。里面装满了金币。它们看起来很久都没被人触碰过了。

他打开另一个小箱子。里面也同样满是金币。

他对弗莉沃斯小姐的期待并不止于此，尽管就连比尔·门很可能也都不清楚他期待的到底是什么。

他打开那个最大的箱子。

首先看到的是一层薄纸。纸下面是一种像丝绸一样的白色东西，类似于某种面纱，现在由于漫长的时间而变得泛黄又脆弱。他无法理解地盯着它看了一会儿，然后把它放在一边。接下来是一些白色的鞋子。他感觉这种东西对于农场生活来说不很实用。难怪它们被包好了搁置在这儿。

接下来是更多的纸，一捆被绑在一起的信件。他把它们放在薄纱之上。观察人类之间的对话从来都不会有任何益处——语言只不过是用来掩藏他们想法的另一种工具。

最后，在箱子的最底下，有一个小盒。他把它拿了出来，在他的手上转了又转。然后他打开了一个小小的插销，抬起盒盖。

发条旋转起来。

这个调子并不是特别动听。死神听过这个世界上所有曾经被写出来过的曲子，几乎所有的曲子都比这个要好些。它就像是一个丁零当啷地敲出来的带着锡气味的小曲。

在音乐盒里，匆忙旋转的齿轮上方，两个木刻的舞者抽动着，滑稽地模仿着华尔兹。

死神注视着它们，直到发条的能量耗尽。

然后他阅读了盒子上的铭文。

它曾经是一个礼物。

在他身边，生命计时器里的颗粒不停地掉到下面那个半球里。他无视了它。

当发条的能量耗尽时，他又上了一次发条。两个身影，在时间里不停旋转。而当音乐停下来时，你只需要继续转动钥匙就好。

当它再度停止时，他坐在沉静的黑暗里，并且做出了一个决定。

时间只有几秒钟了。秒钟对于比尔·门来说曾经很重要，因为他的库存有限。但它们对死神来说没有意义，他从来就没拥有过它们。

他离开这座沉睡中的房子，骑上马离开了。

尽管哪怕是光要走过这段旅程也需要三亿年，但死神只花费了一个瞬间，因为他在时间没有意义的空间中旅行。光总是认为没有任何东西能比它走得更快，但它错了。不管光走得有多么快，它总会发现黑暗先于它到达，并且已经在等着它了。

他的旅途上也有旅伴——星系、恒星，闪光物质组成的缎带，流淌着、旋转着，向着遥远的目标迈进。

死神骑着他灰白的马，随着一条像是流动的黑暗组成的河流向前，就像河水中的一个泡泡。

而每条河都流向某个地方。

接下来，下方出现了一片平原。在这里，距离与时间一样没有意义，但是这片平原给人以一种巨大之感。它可能在一英里以外，也可能在一百万英里以外；当他接近它时，他可以分辨出上面那些狭长的溪谷或是沟壑，流向两边的尽头。

他降落下去。

他跳下马，在安静中站了一会儿。然后，他单膝跪地。

切换一下视角。满是褶皱的大地向着无尽的距离跌落，边缘开始卷曲，变成一只手指的指尖。

阿兹瑞尔将他的手指举到一张充满了整个天空的脸前，那张脸被正在死亡的银河发出的微光所照亮。

世间的死神总有亿万之数，但他们都只是同一个死神的投影，他们的本体全都是阿兹瑞尔，伟大的吸引者，诸宇宙的死神，时间的开端与终末。

大多数宇宙都是由暗物质组成，只有阿兹瑞尔知道它是谁。

他的眼睛极为巨大，即使是超新星的爆发，也只是他巩膜上极微弱的一点闪光。这双眼睛眼下正缓慢地转动着，聚焦于他指尖广阔平原上的那个渺小身影。在阿兹瑞尔身边，巨大的时钟悬挂在诸时空所组成的复杂网络的中心之处，不停地嘀嗒作响。恒星在阿兹瑞尔的眼睛里发出闪光。

碟形世界的死神站了起来。

主人，我请求——

三名湮灭的仆人在他身边现形。

一个说，不要听，他被控犯有干涉罪。

一个说，以及谋杀死神。

一个说，以及骄傲。以及怀有想要活下去的心情而活。

一个说，以及追随混沌，破坏秩序。

阿兹瑞尔抬起一边的眉毛。

仆人们充满期待地从死神身边飘离。

主人，我们知道除了我们所创造的秩序，并没有什么秩序……

阿兹瑞尔的表情没有变化。

除了我们别无希望。除了我们别无仁慈。除了我们别无正义。一切都只有我们。

黑暗的、悲伤的脸庞充满了天空。

所有的一切都是我们的。但我们必须关心。因为如果我们不关心，我们就不复存在。如果我们不复存在，那么除了盲目的湮灭便别无他物。

而即使是湮灭本身也终有终结的一日。主人，你能否再给我一点点时间？为了万物能够恢复恰当的平衡。为了归还那些被给出的东西。看在囚犯还有他注视着的飞鸟分儿上。

死神后退了一步。

阿兹瑞尔的表情是无法理解的。

死神瞥向两边的仆人们。

主人，除了收割人的关心，收获还能指望些什么？

他等候着。

主人？死神说。

在回答之前的这段时间里，几条银河舒展开来，像是纸彩带一样围绕着阿兹瑞尔飞速旋转、互相撞击，并且消失了。

然后阿兹瑞尔说：

好。

另一只手指伸了出来，穿过黑暗，伸向时钟。

仆人们发出微弱的愤怒尖叫，随后是觉悟的惨叫，最后是三道短暂的蓝色火焰。

所有其他的时钟，甚至包括死神的没有指针的时钟，都只是这座时钟的镜像。刚巧与这座时钟相反；其他的所有时钟告诉宇宙现在是什么时间，但这座时钟告诉时间什么是时间。这是所有在各处泼洒的时间的终极来源。

而这座时钟的设计是：那条短的指针只会走一圈。

它的秒针沿着一条环形的通路旋转，它每走一格的距离光要走上好几天才能到。它永远地被分钟、小时、日、月、年、世纪和时代追逐着。

但是代表宇宙的那条指针只会走一圈。

或者至少，在有人旋转它的发条之前是这样。

而死神则带着一点点的时间回到了他的居所。

挂在一家商店门上的铃铛响了起来。

花匠德鲁托·波尔从一株舒沃夫人月季上方望过去。有个人站在花盆之间。他看起来特别朦胧；实际上，即使是在此后，德鲁托都始终无法确定到底是什么人来过他的店里，又或者他的声音听起来像是什么样子。

他一边搓着手一边迎了上去。

“您有什么需——”

花。

德鲁托只是犹豫了一个瞬间。

“那么，呃，您想送给——”

一位女士。

“您有没有什么特别——”

百合。

“啊？您确定百合能——？”

我喜欢百合。

“呃……问题是百合有一点忧郁——”

我喜欢忧——

那人停了下来。

你有什么推荐？

德鲁托这会儿才算进入了自己的节奏。“玫瑰一直都广受青睐，”他说，“还有郁金香。近来有许多先生告诉我，女士们认为一枝品种特别的郁金香比一大束玫瑰更加合意——”

给我多来点。

“是要郁金香还是玫瑰？”

都要。

德鲁托的手指弯曲着缠绕在一起，像在油脂里钻动的鳗鱼。

“先生您是否想要了解一下这些极为美丽的绚烂百合——”

多来点。

“还有，如果先生您的预算充足的话，我能否建议您买下这极为稀有的——”

好。

“您还可能想要——”

好。全买了。用缎带绑起来。

店门铃再一次响起，代表着购物者的离去。德鲁托看着他手中的硬币。其中有许多都受到了腐蚀，所有的硬币看起来都很古怪，还有一两个甚至是金色的。

“呃，”他说，“这单还不错……”

他开始注意到一种柔和的拍打声。

在他周围，整个商店里的所有花卉，它们的花瓣都像雨点一样落了下来。

那这些呢？

“这是我们的精品套装。”巧克力店里的女士说道。这家店是那种高端店铺，它出售的不是糖果，而是华而不实的糖果——通常每一颗都单独包裹在金箔纸里，它们在银行账户里造成的亏空比在牙齿上的还要大。

全身黑衣的高大顾客拿起一个差不多有两平方英尺大的盒子。在像绸缎坐垫一样的盒盖上面画着两只长着斗鸡眼的小猫，正从一双靴子里绝望地朝外面看。

这个盒子为什么有这么厚的衬垫？这是让人坐的吗？它不会是猫口味的吧？他补充道，语气中明显地带有威胁之意，或者更恰当地说，是比之前更带有威胁之意。[1]

“呃，不是。这是我们的豪华套装。”

顾客把它扔在一边。

不要。

店主朝两边张望了一下，然后拉开了柜台下面的一个抽屉，与此同时，她压低声音，用一种同谋者的语气说道：“当然，为了那个非常特别的场合……”

这个盒子相当小。与此同时，它是纯黑的，只除了盖子上以细小的白色字母标出内容物的名字；就算是绑着粉色缎带的猫也不允许出现在像这样的一个盒子的一英里以内。为了递送这样一盒巧克力，得有一群黑色的陌生人从高空缆椅上沿绳子滑下才行。

1　这是因为死神特别喜欢猫。——译者注

黑色的陌生人窥视着那些字母。

“黑色诱惑”，他说，我喜欢。

“专为那些最私密的时刻而设计。”女店主说。

顾客似乎正在思索这其中的关联。

是的。那看起来很合适。

店主快活地笑起来。

“那我是否该把它包起来呢？”

是的。用一条缎带。

“还需要别的东西吗，先生？”

顾客看起来陷入了恐慌。

别的东西？是不是还需要别的东西？还有别的东西吗？还需要做些什么？

“抱歉，先生？”

给一位女士的礼物。

店主被这场谈话潮汐方向的突然转变给弄得有点头昏脑涨。她游向一处安全的陈词滥调。

“这个嘛，人们都说钻石是女孩最好的朋友，不是吗？”她轻快地说。

钻石？哦，钻石。是这样的吗？

它们看起来宛如黑色天鹅绒般的天空上的点点星光。

“这颗，”商人说，“是一颗特别好的宝石，您不这么认为吗？看它的火彩，那绝美的——”

它有多友善？

商人犹豫起来。他知道克拉，他知道硬度、光泽，甚至也知道净度、打磨和火彩，但从未有人要求他用“友善度”来评价宝石。

“相当有好感？”他试探着说。

不要。

商人的手指握住了另一片冻结的碎裂光芒。

“现在来看这一颗，”他说，自信重新回流到他的声音里，“它来自知名的断腿矿井。我能否请您注意观察它精妙的——”

他感觉到穿透性的目光盯在他的后脑勺上。

“但必须承认，它并不以友善度而著称。”他磕磕绊绊地说。

黑暗的顾客不满地环视整间商店。在昏暗之中，防巨怪护栏后面，各种各样的宝石闪着光，正如深邃洞穴内部巨龙的眼睛。

这其中有哪些是友善的吗？他说。

“先生，我认为我可以明确地告诉您，我们从未基于宝石的友善度制定过任何的购买策略。”商人说。他不自在地意识到有些东西是错的，而在他意识深处的某个地方他知道是什么东西错了，但他的意识却阻止他做出最终的联结。这让他感到紧张。

世界上最大的钻石在哪里？

“最大的？那很简单。世界上最大的钻石是‘奥夫勒之泪’，它位于最黑暗的霍万达兰的鳄鱼神的失落宝石厄运神庙之中最内层的祭坛，重达八百五十克拉。而且，先生，为了防止你提出下一个问题，我个人乐意抱着它睡觉。”

在鳄鱼神奥夫勒的失落宝石厄运神庙做一名祭司，好处之一就是大多数的下午都可以提前回家。这是因为它已经失落了。大多数朝圣者从来都没能找到来此的路线。他们还算是幸运的。

按照传统，只有两个人曾进入过最内层的祭坛。他们分别是高级祭司以及不那么高级的祭司。他们在这里已经待了许多年，并且轮流担任阶层较高的那个职位。这个工作并不算太难干，主要原因是大多数预期中的朝圣者都被刺穿、被压扁、中毒或是被诱杀装置给切成碎片，甚至都用不着把它放在一个小盒子里，画上一个像温度计似的小图标[1]再放到神庙外头去。

他们在高高的祭坛上玩着瘸腿洋葱先生的纸牌游戏，镶嵌着钻石的奥夫勒神像在他们身上投下阴影。就在这时，他们听到远处的正门被推开时发出的吱嘎声。

高级祭司连头都没抬。

"嘿呀，"他说，"又来了一个会在地滚球那儿送命的。"

一声巨响，接下来是仿佛磨牙一般的滚动声音。最后是"砰"的一声。

"现在，"高级祭司说，"赌注是什么来着？"

"两块鹅卵石。"低阶祭司说。

"没错。"高级祭司看了看他的牌，"好吧，跟你的两块鹅——"

一串模糊的脚步声。

"上周那个带鞭子的小伙子一直走到了大尖刺。"低阶祭司说。

又传来一阵声音，就像是一个很旧的旱厕被冲了水。脚步声停了。

高级祭司暗笑了一下。

"没错，"他说，"跟你的两块鹅卵石，再加两块鹅卵石。"

低阶祭司把他的牌扔下来。

"一对洋葱。"他说。

高级祭司怀疑地低头看去。

低阶祭司掏出一张纸片看了一下。

"你现在欠我三十万零九百六十四颗鹅卵石。"他说。

脚步声再度传来。

---

1 上面写着："失落宝石神庙屋顶维修基金！只差6000金币！期待您慷慨捐赠！谢谢！"

两个祭司对视了一眼。

“很长时间都没人能通过毒镖小巷了。”高级祭司说。

“五块鹅卵石押他能。”低阶祭司说。

“跟了。”

一阵金属撞击在石头上的微弱声音。

“真不好意思，又得收你的鹅卵石了。”

脚步声又一次传来。

“好吧，但还有——”一阵吱嘎声，一阵水溅起的声音“——鳄鱼池。”

脚步声。

“从来都没有人能够穿过门前的恐怖卫士——”

祭司们互相注视着对方充满惊恐的脸。

“嘿，”那个不那么高级的说，“你觉得那会不会是——”

“这里吗？哦，别乱想。我们在一座该死的丛林的正中间。”高级祭司试着微笑，“那不可能是——”

脚步声越来越近了。

祭司们恐慌地互相抓住对方的手。

“蛋糕夫人！”

门向内爆开。一阵黑色的风冲进房间，将所有的蜡烛吹灭，并且把所有的纸牌像是雪片一样吹散成圆点花样。

祭司们听到一声脆响，就像是一颗非常巨大的钻石被从它的槽里撬出来的声音。

谢谢。

一小会儿之后，料想不会再发生什么事了，那个不那么高级的祭司设法找到了火绒盒，在几次失败的尝试之后，终于点燃了一支蜡烛。

两位祭司抬起头，穿过跃动着的阴影望向神像，那上面有一个裂开的洞，那里本应有一颗非常巨大的钻石。

一阵沉默。然后，高级祭司叹了口气并且说道："好吧，让我们这样看这个问题：除了我们，还有谁应当知道这件事？"

"对。从没用这个角度来思考过。嘿，我明天能当高级祭司吗？"

"要到星期四才能轮到你。"

"哦，拜托了。"

高级祭司耸了耸肩，伸手摘下了他的高级祭司帽。

"这种事情真是让人失望，"他向上瞥视着那毁坏了的神像，"有些人就是不知道在宗教场所该怎样表现礼貌。"

死神加速穿过整个世界，再次降落在农场院子之中。当他敲响厨房的门时，太阳刚巧正要沉入地平线。

弗莉沃斯小姐一边在围裙上擦着手，一边打开了门。她皱着眉头，像是近视的人那样打量着这位访客，然后后退了一步。

"比尔·门？你可真让我吃惊——"

我给你带来了一些花。

她呆呆地注视着那些干枯的花茎。

还有一些巧克力，女士们喜欢的那种。

她呆呆地注视着那个黑色盒子。

还有一颗钻石可以和你交朋友。

它抓住了夕阳的最后一丝光线。

弗莉沃斯小姐终于可以说出话来了。

"比尔·门，你在想什么啊？"

我来把你从这一切之中带走。

"一定要走吗？去哪儿？"

死神还没想过这么远。

你想去哪儿？

“今晚我除了舞会哪儿都不去。”弗莉沃斯小姐坚定地说。

死神也从来没做过这方面的计划。

什么舞会？

“收获舞会。你知道吗？那是传统，收获完成之后就要跳舞。那是一种庆祝，也是一种感恩。”

感恩？感谁的恩？

“不知道。我猜不是某个特定的人。只是笼统地表示感谢。”

我计划好了要给你看各种各样的奇迹。美丽的城市。一切你想要的。

“一切？”

是的。

“那么我们就去舞会，比尔·门。我每年都去。他们都指望着我呢。你知道那是怎么回事。”

是的，弗莉沃斯小姐。

他伸出手来牵住她的手。

“什么，你是说现在？”她说，“我还没准备好——”

瞧。

她低头看着她身上这套她刚才还没有穿着的盛装。

“这不是我的衣服。它到处都在闪光。”

死神叹了口气。历史上伟大的追求者们从来都没有遇到过弗莉沃斯小姐。卡萨南德会主动交出他的四脚活梯。

那些是钻石。足以为一位国王赎身的钻石。

“哪个国王？”

任何国王。

“嗯。”

冰冰轻快地走在通往镇子的路上。在度过了无尽的距离之后，一条简单的土路更像是一种慰藉。

弗莉沃斯小姐侧身坐在死神身后的马鞍上，沙沙作响地探索着黑色诱惑盒子里的内容物。

“瞧啊，”她说，“有人把朗姆酒松露都吃了。”又一阵哗啦啦的翻动纸张的声音，“下面这层的也都被吃光了。我讨厌这种上层还没吃完就开始吃下层的家伙。而且我可以确定原来一定有朗姆酒松露，因为这盖子上有张图画着呢。比尔·门？”

我很抱歉，弗莉沃斯小姐。

“这颗大钻石有点沉。不过还挺好看的，”她不情愿地补充了一句，“你从哪里弄来的？”

从一个人们把它当作是神的眼泪的地方。

“那它真的是吗？”

不是。神从不流泪。这只不过是经历了高温高压的普通的碳，没别的。

“在每一块煤里面都有一颗钻石等着出来，是这样吗？”

是的，弗莉沃斯小姐。

有一段时间，除了冰冰嘚嘚的蹄声之外再没有其他声音。然后弗莉沃斯小姐开口了，带着一丝调皮的语气：

“我真的知道现在发生了什么事，你懂的。我看到过那里面有多少沙子了。因此你就想，‘她也不是个不近人情的老坏蛋，所以我打算带她过上几个小时的快活时光，然后等她不注意的时候，就可以像割草一样把她割倒了’，我说得对不对？”

死神什么都没有说。

“我说对了，不是吗？”

我什么都瞒不过你，弗莉沃斯小姐。

“哈。我猜我应该备感荣幸才对。是不是？我觉得你肯定有大量的预约需要安排。”

比你能想象的还要多得多，弗莉沃斯小姐。

“那么，有鉴于此，你或许应该再次称呼我为蕾娜塔。”

射箭场另一边的草地上有一处篝火。死神可以看到一些人影在它前方移动。偶尔会有一声饱受折磨的嘶叫传来，那表示有人在给小提琴调音。

“我总是会参加收获舞会，”弗莉沃斯小姐健谈地说，“当然，不是为了跳舞。我一般负责弄点食物什么的。”

为什么？

“这个，总得有人弄食物吧。”

我的意思是说，为什么你不跳舞？

“因为我老了。”

心态年轻你就会变得年轻。

“哈！是吗？是真的吗？人们经常说这样的蠢话。他们总是说，听我的，你看起来真不错。他们说，老家伙也能享受生命。一把旧提琴也能演奏出好曲子，诸如此类的。都是些蠢话。就好像变老是件值得高兴的事！就好像对此表现豁达能给你加分似的！我的头知道该怎么以年轻的方式思考，但我的膝盖可做不到。还有我的背，还有我的牙齿。你可以试试，告诉我的膝盖说它们还年轻，看看这对你有什么好处。或者对它们有什么好处。”

也许值得一试。

更多的身影挡住了火光。死神能够看到绑着彩带的旗杆上挂着彩旗。

“小伙子们通常会把两扇谷仓门拆下来带到这里，然后把它们钉在一起做成地板，”弗莉沃斯小姐评论道，“这样所有人都可以跳舞。”

民间舞蹈吗？死神疲倦地说。

“不是。我们可是有自尊的，你明白。”

抱歉。

“嘿，那是比尔·门，不是吗？”暮色中，有一个阴影说道。

“那是好人老比尔！”

“嘿，比尔！”

死神环视着这些朴实的脸庞。

哈喽，朋友们。

“我们听说你离开了。”公爵·博顿利说。他看到了被死神扶着下了马的弗莉沃斯小姐。他的声音变得有些颤抖了，那是因为他正在试图分析眼前的情势。

“今晚你看起来非常……光芒四射，弗莉沃斯小姐。”他终于说出了一句献殷勤的话。

空气中带着一种潮湿又温暖的青草气味。一支业余管弦乐队仍然在一顶雨篷下面进行着排练。

场地上有一些长餐桌，上面摆放着通常会与“筵席”这个词联系在一起的菜肴——模样像是上了漆的军用防御工事的猪肉馅饼，散发着魔鬼气息的大桶装腌洋葱，包裹在熔化黄油的胆固醇海洋里的土豆。一些当地的长者已经在长凳上占好了位置，尽管可能已经没有了牙齿但仍坚韧不拔地咀嚼着食物。空气中充满了一种如有必要的话可以坐上一整夜的决心。

“很高兴看到老人家们都这么开心。”弗莉沃斯小姐说。

死神看着那些食客。其中大多数都比弗莉沃斯小姐年轻。

从篝火后面充满香气的黑暗中的某处传来咯咯的笑声。

“还有年轻人，”弗莉沃斯小姐平静地补充道，“过去我们用一句老话儿来形容一年中的这个季节。我想想……像是‘玉米成熟了，坚果变成褐色了，裙角飞起来了……’这样的。”她叹了口气，“时光飞逝啊，不是吗？”

对。

“你知道，比尔·门，也许你关于积极想法带来力量的评价是对的。我今晚感觉比平时好多了。”

是吗？

弗莉沃斯小姐充满期待地望向舞池。“我年轻的时候舞跳得可好了。我可以把任何人累到脚断；我可以跳到月亮落山；我可以跳到太阳升起。”

她伸出手，解开将她的头发束成发髻的绑带，略微摇摇头，让她的头发像银色的瀑布一样倾泻下来。

“我猜你会跳舞吧，比尔·门先生？”

我因此而知名，弗莉沃斯小姐。

在雨篷下面，首席提琴手向他的同伴们点了点头，将他的提琴塞到脸颊下面，用脚在地板上打起了拍子……

“一！二！一二三四……”

想象一处风景，蛾眉月的橘色光辉从它上方飘过。而在地上，火光照亮了它周围的暗夜。

一些受欢迎的古老舞步上了场——方块舞、回转舞、圆圈舞。如果舞者带着灯的话，那复杂的舞步将使得他们绘画出超越平凡物理的拓扑学谜题；而那些舞蹈也完全能够在相当长的时间内，让神志极为正常的人们喊出像是“多-西-多！”或是“哦耶！”之类的东西，并且不会为此感到特别羞耻。

当伤亡者被清理出战场之后，幸存者们则继续跳起了波尔卡、马祖卡、狐步舞、火鸡舞以及其他种种以各色鸟类和野兽命名的舞步，接下来又换成一种有些人组成拱门、另外一些人跳着舞穿过拱门的舞蹈，这类舞蹈通常基于乡间人们对处刑的记忆；另外一种舞蹈是人们组成一个圆圈，这又是基于人们对瘟疫的记忆。

在首席提琴手想要停下来喘口气的时候，他模糊地意识到一个旋转的身影跳着踢踏舞从一团混乱的舞池中冲出来，一个声音在他耳边响起：

你会继续拉的，我保证。

当他第二次甩手时，一颗有他的拳头那么大的钻石落在他面前的地板上。一个略微矮小些的身影从舞者们之中脱身出来并且说道：

“如果你们这些小伙子不继续演奏的话，威廉·斯皮塞，我本人将会确保你的生活过得极为糟糕。”

然后它返回到人们躯体的压迫之中。

提琴手低头看了看那颗钻石。它足够当作世界上五个叫得出名号的国王的赎金。他连忙一脚把它踢到他身后去。

“胳膊肘又有劲儿了，嗯？”鼓手咧嘴笑着说。

“闭嘴，继续演奏！”

他发现从自己指尖流淌出的音乐是他的大脑从来都不曾知道的。鼓手和吹笛者也有同感。音乐正从什么地方倾泻到这里。现在不是他们在演奏音乐，而是音乐在演奏他们。

是时候开始一种新的舞蹈了。

“踢踏，踢踏。”汗水从提琴手的脸上流下来，他又开始演奏一支完全不同的舞曲。

舞者们不安地转着圈子，他们并不清楚该如何踏出舞步。但有一对舞者有意以蹲姿在他们中间穿行，他们的手臂紧紧缠绕着伸向前方，就像一艘杀手帆船的船首斜桅。在舞池的尽头，他们以一种似乎与正常解剖结构不符的姿势扭动着四肢，开始倾斜着向后退入人群之中。

“这支舞叫什么？”

探戈。

“你会不会因此被投入监狱？”

我认为不会。

“太棒了。”

音乐又变了。

“我知道这个！这是奎尔姆的斗牛舞！喔嘞！”

“加牛奶”？

一连串节奏很快甚至融合成一体的空洞的噼啪声突然响了起来，并且与音乐保持同步。

“谁在演奏响葫芦？”

死神露齿一笑。

响葫芦？我不需要……响葫芦。

然后，时间到了。

月亮已经成为它自己在地平线上的幽灵。在另一头，正在大步前进的白昼已经露出了遥远而微弱的光。

他们离开了舞池。

推动着乐队演奏了整夜的力量，无论它究竟是什么，已经在慢慢地消退。他们面面相觑。

提琴手斯皮葛朝下面看了一眼。

那颗钻石仍然在那里。

鼓手按摩着自己的手腕，试图让它恢复一点活力。

斯皮葛无助地看着那些筋疲力尽的舞者。

“呃，那么……”他再一次举起了提琴。

弗莉沃斯小姐和她的同伴聆听着在黎明微光中穿过田野的薄雾。

死神听出了那缓慢但却坚持不懈的节奏。这让他想起那两个木刻的舞者，不停地旋转着穿越时间，直到发条旋尽。

我不知道那是什么舞蹈。

“是最后的华尔兹。”

我怀疑并没有这样的东西。

“你知道，”弗莉沃斯小姐说，“我整个晚上都在想着这件事会怎样发生。你会怎样去完成它。我是说，人肯定是要由于某种原因而死掉的不是吗？我曾以为我会是以耗尽体力的方式而死，但我的感觉从来没这么好过。我已经享受过了我生命中的时光，而且甚至没有喘不过来气。实际上那真的是一剂补药，比尔·门。而且我——”

她停了下来。

“我没在呼吸了，是不是。”这甚至不是一个疑问句。她将一只手抬到面前，朝它吹了一口气。

是的。

“我明白了。我的一生中从来都没有这么开心过……哈！那么……什么时候——？”

你还记得你说看到我真让你吃惊吗？

“怎么了？”

它会再让你吃一次惊。

弗莉沃斯小姐似乎并没有在听他说话。她盯着自己的手，一会儿看看手掌，一会儿看看手背，就好像她从来没见过它们似的。

“我发现你做出了一些改变，比尔·门。”她说。

不。是生命做出了许多改变。

“我的意思是，我看起来好像年轻了许多。”

我的意思也是一样。

他打了个响指。冰冰不再啃食篱笆底下的青草，快步跑了过来。

“你知道，”弗莉沃斯小姐说，“我经常在想……我经常在想每个人都有他们自己的，你懂的，自然年龄。你会发现有些十岁的孩子老成得像是有三十五岁似的。甚至有些人生来就是中年人。而我很高兴能认为我自己一直都……”她低头看着自己，“哦，就算是十八岁吧，在我的内心里。”

死神什么都没有说。他帮助她上了马。

“当我看到生命对人做出了什么，你知道，你看起来就没那么坏了。”她有些紧张地说。

死神磕了一下牙齿。冰冰向前走去。

“你从来没见过生命，是不是？”

我可以诚实地说，确实如此。

“可能是一个发出噼啪声的巨大白色东西。像是裤子里的一场闪电风暴。”弗莉沃斯小姐说。

我不这么认为。

冰冰飞向清晨的天空。

“不管怎么说……所有的暴君都会死。”弗莉沃斯小姐说。

是的。

“我们要去哪里？”

冰冰在快速奔跑，但是周围的景致却一点都没有移动。

“你这匹马真不错。”弗莉沃斯小姐声音颤抖着说。

是的。

“但他在做什么？”

加速。

“但我们一动都没动——”

他们消失了。

他们再次出现了。

周围尽是破碎的山脉，上面覆盖着雪和绿色的冰。这些不是那种古老的、被时间和气候磨平了棱角，形成适于滑雪的柔和坡道的山脉，而是年轻、阴沉、正处于青春期的山脉。它们拥有着秘密的沟壑和无情的裂隙。一声不合时宜的呼喊引来的不是一群孤独的山羊充满欢乐的回应，而是五十吨快速送达的雪。

马儿降落在一堆无论如何都不可能承担它重量的积雪上。

死神下了马，并且帮助弗莉沃斯小姐下马。

他们走过积雪，来到一连串绕过山腰的冰冻泥泞足迹旁边。

“我们为什么会来这里？”弗莉沃斯小姐的灵魂说。

我不会去猜测宇宙的事物。

“我是说山的这个位置。地理意义上的。”弗莉沃斯小姐耐心地说。

这不是地理。

“那是什么？”

历史。

他们沿着足迹绕过一个弯。那里有一匹小马正在啃食灌木，它背上背着一个行囊。足迹在一堵干净得令人怀疑的雪墙边上终止了。

死神从他袍子的内袋里拿出了一个生命计时器。

现在。他说，并且走进雪墙里。

她注视着那堵雪墙，思索着自己是否也可以像他那样。认为自己是固态的习惯一时间难以抛弃。

随后，她不需要再那样做了。

有人从雪墙里走了出来。

死神调整了一下冰冰的马鞍，然后骑了上去。他暂时停留了一小会儿，注视着雪崩遗迹旁边的那两个人影。

他们几乎已经暗淡到看不见了，他们的声音也细微得有如空气的纹理。

“他只说了一句‘**无论去哪里，你们都一起去**’。我说，那去哪里呢？他说他不知道。到底发生了什么？”

“鲁弗斯——你会发现这一切都非常令人难以置信，我的爱人——”

“那个戴面具的人究竟是谁？”

他们两个同时环视四周。

但已经没有人了。

在锤顶山脉脚下，那个真正理解莫里斯舞意义的小村庄，他们只在春季第一天的黎明时分跳一次。那之后的整个夏季，他们再也不会跳起它。毕竟，那能有什么意义呢？能有什么用处呢？

但是在一个特定的日子，当夜晚慢慢降临的时候，舞者们早早地不再工作，从阁楼里、橱柜里拿出另外一套服装，黑色的那一套，和另外一批铃铛。他们沿着各自分离的路径，分头来到没有叶子的树围绕的一座山谷里。他们不说话，也不演奏音乐。难以想象那究竟是怎样的情景。

那些铃铛不会响起。它们是用充满魔法的第八金属制成的。但准确地说，它们并不是无声的铃铛。无声，只不过是没有声音而已。但它们制造的则完全是声音的反面，一种沉重的、质地粗糙的死寂。

而在那个寒冷的下午，当所有的光从天空上退却的时候，在那凝霜的落叶和潮湿的空气之间，他们跳起了另一种莫里斯舞。为了万物的平衡。

你必须两种都跳，他们这样说。否则你就哪种都跳不成。

温德尔·胡桐漫步走过铜桥。这会儿正是安卡-摩波的夜行种准备上床睡觉而昼行种正在醒来的时候。也只有在这个时候，街上才没有那么拥挤。

温德尔一直有种感觉，冥冥之中的一股力量使得他在这一夜的这个时候到了这里。这和他之前知道自己要死了的时候的那种感觉不完全一样。这种感觉更像是时钟里的一个齿轮会有的感觉——有些东西转动了，发条松开了，而这里就是你必须去的地方……

他停下脚步，在桥栏旁俯下身。黑色的河水，或者说至少是很会流淌的泥浆，正在吮吸着石桥墩。有一个古老的传说……是什么来着？如果你从铜桥上扔下一枚硬币到安卡河里，你就一定能回到这里来？或者也许你只需要把它扔进安卡河里就行？很可能是前者。大多数市民如果把一枚硬币掉进了河里，他们就一定会回来的，哪怕只是为了找到那枚硬币。

一个身影从雾气中隐约呈现。他浑身紧张起来。

“早安，胡桐先生。”

温德尔让自己放松。

“哦。科隆中士？我把你当作是别的什么人了。”

“不是别人，就是我，阁下，”中士欢快地说，“正如一个坏警察那样出现了。”

“看得出今晚桥仍然没有被偷，中士。干得好。”

“你怎么小心都不为过，我一直都是这么说的。”

“我可以肯定，假如市民们知道一座五千吨重的大桥不会在一夜之间被偷走的话，一定会睡得非常香甜。”温德尔说。

与矮人莫多不一样的是，科隆中士知道“讽刺”这个词是什么意思。他认为那和蜜蜂的刺差不多。他感激地朝温德尔笑了笑。

“你必须得迅速思考才能保证自己领先于现代的国际大盗，胡桐先生。”他说。

“好家伙。呃。你没有，呃，看到别的什么人吧？”

“今晚一片死寂。”中士说。他似乎想起了什么，于是补充道：“无意冒犯。”

“哦。”

“那我就先走了。”中士说。

“好。好。”

“你还好吗，胡桐先生？”

“好。好。”

“不打算再跳河了？”

“不。”

“真的？”

“是的。”

“哦。好吧。那晚安。”他犹豫了一下。“下次我肯定会忘了带自己的头，”他说，“那边有个家伙让我把这个给你。”他拿出一个肮脏的信封。

温德尔朝着雾气里窥视。

“什么家伙？”

“那个家——哦，他不见了。挺高的。看起来有点古怪。”

温德尔打开那张纸片，上面写着：哦——咦——哦——咦——哦——咦——。

“啊。”他说。

“坏消息？”中士说。

“这要看，”温德尔说，“你怎么想。”

“哦。说得对。好。那么……晚安。”

“再见。”

科隆中士犹豫了一下，然后耸了耸肩，大步离开了。

与此同时，他身后的阴影动了起来，并且露出笑容。

温德尔·胡桐？

温德尔没有回头。

“嗯？”

温德尔眼角的余光看到一双白骨的手臂正倚靠在桥栏上。有一种微弱的声音，表示一具躯体正试着让自己更舒适一点，然后是安宁的沉默。

“啊，”温德尔说，“我想你打算聊一聊？”

不急。

“我以为你一直都非常准时。”

从眼下的情况来看，再多耽搁几分钟也并不会有什么大的变化。

温德尔点点头。他们沉默地并肩站着，围绕在他们身边的是静音后的城市喧嚣。

“你知道，”温德尔说，“死后的这段日子棒极了。你去哪儿了？”

我很忙。

温德尔并没有真的在听：“我见到了我从来都不知道他们存在的人们。我做了各种各样的事。我终于真正知道了温德尔·胡桐是谁。”

那么，他是谁？

“温德尔·胡桐。”

我能明白得知这一点一定让你大为震惊。

“嗯，是的。”

这么多年来你竟然从来都没有怀疑过。

温德尔·胡桐真正地知道“讽刺”是什么意思，而他也能够听得出来什么是讽刺。

“你说得倒轻巧。”他喃喃道。

也许。

温德尔再次望向河水。

“这真的很棒，”他说，“在度过了这么久之后。被人需要是很重要的。”

是的。但为什么？

温德尔似乎有些吃惊。

“我不知道。我为什么应该知道？我猜是因为我们都在一起经历着这一切。因为我们不会把我们的同胞留在这里。因为你已经死了很久。因为任何事情都比孤单更好。因为人就是人。”

而六便士就是六便士。但收获不仅仅是收获。

“不是吗？”

不是。

温德尔向后靠在桥栏上。石头上还留着白天的余温。

让他惊奇的是，死神也同样向后靠在桥栏上。

因为你就是你拥有的一切。死神说。

“什么？哦，是的，也对。外面就是一整个很大又很冷漠的宇宙。”

你会为它惊奇的。

“一次生命的时间根本不够。”

哦，我不知道。

“是吗？”

温德尔·胡桐？

“嗯？”

那是你的生命。

带着极大的宽慰和总体乐观的态度，以及一种一切本来都有可能比现在糟糕得多的模糊感觉，温德尔·胡桐死了。

在黑夜中的某个地方，瑞格·舒左右张望了一下，从夹克衫里掏出一把暗藏起来的油漆刷以及一小罐油漆，在一堵趁手的墙上开始写：每一个活人的身体里都有一个死人等着出来……

然后一切都结束了。剧终。

在他黑暗的书房之中，死神站在窗口处，望着窗外的他的花园。在这沉寂的领域之中没有任何活动的物体。黑色百合在鳟鱼池周围绽放，石膏小骷髅坐在池塘边钓鱼。远处有一些山脉。

这是他自己的世界。它不会出现在任何地图上。

但现在，不知为什么，它似乎缺少了一些东西。

死神在巨大的大厅中的一个架子上选中了一柄镰刀。他从那座没有指针的钟前面大步走过，来到了室外。他走过黑色的果园，阿尔伯特正在那里忙着整理蜂箱；他继续走上花园边缘处的一个小土堆。继续向前，在这里与那些山脉之间，是尚未成形的土地——它可以承受重量，它拥有某种形式的存在，但从来都没有理由进一步地定义它。

不过，现在却有了这个理由。

阿尔伯特来到他的身后。几只蜜蜂仍然在他的脑袋周围嗡嗡地叫。

“你在做什么，主人？”他说。

回忆。

“啊？”

我记得这里还全都是星辰的那个时候。

那是什么来着？哦，没错……

他打了个响指。田野出现了，随之而来的是土地柔和的曲线。

“金色，”阿尔伯特说，“很漂亮。我一直觉得我们这儿应该多来点颜色。”

死神摇摇头。这感觉还不是很对。随后他意识到了原因。那些生命计时器，那个充斥着逝去生命的咆哮的巨大房间，它们是必要的，也是高效的；你需要那样的东西去维持良好的秩序。但是……

他又打了一个响指，一阵微风吹起。那些庄稼地开始一浪接着一浪地在斜坡上滚动。

阿尔伯特?

“是，主人？”

你难道没什么事情可以做吗？一点杂活儿什么的?

“我认为没有。”阿尔伯特说。

从这里离开，我想说的是。

“啊。你想说的是，你想独自待着。”阿尔伯特说。

我一直都是独自待着。但我现在想自己一个人独自待着。

“好吧。那我这就离开，然后，呃，在屋子里做一点杂活儿。”阿尔伯特说。

去吧。

死神独自站着，注视着随风起舞的小麦。当然，这只是一种隐喻。人不仅仅是收获。他们旋转着穿过渺小而又拥挤的生命，被精确的发条驱使，为维持自己的生存而付出的努力填满了他们的每一天。而所有的生命都具有完全相同的长度。即便是那些非常长的和非常短的。至少从永恒的角度来看是如此。

比尔·门的微弱声音从某处传来：但从拥有者的角度来看，越长越好。

吱吱。

死神低头看去。

一个矮小的身影站在他的脚边。

他伸出手，将它捡了起来，放到一只观察着的眼眶前面。

我就知道我漏掉了一个。

鼠之死神点了点头。

吱吱？

死神摇摇头。

不，我不能留着你，他说，**我也没在搞特许经营权之类的事。**

吱吱？

你是唯一一个剩下的？

鼠之死神张开一只白骨嶙峋的小手。更小的跳蚤的死神从那只手中站了出来，看起来既害羞又充满了希望。

不，不应该这样，我是不可妥协的。我是死神……独自一个。

他看着鼠之死神。

独自一个……

鼠之死神同样看着他。

吱吱？

想象一个高大的黑色身影，站在丰收谷物的田野里……

不。你不能骑一只猫。谁听说过鼠之死神骑着一只猫？鼠之死神应该是骑某种狗才对。

想象更多的田野，广阔的、互相交织的田野，一直延伸到地平线，翻滚出柔和的波浪……

别问我。我不知道。也许是某种牛头㹴。

种满谷物的、活着的田野，在微风中低语着……

就这样，跳蚤的死神也可以骑它。这样你们就可以用一块石头杀死两只鸟。

等候着季节的轮转。

只是个比喻。

而在所有故事的结尾，阿兹瑞尔，通晓那个秘密的人，想道：我记得这一切重新再来的那个时候。

读客

激发个人成长

多年以来，千千万万有经验的读者，都会定期查看熊猫君家的最新书目，挑选满足自己成长需求的新书。

读客图书以“激发个人成长”为使命，在以下三个方面为您精选优质图书：

1. 精神成长

熊猫君家精彩绝伦的小说文库和人文类图书，帮助你成为永远充满梦想、勇气和爱的人！

2. 知识结构成长

熊猫君家的历史类、社科类图书，帮助你了解从宇宙诞生、文明演变直至今日世界之形成的方方面面。

3. 工作技能成长

熊猫君家的经管类、家教类图书，指引你更好地工作、更有效率地生活，减少人生中的烦恼。

每一本读客图书都轻松好读，精彩绝伦，充满无穷阅读乐趣！

图书在版编目（CIP）数据

新手死神. 2, 灵魂收割者 / (英) 特里・普拉切特著 ; 梁宇晗译. -- 郑州 : 河南文艺出版社, 2020. 5

ISBN 978-7-5559-0968-2

Ⅰ. ①新… Ⅱ. ①特… ②梁… Ⅲ. ①长篇小说 – 英国 – 现代 Ⅳ. ①I561.45

中国版本图书馆CIP数据核字（2020）第043952号

著　　者　［英］特里・普拉切特
译　　者　梁宇晗
责任编辑　李亚楠
特邀编辑　朱写写　　张楚悦
策　　划　读客文化
版　　权　读客文化
封面设计　汪　芳
出版发行　河南文艺出版社
印　　刷　三河市龙大印装有限公司
开　　本　890mm × 1270mm　1/32
印　　张　10
字　　数　253千
版　　次　2020年5月第1版　2020年5月第1次印刷
定　　价　40.00元
